अपरीक्षितकारके प्रष्टव्यांशाः

१—निम्नाङ्किताः श्लोकाः स्वसंस्कृतेन व्याख्येयाः—

प्रतिदिवसं याति लयं……कुटुम्बभरचिन्तया सततम् ॥ पृ० ३।४।

गगनमिव नष्टतारं……गृहं धनविहीनस्य ॥ पृ० ४।६।

न विभाव्यन्ते लघवो……पयसामिव बुद्बुदाः पयसि ॥ पृ० ४।७।

ध्यानव्याजमुपेत्य चिन्तयसि……बौद्धो जिनः पातु वः ॥ पृ० १०।१४।

एवं च भाषते लोकः……चन्दनादतिरिच्यते ॥ पृ० १७।१९।

स्वामी द्वेष्टि सुसेवितोऽपि……येषां नहि स्याद् धनम् ॥ पृ० २१।२३।

तानीन्द्रियाण्यविकलानि……भवतीति विचित्रमेतत् ॥ पृ० २२।२५।

सत्यं परित्यजति……पुरुषोऽत्र लोके ॥ पृ० २२।२६।

दुष्प्राप्याणि च बहूनि……बलवान्ननु पुरुषकारोऽपि ॥ पृ० २४।२७-२८।

इयमतुलं गुरुलोकाद……भास्वानिह जलदपटलानि ॥ पृ० २५।३०-३१।

किं तया क्रियते लक्ष्म्या……पथिकैरुपभुज्यते ॥ पृ० ३३।३६।

अरक्षितं तिष्ठति दैवरक्षितं……कृतप्रयत्नोऽपि गृहे न जीवति ॥ पृ० ४१।४२।

सर्पाणां च खलानां……तेनेदं वर्तते जगद् ॥ पृ० ४३।४४।

न तत्स्वर्गेऽपि सौख्यं……जन्मनो यत्र संभवः ॥ पृ० ४५।४७।

यदैव राज्ये क्रियतेऽभिषेकः……आपदमुद्गिरन्ति ॥ पृ० ५८।६४।

रामस्य व्रजनं वने……तस्मान्न तद्वाञ्छयेत् ॥ पृ० ५८।६५।

कलहान्तानि हर्म्याणि……कुकर्मान्तं यशो नृणाम् ॥ पृ० ६७।७१।

दुर्गस्त्रिकूटः, परिखा समुद्रो……दैववशाद्विपन्नः ॥ पृ० ८४।८३।

२—अधोलिखितभागाः ससन्दर्भा हिन्दीभाषयाऽनुवाद्याः—

एवं संप्रधार्य भूयोप्यचिन्तयत्……कनकमयो भूत्वाऽक्षयो भवामि । पृ० ६।

एतस्मिन्नन्तरे तस्य भार्यया……कस्यचिन्नाख्येयोऽयं वृत्तान्तः । पृ० ८।

स आह—भोः श्रावक……नैवं भूयोऽपि वाच्यम् । पृ० १२।

अथ सा कदाचिच्छय्यायां पुत्रं शाययित्वा……खण्डशः कृतवान् । पृ० १८।

एवं क्रमेण गच्छन्तोऽवन्तीं प्राप्ताः……भविष्यतीत्येष निश्चयः । पृ० २३।

स आह—अहं तावत्कालसङ्ख्यां……इत्युक्त्वा गतः । पृ ० ३०

तथानुष्ठिते किञ्चिन्मार्गं गत्वा……समभागी भविष्यतीति । पृ० ३३।

तथानुष्ठिते तैर्मार्गाश्रितैरटव्यां……सर्वानपि व्यापादयिष्यति । पृ० ३५।

अथ तैश्च पश्चाद् गत्वा कश्चिद् ग्रामः ....स्थानात् स्वदेशं गताः । पृ० ४०।
अथ कदाचित्तेषां गोष्ठीगतानां ....एवमुक्त्वा स्वगृहं गताः । पृ० ४२।
मण्डूक आह—"भद्रौ मम तावदेकैवबुद्धिः ....व्यापादितौ च ! पृ० ४५।
अथ तस्य रात्रौक्षेत्राणि पर्यटतः .... कतमेन रागेण करोमि । पृ० ४८।
तथानुष्ठिते रासभरटनमाकर्ण्य ....क्षणेनाभ्युत्थितः । पृ० ५१।
कौलिक आह—"तथाऽपि प्रष्टव्या सा ....राज्यं प्रार्थयस्व । पृ० ५७।
साह—"त्वं तावदेकं पटं ....लोकद्वयस्योपार्जना च भविष्यति । पृ० ६०।
अथ कदाचिद्रात्रौ सुप्तश्चिन्तयामास .... चतुःशालं गृहं संपत्स्यते । पृ० ६२।
सोऽपि वानरयूथपस्तद् दृष्ट्वा ....वह्निदाहमवाप्स्यन्ति । पृ० ६६।

३—निम्नाङ्कितेषु त्रयाणां व्याख्या विधेया—

(क) "पयसामिव बुद्बुदाः पवसि"
(ख) "वसुधैव कुटुम्बकम्"
(ग) "महाजनो येन गतः स पन्थाः"
(घ) "धर्मस्य त्वरिता गतिः"
(ङ) "दीर्घसूत्री विनश्यति"
(च) "छिद्रेष्वनर्था बहुलीभवन्ति"
(छ) "कुकर्मान्तं यशो नृणाम्"
(ज) "दुष्टे दुष्टमाचरेत्"

४—(क) "क्षपणक-कथा"
(ख) "ब्राह्मणी-नकुल कथा"
(ग) "मूर्खपण्डित-कथा"
(घ) "मत्स्यमण्डूक-कथा"
(ङ) "सोमशर्मपितृ-कथा"
(च) "कौलिक-कथा"

एषु शीर्षकेषु कमप्येकमवलम्ब्य स्वसंस्कृतेनैका कथा लेख्या ।

★

श्रीविष्णुशर्मविरचिते

पञ्चतन्त्रे

अपरीक्षितकारकम्

मूल, संस्कृत-हिन्दी व्याख्या, भूमिका व नोट्स आदि सहित
अन्य छात्रोपयोगी सामग्री

व्याख्याकार:

श्यामाचरणपाण्डेयः

व्याकरणाचार्य:, एम० ए०

मोतीलाल बनारसीदास

दिल्ली • मुम्बई • कलकत्ता • चेन्नई • बंगलौर

पुणे • वाराणसी • पटना

चतुर्थ संस्करण : १९७२

पुनर्मुद्रण : दिल्ली, १९८५, १९८८, १९९०, १९९७

बंगलो रोड, जवाहर नगर, दिल्ली ११० ००७

८, महालक्ष्मी चैम्बर, वार्डेन रोड, मुम्बई ४०० ०२६

१२०, रायपेट्टा हाई रोड, मैलापुर, मद्रास ६०० ००४

सनाज प्लाजा, सुभाष नगर, पुणे ४११ ००२

१६, सेन्ट मार्क्स रोड, बंगलौर ५६० ००१

८, कैमेक स्ट्रीट, कलकत्ता ७०० ०१७

अशोक राजपथ, पटना ८०० ००४

चौक, वाराणसी २२१ ००१

मूल्य : रु० १३

नरेन्द्रप्रकाश जैन, मोतीलाल बनारसीदास, बंगलो रोड,
दिल्ली ११० ००७ द्वारा प्रकाशित तथा जैनेन्द्रप्रकाश जैन, श्री जैनेन्द्र प्रेस,
ए-४५ नारायणा, फेज़-१, नई दिल्ली ११० ०२८ द्वारा मुद्रित

॥ श्रीः ॥

पञ्चतन्त्रस्य

अपरीक्षितकारकं नाम

पञ्चमं तन्त्रम् ।

(आमुख-)

क्षपणक-कथा

अथेदमारभ्यतेऽपरीक्षितकारकं नाम पञ्चमं तन्त्रं, यस्यायमादिमः श्लोकः—

कुदृष्टं कुपरिज्ञातं कुश्रुतं कुपरीक्षितम् ।
तन्नरेण न कर्तव्यं नापितेनाऽत्र यत्कृतम् ॥ १ ॥

तद्यथाऽनुश्रूयते—"अस्ति दाक्षिणात्ये जनपदे पाटलिपुत्रं नाम नगरम् । तत्र मणिभद्रो नाम श्रेष्ठी प्रतिवसति स्म । तस्य च धर्मार्थकाममोक्षकर्माणि कुर्वतो विधिवशाद्धनक्षयः सञ्जातः । ततो विभवक्षयादपमानपरम्परया परं विषादं गतः । अथाऽन्यदा रात्रौ सुप्तश्चिन्तितवान्—"अहो, धिगियं दरिद्रता ।"

गङ्गा सुरनदी पातु शिवसांनिध्यकारिणी ।
जिह्मगा शशिलेखेव विश्वं विश्वार्तिहारिणी ॥ १ ॥

अथेति = अथ शब्दः प्रकरणादौ प्रयुक्तोऽत्र मङ्गलार्थकः । अनन्तरवाचकत्वेन हि प्रकरणस्यारम्भं सूचयति । आरभ्यते = प्रारभ्यते (प्रारम्भ किया जाता है), अपरीक्षितकारकं नाम = अपरीक्षितकारकं (न परीक्षितम् = सदसद्बुद्धयाऽविचारितम्, अपरीक्षितम्, अपरीक्षितस्य कारकः = कर्ता, तमधिकृत्य कृतमित्यर्थः) (अपरीक्षितकारक नामक), तन्त्रं = प्रकरणं (प्रकरण को), यस्य = अपरीक्षितकारकस्य, आदिमः = प्रथमः । :

अन्वयः—अत्र नापितेन कुदृष्टं, कुपरिज्ञातं, कुश्रुतं, कुपरीक्षितं यत् कृतं तन्नरेण न कर्तव्यम् ।

व्याख्या—अत्र = अस्मिन् प्रकरणे (इस प्रकरण में), नापितेन = क्षुरिणा ('क्षुरी, मुण्डी, दिवाकीर्तिनापितान्तावसायिनः' इत्यमरः) (नाई ने), कुदृष्टं = विचारबुद्धयानालोचितं

(बिना सोचे समझे) कुपरिज्ञातं = न यथावज्ज्ञातं (विना जाने हुये), कुश्रुतं = सम्यगनाकर्णितं (विना ध्यानपूर्वक सुने), कुपरीक्षितं = न यथावद्विचारितं (विना ठीक से विचार किये ही), यत् = यादृशं कर्म (जैसा कार्य), कृतं = विहितं (किया), तत् = तादृशं कर्म (उस प्रकार का कार्य), नरेण = जनेनान्येन (दूसरे व्यक्तियों को), न कर्तव्यं = नाऽनुष्ठातव्यमिति (नहीं करना चाहिये)।

तत् = नापितस्य वृत्तम् (नापित की कथा को) अनुश्रूयते = आकर्ण्यते (सुना जाता है), दाक्षिणात्ये = दक्षिणदिशि स्थिते (दक्षिण के), जनपदे = देशे विषये वा ('जनपदो देशविषयौ तूपवर्तनम्' इत्यमरः) (देश में), तत्र = पाटलिपुत्रे (पाटलिपुत्र में), श्रेष्ठी = श्रीमान् (श्रेष्ठं = धनादिकमस्त्यस्येति विग्रहः), प्रतिवसति = निवसति (निवास करता था)। तस्य = मणिभद्रस्य, धर्मार्थकाममोक्षकर्माणि = धर्मादिचतुर्वर्गकार्याणि (धर्मश्च, अर्थश्च, कामश्च, मोक्षश्च ते धर्मार्थकाममोक्षाः, तेषां कर्माणि = धर्मार्थकाममोक्षसाधकानि कार्याणि) (धर्म, अर्थ, काम तथा मोक्ष को प्रदान करने वाले कार्यों को करते रहने पर भी) विधिवशात् = भाग्य-विपर्ययात् ("दैवं, दिष्टं भागधेयं, भाग्यं, स्त्री नियतिर्विधिः'-इत्यमरः) (भाग्य दोष से), धनक्षयः = धननाशः (धन का विनाश), विभवक्षयात् = धननाशात् (धन के नष्ट हो जाने के कारण), अपमानपरम्परया = बहुविधतिरस्कारेण (बन्धुबान्धवज्ञातिभिश्च कृतानादरेणेत्यर्थः) (निरन्तर के अपमान से), परं = परमं (अत्यधिक), विषादं = दुःखं (दुःख को), गतः = प्राप्तः (प्राप्त हुआ)। अन्यदा = अन्यस्मिन् काले (किसी दिन), सुप्तः = प्रसुप्तः सन् (सोते समय), चिन्तितवान् = विचारितवान् (सोचने लगा), धिगिय दरिद्रता = ईदृशी मे विपन्नावस्था जाता, अतो धिगिति भावः (इस दरिद्रता को धिक्कार है)।

हिन्दी—(विष्णुशर्मा ने राजकुमारों से कहा)—मैं, पञ्चतन्त्र के अपरीक्षितकारक सञ्ज्ञक पञ्चम तन्त्र को प्रारम्भ करता हूँ, जिसका प्रथम श्लोक यह है—

कार्य के परिणाम को विना सोचे, विना उसकी जानकारी प्राप्त किये, उसके विषय में विना आद्योपान्त सुने और विना वास्तविकता की परीक्षा किये किसी कार्य को प्रारम्भ नहीं करना चाहिये, जैसा कि किसी मूर्ख नापित ने किया था ॥ १ ॥

जैसा कि सुना जाता है, दक्षिण के किसी राज्य में पाटलिपुत्र नाम का एक नगर था। उसमें मणिभद्र नाम का एक सेठ रहता था। धर्म, अर्थ, काम तथा मोक्ष के लिए विहित आवश्यक कर्मों को करते हुए भाग्य की प्रतिकूलता से उसका सम्पूर्ण धन नष्ट हो गया था। निर्धनता के कारण होने वाले प्रतिदिन के अपमान से वह बहुत दुःखी रहा करता था। एक दिन रात्रि में सोते समय चिन्ता से खिन्न होकर उसने सोचा—"निर्धनता बहुत बुरी चीज होती है। मेरी इस निर्धनता को धिक्कार है।"

उक्तं च—

शीलं शौचं क्षान्तिर्दाक्षिण्यं मधुरता कुले जन्म।
न विराजन्ति हि सर्वे, वित्तविहीनस्य पुरुषस्य ॥ २ ॥

मानो वा दर्पो वा विज्ञानं विभ्रमः सुबुद्धिर्वा ।
सर्वं प्रणश्यति समं, वित्तविहीनो यदा पुरुषः ॥ ३ ॥
प्रतिदिवसं याति लयं वसन्तवाताहतेव शिशिरश्रीः ।
बुद्धिर्बुद्धिमतामपि कुटुम्बभरचिन्तया सततम् ॥ ४ ॥

अन्वयः—शीलं, शौचं, क्षान्तिः, दाक्षिण्यं, मधुरता, कुले जन्म, सर्वं हि वित्तविहीनस्य पुरुषस्य न विराजन्ति ॥ २ ॥

मानः वा दर्पः, वा विज्ञानं, विभ्रमः सुबुद्धिः वा, यदा पुरुषः वित्तविहीनः (भवति) समं सर्वं प्रणश्यति ॥ ३ ॥

बुद्धिमताम् अपि बुद्धिः सततं कुटुम्बभरचिन्तया वसन्तवाताहता शिशिरश्रीः इव प्रतिदिवसं लयं याति ॥ ४ ॥

व्याख्या—शीलं = स्वभावः (आचारो वा) (शील), शौचं = पवित्रता, क्षान्तिः = क्षमा, दाक्षिण्यं = शिष्टता (शिष्टव्यवहार), मधुरता = प्रियभाषित्वं (प्रिय भाषण), कुले जन्म = सत्कुलोद्भवः (उत्तम कुल में जन्म लेना), सर्वे = ते गुणाः (सभी गुण) वित्तविहीनस्य = धनरहितस्य (निर्धन), पुरुषस्य = मनुष्यस्य (व्यक्ति के), न विराजन्ति = न शोभन्ते (शोभा नहीं देते हैं) ॥ २ ॥

मानः = सन्मानः (सम्मान), दर्पः = अभिमानः (घमण्ड), विज्ञानं = शिल्पज्ञानं (कलाओं का ज्ञान), विभ्रमः = विलासः (रंगरेलियाँ), सुबुद्धिः = सद्बुद्धिः (प्रज्ञा), वित्तविहीनः = धनरहितः (भवति, तदा) (पुरुष के निर्धन होते ही), समं = धनेन सह (धन के साथ ही), प्रणश्यति = नश्यति (नष्ट हो जाते हैं) ॥ ३ ॥

बुद्धिमतां = विदुषां (विद्वानों की भी), बुद्धिः = मतिः, सततं = निरन्तरम् (निरन्तर ही), कुटुम्बभरचिन्तया = परिवारस्य भरणपोषणचिन्तनेन (परिवार के भरण पोषण की चिन्ता से), वसन्तवाताहता = वसन्तकालीनवातेनाहता (वसन्त ऋतु के वायु से प्रताडित), शिशिरश्रीः = शिशिरर्तुशोभा इव (शिशिर ऋतु की शोभा की तरह) प्रतिदिवसं = प्रत्यहं (प्रतिदिन), लयं = विनाशं, याति = गच्छति (क्षीण होती जाती है) ॥ ४ ॥

हिन्दी—शील, शुचिता, क्षमा, शिष्टता, प्रियभाषिता तथा उत्तम कुल में जन्म लेना, ये सभी गुण निर्धन पुरुषों को शोभा नहीं देते हैं। मनुष्य के निर्धन हो जाने पर इन गुणों के रहने पर भी उसके प्रति कोई आकृष्ट नहीं होता है ॥ २ ॥

सम्मान, दर्प, कलाओं का ज्ञान, आनन्द, रंगरेलियाँ, तथा सुबुद्धि, ये सभी वस्तुएँ पुरुष के निर्धन होते ही उसके धन के साथ चली जाती हैं। निर्धन व्यक्ति इनकी अपेक्षा करते ही उपहास का विषय बना दिया जाता है ॥ ३ ॥

विद्वानों की भी बुद्धि निरन्तर की कौटुम्बिक भरण-पोषण सम्बन्धी चिन्ताओं से उसी प्रकार क्षीणाभ हो जाती है; जैसे निरन्तर वसन्तकालीन वायु के प्रताड़न से शिशिर ऋतु की

शोभा प्रतिदिन क्षीण होती जाती है। कौटुम्बिक चिन्ताओं में उलझा हुआ व्यक्ति अपने ज्ञान का उपयोग नहीं कर पाता है और उसकी बुद्धि दैनिक समस्याओं से क्षीण हो जाती है ॥४॥

नश्यति विपुलमतेरपि बुद्धिः पुरुषस्य मन्दविभवस्य।
घृतलवणतैलतण्डुलवस्त्रेन्धनचिन्तया सततम् ॥ ५ ॥

गगनमिव नष्टतारं, शुष्कमिव सरः, श्मशानमिव रौद्रम्।
प्रियदर्शनमपि रूक्षं, भवति गृह धनविहीनस्य ॥ ६ ॥

न विभाव्यन्ते लघवो वित्तविहीनाः पुरोऽपि निवसन्तः।
सततं जातविनष्टाः पयसामिव बुद्बुदाः पयसि ॥ ७ ॥

अन्वयः—विपुलमतेरपि मन्दविभवस्य पुरुषस्य बुद्धिः सततं घृत-लवण-तैल-तण्डुल-वस्त्र-इन्धनचिन्तया नश्यति ॥ ५ ॥

धनविहीनस्य गृहं नष्टतारं गगनम् इव, शुष्कं सरः इव, रौद्रं श्मशानम् इव, प्रियदर्शनम् अपि रूक्षं भवति ॥ ६ ॥

वित्तविहीनाः लघवः पुरः निवसन्तोऽपि पयसि सततं जातविनष्टाः पयसां बुद्‌बुदा इव न विभाव्यन्ते ॥ ७ ॥

व्याख्या—विपुलमतेरपि = विशालबुद्धेरपि (प्रचुर बुद्धिवाले), मन्दविभवस्य = अल्पवित्तस्य (अल्प वित्त के), **पुरुषस्य**=व्यक्तेः (व्यक्ति की), घृतलवणतैलतण्डुलवस्त्रेन्धन-चिन्तया = कुटुम्बभरणोपकरणचिन्तया (घी, तेल, नमक, चावल, वस्त्र, आदि परिवार के भरण योग्य आवश्यक वस्तुओं की चिन्ता से), नश्यति = विनश्यति (नष्ट हो जाती है) ॥५॥

धनविहीनस्य = मन्दविभवस्य (धन रहित व्यक्ति का), गृहं = भवनं (मकान), नष्ट-तारं = गतनक्षत्रं (नक्षत्र रहित), गगनमिव = गगनमण्डलमिव (आकाश की तरह शून्य), शुष्कं = जलशून्यं (जल रहित), सरः = जलाशयः (तालाब), रौद्रं = भीषणं (भीतिप्रदम्) (भयावह), श्मशानम् = प्रेतभूमिः (श्मशान), प्रियदर्शनं = चारुदर्शनं (देखने में सुन्दर होने पर भी), रूक्षं = श्रीविहीनं (अशोभनीय, उदास) भवति ॥ ६ ॥

वित्तविहीनाः = धनहीनाः (निर्धन व्यक्ति), लघवः = हेयाः, नगण्या इत्यर्थः (निर्धनत्वाल्लघवो जाताः) (नगण्य), पुरः = अग्रे (सामने) निवसन्तोऽपि = तिष्ठन्तोऽपि (रहते हुए भी), पयसि = जले (जल में), जातविनष्टाः = जातमात्रेण नष्टाः (उत्पन्न और विनष्ट होने वाले), पयसां = जलाना, बुद्‌बुदा इव, न विभाव्यन्ते = न लक्ष्यन्ते (दिखाई नहीं पड़ते हैं) ॥ ७ ॥

हिन्दी—धन के अभाव में प्रचुर बुद्धिवाले व्यक्तियों की भी बुद्धि निरन्तर क घी, नमक, तेल, चावल, वस्त्र तथा इन्धन आदि परिवार के भरण योग्य आवश्यक उपकरणों की चिन्ता से, विनष्ट हो जाती है ॥ ५ ॥

सम्पत्तिहीन व्यक्ति का गृह अत्यन्त सुन्दर होने पर भी (धन के अभाव में) नक्षत्र-

रहित आकाश की तरह शून्य, सूखे हुए तालाब की तरह उदास और श्मशान की तरह भयानक लगता है ॥ ६ ॥

धन के अभाव में व्यक्ति इतना तुच्छ हो जाता है कि सामने रहने पर भी जल में निरन्तर उत्पन्न और विनष्ट होने वाले बुद्बुदों की तरह दृष्टि में नहीं आता है। निर्धन व्यक्ति को देखते हुए भी लोग उसकी उपेक्षा कर देते हैं ॥ ७ ॥

सुकुलं कुशलं, सुजनं विहाय, कुलकुशलशीलविकलेऽपि ।
आढ्ये, कल्पतराविव नित्यं रज्यन्ति जननिवहाः ॥ ८ ॥

विफलमिह पूर्वसुकृत, विद्यावन्तोऽपि कुलसमुद्भूताः ।
यस्य यदा विभवः स्यात्तस्य तदा दासतां यान्ति ॥ ९ ॥

लघुरयमाह न लोकः कामं गर्जन्तमपि पतिं पयसाम् ।
सर्वमलज्जाकरमिह, यद्यत्कुर्वन्ति परिपूर्णाः ॥ १० ॥

अन्वयः—जननिवहाः सुकुलं, कुशलं, सुजनं विहाय, कुलकुशलशीलविकलेऽपि आढ्ये कल्पतरौ इव नित्यं रज्यन्ति ॥ ८ ॥

इह, पूर्वसुकृतं विफलं, विद्यावन्तः कुलसमुद्भूता अपि यदा यस्य विभवः स्यात् तदा तस्य दासतां यान्ति ॥ ९ ॥

लोकः कामं गर्जन्तमपि पयसां पतिम् "अयं लघुः" न आह, (यतो हि) इह परिपूर्णाः यद्यत् कुर्वन्ति सर्वम् अलज्जाकरं (भवतीति) ॥ १० ॥

व्याख्या—जननिवहाः = जनसंघाः (जनसमुदाय), सुकुलं = श्रेष्ठ-वंशजं (अच्छे कुल में उत्पन्न), कुशलं = प्रवीणं (चतुर), सुजनं = सज्जनं (सज्जन) को विहाय = परित्यज्य (छोड़कर), कुलकुशलशीलविकलेऽपि = सर्वगुणरहितेऽपि (सभी गुणों से रहित), आढ्ये = धनसंपन्ने (धनी व्यक्ति पर), कल्पतरौ = कल्पवृक्षे (यथा तथा), रज्यन्ति = प्रसीदन्ति (प्रसन्न हो जाते हैं) ॥ ८ ॥

इह = विश्वेऽस्मिन् (इस संसार में), पूर्वसुकृतं = पूर्वोपार्जितं पुण्यं (पूर्वोपार्जित पुण्य), विफलं = निष्फलम् (व्यर्थ हो जाता है) यतो हि—विद्यावन्तः = विद्वांसः (विद्वान्), कुलसमुद्भूताः = सुकुलोद्भवाः (पुरुषा अपि) (उच्चवंश में उत्पन्न होने वाले जन भी), यदा = यस्मिन्काले (जब) यस्य = यस्य पुरुषस्य (जिस व्यक्ति के पास), विभवः = धनम् (सम्पत्ति रहती है), तस्य = धनिकस्य पुरुषस्य (धनिक व्यक्ति की), दासताम् = आज्ञाकारितां (दासता) यान्ति = गच्छन्ति (स्वीकुर्वन्ति) (स्वीकार कर लेते हैं) ॥ ९ ॥

लोकः = जनसमुदायः (जनसमूह), कामं = यथेच्छं (निर्भयमित्यर्थः) (मनमाने ढंग से), गर्जन्तं = प्रलपन्तम्, अपि (प्रलाप करने वाले. गर्जते हुए), पयसांपतिं = समुद्रं मेघं वा (सागर या बादल को), अयं लघुः = क्षुद्रोऽयम् इति (यह नीच है), न आह = न कथयति (नहीं कहता है), यतो हि, इह = संसारे (विश्व में), परिपूर्णाः = श्रीमन्तः

(सम्पन्न जन), यद्यत्कुर्वन्ति = यद्यदाचरन्ति (जो भी कुछ करते हैं), सर्वं = सम्पूर्णम् (वह सम्पूर्ण), अलज्जाकरं = अलज्जावहं (अलज्जाकर), भवतीति शेषः ॥ १० ॥

हिन्दी—कुलीनता, प्रवीणता तथा सज्जनता आदि गुणों की अपेक्षा न करके लोग सम्पन्न व्यक्ति को कल्पतरु की भाँति सन्तुष्ट करने का प्रयास करते हैं। (निर्धन व्यक्ति चाहे कितना भी कुलीन एवं कुशल हो, कोई उसकी परछाई तक लांघना नहीं चाहता है, जब कि अकुलीन होने पर भी धनी व्यक्ति की छाया में रहना सबको पसन्द होता है) ॥ ८ ॥

पूर्वोपार्जित पुण्य भी व्यर्थ हो जाता है और विद्वान् तथा अभिजात कुल में उत्पन्न हुए व्यक्तियों को भी अकुलीन तथा मूर्ख-धनी व्यक्ति की दासता स्वीकार करनी पड़ती है ॥ ९ ॥

स्वच्छन्द प्रलाप करने वाले (गर्जते हुए) समुद्र या मेघ को "यह नीच है" ऐसा कोई नहीं कहता है, क्योंकि बड़े लोग जो कार्य करते हैं वह लज्जास्पद नहीं कहा जाता है। सम्पन्न व्यक्ति अनुचित कार्य करने पर भी निन्दनीय नहीं समझा जाता है, न तो अनुचित कार्य करते हुए वह लज्जित ही होता है। किन्तु निर्धन व्यक्ति अच्छा कार्य करने पर भी प्रशंसा का पात्र नहीं समझा जाता है ॥ १० ॥

एवं संप्रधार्य भूयोऽप्यचिन्तयत्—"तदहमनशनं कृत्वा प्राणानुत्सृजामि। किमनेन भो व्यर्थजीवितव्यसनेन ?" एवं निश्चयं कृत्वा सुप्तः। अथ तस्य स्वप्ने पद्मनिधिः क्षपणकरूपो दर्शनं दत्त्वा प्रोवाच—"भोः श्रेष्ठिन् ! मा त्वं वैराग्यं गच्छ। अहं पद्मनिधिस्तव पूर्वपुरुषोपार्जितः। तदनेनैव रूपेण प्रातस्त्वद्गृहमागमिष्यामि। तत्त्वयाऽहं लगुडप्रहारेण शिरसि ताडनीयः, येन कनकमयो भूत्वाऽक्षयो भवामि।"

व्याख्या—एवं = पूर्वोक्तक्रमेण (इस प्रकार से), संप्रधार्य = विचार्य (सोच करके) भूयोऽपि = पुनरपि (फिर भी), अचिन्तयत् = चिन्तयामास (विचार किया) अनशनं कृत्वा = भोजनं विहाय (अनशनव्रतमित्यर्थः, न अशनम् अनशनम्, अश् धातोः ल्युट्प्रत्ययः) (अनशन करके) प्राणान् = जीवनम् (प्राणों का), उत्सृजामि = परित्यजामि (परित्याग कर दूँगा), किमनेन = धनरहितेन (मानत्यागपुरस्सरेण) (निर्धन होकर) व्यर्थजीवितव्यसनेन = अनर्थकजीवितोद्यमेन (व्यर्थ जीने की चेष्टा करने से क्या लाभ है), एवम् = इत्थं (ऐसा) निश्चयं कृत्वा = प्राणत्यागं विनिश्चित्य (प्राण-त्याग का निश्चय करके) सुप्तः = प्रसुप्तः (सो गया)। स्वप्ने = स्वप्नावस्थायां (स्वप्न में), पद्मनिधिः = पद्माख्यो निधिः ("महापद्मश्च पद्मश्च शङ्खो मकरकच्छपौ। मुकुन्दकुन्दनीलाश्च खर्वश्च निधयो नव") (पद्म नामक निधि ने), क्षपणकरूपी = जैनभिक्षुरूपी, बौद्धभिक्षुरूपी वा (जैनभिक्षु के रूप में), दर्शनं दत्वा = प्रत्यक्षो भूत्वा (प्रत्यक्ष होकर), वैराग्यं = जीवनौदासीन्यं (वैराग्य, जीवन से निराश), पूर्वपुरुषोपार्जितः = पूर्ववंशजैः सञ्चितः (पूर्व पुरुषों द्वारा सञ्चित)। अनेनैव रूपेण = क्षपणकरूपेण (क्षपणक के वेश में), लगुडप्रहारेण = दण्डप्रहारेण (लाठी से), ताडनीयः = हन्तव्यः (मारना), येन = प्रहारेण

(जिससे), कनकमयः = सुवर्णमयः (सोने का होकर), अक्षयः = अनश्वरः (चिरस्थायी), भवामि = भविष्यामि (हो जाऊँगा) ।

हिन्दी—पूर्वोक्त बातों का विचार करके उसने पुनः सोचा—"मैं अनशन करके प्राण त्याग दूँगा। इस निर्धनता में जीने की व्यर्थ दुराशा करने से क्या लाभ है?" यह निश्चय करके वह सो गया।

स्वप्न में क्षपणक वेशधारी पद्मनिधि ने प्रत्यक्ष होकर कहा—"श्रेष्ठिन्! तुम निराश क्यों होते हो, वैराग्य ग्रहण करना ठीक नहीं है। तुम वैराग्य ग्रहण न करो। मैं तुम्हारे पूर्वजों द्वारा उपार्जित पद्म नामक निधि हूँ। कल प्रातःकाल इसी रूप में मैं तुम्हारे घर आऊँगा। तुम मेरे शिर पर लाठी से प्रहार करना। तुम्हारे प्रहार से मैं स्वर्णमय होकर तुम्हारे लिए अक्षय निधि बन जाऊँगा।"

अथ प्रातः प्रबुद्धः सन् स्वप्नं स्मरंश्चिन्ताचक्रमारूढस्तिष्ठति—"अहो, सत्योऽयं स्वप्नः किं वा असत्यो भविष्यति, न ज्ञायते। अथवा नूनं मिथ्याऽनेन भाव्यम्। यतोऽहमहर्निशं केवलं वित्तमेव चिन्तयामि। उक्तं च—

व्याधितेन सशोकेन चिन्ताग्रस्तेन जन्तुना।
कामार्तेनाऽथ मत्तेन दृष्टः स्वप्नो निरर्थकः ॥ ११ ॥

व्याख्या—अथ = स्वप्नदर्शनानन्तरं (स्वप्न को देखने के पश्चात्), प्रातः प्रबुद्धः सन् = प्रातःकाले जागृतः सन् (प्रातः समुत्थाय) (प्रातः काल उठकर) स्वप्नं स्मरन् = स्वप्नं ध्यायन् (स्वप्न को स्मरण करते हुए), चिन्ताचक्रमारूढः (विचारों में खोया हुआ), मिथ्याऽनेन भाव्यम् = असत्येनानेन भवितव्यम् (यह स्वप्न असत्य ही होगा)। यतः = यस्मात्कारणात्, अहर्निशम् = अहोरात्रम् (रातदिन), वित्तमेव = धनमेव (धन की ही), चिन्तयामि = अनुशोचामि (चिन्ता किया करता हूँ)।

अन्वयः—व्याधितेन, सशोकेन, चिन्ताग्रस्तेन, कामार्तेन, अथ मत्तेन जन्तुना दृष्टः स्वप्नः निरर्थकः (भवति)।

व्याख्या—व्याधितेन = रोगिणा (रोगी), सशोकेन = शोकग्रस्तेन (शोकाकुल), चिन्ताग्रस्तेन = विचारमग्नेन (सतत चिन्तित) अथ = अपिच, कामार्तेन = विषयासक्तेन (कामी), मत्तेन = प्रमत्तेन (उन्मादग्रस्त) जन्तुना = पुरुषेण (व्यक्ति द्वारा), दृष्टः = अवलोकितः (देखा हुआ स्वप्न), निरर्थकः = निष्फलः (निष्फल होता है) ॥ ११ ॥

हिन्दी—प्रातःकाल नींद खुलने पर रात में देखे हुए स्वप्न के विषय में वह तर्क-वितर्क करने लगा। विचारों में खोया हुआ वह सोचने लगा—"क्या यह स्वप्न सत्य होगा? नहीं, असत्य भी हो सकता है। कुछ भी कहना कठिन है। अथवा असत्य ही होगा, यह निश्चय पूर्वक कहा जा सकता है। क्योंकि रात-दिन मैं धन की ही चिन्ता किया करता हूँ। कहा भी गया है कि—

रोगी, शोकाकुल, चिन्ताग्रस्त कामातुर तथा प्रमत्त (उन्मादग्रस्त) व्यक्ति का देखा हुआ स्वप्न प्रायः मिथ्या ही हुआ करता है" ॥ ११ ॥

एतस्मिन्नन्तरे तस्य भार्यया कश्चिन्नापितः पादप्रक्षालनायाहूतः। अत्रान्तरे च यथानिर्दिष्टः क्षपणकः सहसा प्रादुर्बभूव। अथ स तमालोक्य प्रहृष्टमना यथासन्नकाष्ठदण्डेन तं शिरस्यताडयत्। सोऽपि सुवर्णमयो भूत्वा तत्क्षणाद्-भूमौ निपतितः। अथ तं स श्रेष्ठी निभृतं स्वगृहमध्ये कृत्वा नापितं सन्तोष्य प्रोवाच—"तदेतद्धनं, वस्त्राणि च मया दत्तानि गृहाण। भद्र! पुनः कस्यचिन्नाख्येयोऽयं वृत्तान्तः।"

व्याख्या—एतस्मिन्नन्तरे = अस्मिन्नेव काले (इसी बीच में), तस्य = श्रेष्ठिनः (सेठ की) भार्यया = स्त्रिया (स्त्री द्वारा), कश्चिन्नापितः = एको नापितः (एक नाई), पादप्रक्षालनाय नखकर्तनरञ्जनादिकार्याय (नाखून आदि काटने के लिये), आहूतः = समाहूतः (बुलाया गया था)। अत्रान्तरे = एतस्मिन्नेवावसरे (ठीक इसी अवसर पर), यथानिर्दिष्टः = स्वप्ने यथाज्ञप्तः (स्वप्न में जैसा कि क्षपणक ने कहा था), प्रादुर्बभूव = समागतः (अन्तरिक्षात्समुत्पन्नः) (उपस्थित हुआ), तमालोक्य = क्षपणकं दृष्ट्वा (क्षपणक को देखकर) प्रहृष्टमनाः = प्रसन्नचित्तः (प्रसन्न चित्त से), यथासन्नकाष्ठदण्डेन = सन्निकटस्थेन लगुडेन (पास में रखे हुये दण्डे से), तं = क्षपणकं (संन्यासी को), शिरस्यताडयत् = शिरोभागमुद्दिश्य प्रहारमकरोत् (शिर पर मारा), सोऽपि = क्षपणकोऽपि (वह क्षपणक भी), तत्क्षणात् = सद्यः (प्रहारकाले) एव (तत्काल), भूमौ निपतितः = पृथिव्यां पतितः (पृथ्वी पर गिर पड़ा)। तं = क्षपणकं (उस मृत क्षपणक को), निभृतं निगूढं (अत्यन्त गुप्त रूप से), धनं = वित्तं (धन को), गृहाण = गृह्यताम् (स्वीकार करो), नाख्येयः = न वक्तव्यः (न कहना), वृत्तान्तः = चरितं (समाचार को)।

हिन्दी—वह श्रेष्ठी अभी सोच हो रहा था कि उसकी स्त्री द्वारा नख आदि काटने के लिए समाहूत एक नापित आ पहुँचा। इसी समय स्वप्न में दिये गये निर्देश के अनुसार वह क्षपणक भी प्रकट हुआ। क्षपणक को देखकर सेठ बहुत प्रसन्न हुआ और पास में पड़ी हुई लाठी से उसने क्षपणक के शिर पर मारा। क्षपणक स्वर्णमूर्ति बनकर तत्काल भूमि पर गिर पड़ा। श्रेष्ठी ने गोपनीय ढंग से उस संन्यासी की लाश को अपने मकान के भीतर रखवा दिया। पुनः उस नापित को सन्तुष्ट करते हुए उसने कहा—"मित्र! इन आभूषणों और वस्त्रों को रख लो। इस वृतान्त को किसी भी व्यक्ति के समक्ष प्रकट न करना।"

नापितोऽपि स्वगृहं गत्वा व्यचिन्तयत्—"नूनमेते सर्वेऽपि नग्नकाः शिरसि ताडिताः काञ्चनमया भवन्ति। तदहमपि प्रातः प्रभूतानाहूय लगुडैः शिरसि हन्मि, येन प्रभूतं हाटकं मे भवति।" एवं चिन्तयतो महता कष्टेन निशा व्यतिचक्राम।

अथ प्रभातेऽभ्युत्थाय बृहल्लगुडमेकं प्रगुणीकृत्य, क्षपणकविहारं गत्वा जिनेन्द्रस्य प्रदक्षिणत्रयं विधाय, जानुभ्यामवनिं गत्वा वक्त्रद्वारन्यस्तोत्तरीयाञ्चलस्तारस्वरेणेमं श्लोकमपठत्—

"जयन्ति ते जिना येषां केवलज्ञानशालिनाम्।
आजन्मनः स्मरोत्पत्तौ मानसेनोषरायितम्॥ १२॥

अन्यच्च–

सा जिह्वा या जिनं स्तौति तच्चित्तं यज्जिने रतम्।
तावेव च करौ श्लाघ्यौ यौ तत्पूजाकरौ करौ॥ १३॥

व्याख्या—व्यचिन्तयत् = अचिन्तयत् (सोचा), नूनं = निश्चयेन (निश्चित रूप से), नग्नकाः = क्षपणकाः (भिक्षु), शिरसि दण्डहताः = दण्डेन शिरसि ताडिताः (शिर पर दण्डे से प्रहार करने पर), काञ्चनमयाः = स्वर्णमयाः (सोने के)। प्रभूतान् = प्रचुरान् (बहुतों को) प्रभूतं हाटकं = विपुलं सुवर्णं (अधिक सुवर्ण), भवति = भविष्यति (हो जायगा)। महता कष्टेन = अतिकष्टेन (चिन्तायुक्तेनेत्यर्थः) (अत्यन्त कष्ट के साथ किसी प्रकार) निशा = रात्रिः (रात), व्यतिचक्राम = व्यपगता (व्यतीत हुई)। प्रभाते = प्रातःकाले (प्रातः काल), अभ्युत्थाय = शयनादुत्थाय (चारपाई से उठकर), बृहल्लगुडमेकम् = अतिदीर्घमेकम् दण्डं (खूब बड़ी एक लाठी), प्रगुणीकृत्य = सज्जीकृत्य (तैयार करके) क्षपणकविहारं = जैनभिक्षुकाणामुपाश्रयं (क्षपणकों के मठ में), गत्वा, जिनेन्द्रस्य = भगवतो जिनस्य (जिन भगवान् की), प्रदक्षिणत्रयं विधाय = वारत्रयं प्रदक्षिणां कृत्वा (तीन बार प्रदक्षिणा करके), जानुभ्यामवनिं गत्वा = जानुभ्यां भूमिं प्रणम्य (जानु को मोड़कर प्रणाम किया), वक्त्रद्वारन्यस्तोत्तरीयाञ्चलः उत्तरीयेण पिहितमुखः (वक्त्रद्वारे न्यस्तमुत्तरीयस्याञ्चलं येन सः) (उत्तरीय को मुखपर लगाकर) तारस्वरेण = तीव्रस्वरेण (जोर से), श्लोकमपठत्।

अन्वयः—केवलज्ञानशालिनां येषाम् आजन्मनः स्मरोत्पत्तौ मानसेन ऊषरायितं ते जिनाः जयन्ति॥ १२॥

सा जिह्वा या जिनं स्तौति, तच्चित्तं यत् जिने रतं, तौ एव च करौ श्लाघ्यौ यौ करौ तत्पूजाकरौ (स्तः)॥ १३॥

व्याख्या—केवलज्ञानशालिनां = ज्ञानपरायणानां (ज्ञानेन शालन्ते = शोभन्ते ये ते ज्ञानशालिनस्तेषामित्यर्थः) (केवल ज्ञान परायण), येषाम् = जैनक्षपणकानाम् (जिन जैनक्षपणकों के) आजन्मनः = जन्मत आरभ्य (जन्म से ही), स्मरोत्पत्तौ = कामोत्पत्तौ (काम की उत्पत्ति के सम्बन्ध में), मानसेन = चित्तेन (मानस ने) ऊषरायितं = ऊष इवाचरितं (स्यादूषः क्षारमृत्तिका) (ऊषर के समान कठोरता का परिचय दिया है), ते = कामरहिताः (कामरहित), जिनाः = जैनसाधवः (जैन भिक्षुकों की) जयन्ति (जय हो)॥ १२॥

सा जिह्वा = प्रशंसार्हा जिह्वा (वही जिह्वा प्रशंसनीय है), जिनं स्तौति = जिनं प्रार्थयति

(जिन भगवान की प्रार्थना करती है) तच्चित्तं = तदेव मनः (वही मन प्रशंसार्ह होता है), जिने रतं = जिनेऽनुरक्तं भवति (जिन भगवान् के प्रति अनुरक्त हो), श्लाघ्यौ = प्रशंसार्हौ, (प्रशंसनीय), तत्पूजाकरौ = जिनस्य पूजकौ (स्तः) (जिन के पूजक हों) ॥ १३ ॥

हिन्दी—नापित ने अपने घर जाकर सोचा—"ये जैन क्षपणक शिर पर लाठी से प्रहार करने पर अवश्य ही स्वर्णमय हो जाते हैं। अतः प्रातःकाल होते ही मैं कई जैन भिक्षुकों को निमन्त्रित करके लाठी से उनके मस्तक पर प्रहार करूँगा, जिससे मेरे पास भी सोने का पर्याप्त सञ्चय हो जायगा।" उक्त विचार में डूबे हुए उसने किसी प्रकार अत्यन्त कष्टपूर्वक रात्रि को व्यतीत किया। दूसरे दिन प्रातःकाल उठते ही एक खूब बड़ी लाठी तैयार करके रख दी और जैन साधुओं के मठ में गया। वहाँ पहुँच कर वह भगवान् जिनकी तीन बार परिक्रमा करने के बाद अत्यन्त विनम्रतापूर्वक घुटने के बल बैठ गया और अपने उत्तरीय को मुख पर लगा कर तीव्र-स्वर से इस श्लोक को पढ़ने लगा—

जिन्हें ने जन्म से कामोत्पत्ति के विषय में अपने मन को ऊषर भूमि की तरह बना रखा है, उन ज्ञानपरायण जिनों की जय हो ॥ १२ ॥

मनुष्य की वही जिह्वा स्तुत्य है जो भगवान् जिन की स्तुति करती हो, वही मन भी स्तुत्य है जो भगवान् जिन में सदा अनुरक्त रहता हो और वे ही हाथ प्रशंसनीय कहे जा सकते हैं जो सतत उनकी पूजा में व्यस्त रहते हों ॥ १३ ॥

तथाच—

ध्यानव्याजमुपेत्य चिन्तयसि कामुन्मील्य चक्षुः क्षणं,
पश्यानङ्गशरातुरं जनमिमं त्राताऽपि नो रक्षसि ।
मिथ्याकारुणिकोऽसि निर्घृणतरस्त्वत्तः कुतोऽन्यः पुमान्,
सेर्ष्यं मारवधूभिरित्यभिहितो बौद्धो जिनः पातु वः ॥ १४ ॥

एवं संस्तुत्य, ततः प्रधानक्षपणकमासाद्य क्षितिनिहितजानुचरणः "नमोस्तु वन्दे" इत्युच्चार्य, लब्धधर्मवृद्ध्याशीर्वादः सुखमालिकाऽनुग्रहलब्धव्रतादेश उत्तरीयनिबद्धग्रन्थिः सप्रश्रयमिदमाह—"भगवन्! अद्य विहरणक्रिया समस्त-मुनिसमेतेनास्मद्गृहे कर्त्तव्या।"

अन्वयः—ध्यानव्याजमुपेत्य कां चिन्तयसि, क्षणं चक्षुः उन्मील्य अनङ्गशरातुरम् इमं जनं पश्य। त्राता अपि नो रक्षसि, मिथ्या कारुणिकः असि, त्वत्तः निर्घृणतरः अन्यः पुमान् कुतः। मारवधूभिः सेर्ष्यम् इति अभिहितः बौद्धः जिनः वः पातु ॥ १४ ॥

व्याख्या—ध्यानव्याजमुपेत्य = कपटसमाधि विधाय (झूठी समाधि का बहाना बनाकर), काम् = प्रेयसीं (किस प्रियतमा का), चिन्तयसि = ध्यायसि (ध्यान कर रहे हो), क्षणं = क्षणमात्रं (एक क्षण के लिये), चक्षुः = नेत्रम् (नेत्र को), उन्मील्य = उद्घाट्य (खोल-कर), अनङ्गशरातुरं = कामबाणपीडितम् (कामदेव के बाणों से आहत), इमं जनं पुरोवर्तिनं

जनं (सामने स्थित इस जन की ओर), पश्य = विलोकय (देखो) त्राताऽपि = रक्षकोऽपि (रक्षक होकर भी), नो रक्षसि = रक्षां न करोषि (रक्षा नहीं करते हो), मिथ्या = असत्यमेव (झूठ ही), कारुणिकोऽसि = दयालुरसि (दयालु बनते हो), त्वत्तः = युष्मत् (तुमसे), अन्यः = अतिरिक्तः (अधिक अन्य कोई भी), निर्घृणतरः = निर्दयः (निर्दयी), कुतः = क्वास्ति (कहाँ मिलेगा)। मारवधूभिः = अप्सरोभिः (अप्सराओं द्वारा), सेर्ष्यम् = ईर्ष्यया सहितम् (ईर्ष्या के साथ), इत्यभिहितः = इत्थं निगदितः (इस प्रकार आक्षिप्त), बौद्धो जिनः = बौद्धभिक्षुः; भगवान् बुद्धो वा (भगवान् बुद्ध), वः = युष्मान् (आप लोगों की), पातु = रक्षतु (रक्षा करें) ॥ १४ ॥

एवं = पूर्वोक्तक्रमेण (इस प्रकार), संस्तुत्य = स्तुतिं विधाय (स्तुति करके), प्रधानक्षपणकं = भिक्षुप्रमुखम् (प्रमुख भिक्षु के पास), आसाद्य = प्राप्य (जाकर), क्षितिनिहितजानुचरणः = भूमिगतजानुपादप्रदेशः (क्षितौ = भूमौ, निहितौ जानुचरणौ येन सः) घुटना टेक कर), लब्धधर्मवृद्धयाशीर्वादः = धर्मवृद्धेराशीर्वादमवाप्य (लब्धः धर्मवृद्धेराशीर्वादो येन सः) (धर्मवृद्धि का आशीर्वाद प्राप्त किया), सुखमालिकाऽनुग्रहलब्धव्रतादेशः = अनुग्रहरूपपुष्पमालिकया प्राप्तव्रतादेशः (सुखार्थधारिता मालिका सुखमालिका, सुखमालिकाया अनुग्रहः = भिक्षुणा प्रदत्तमालिकारूपानुग्रहस्तेन, लब्धः = प्राप्तः, व्रतादेशो येन सः) (भिक्षु द्वारा प्रदत्त अनुग्रहरूपी पुष्पमाला से व्रत का आदेश प्राप्त करके), उत्तरीयनिबद्धग्रन्थिः = दुकूलाबद्धग्रन्थिः (दुपट्टे को अपने गले में लपेटकर), सप्रश्रयं = सानुनयं (अत्यन्त विनीत भाव से), विहरणक्रिया = भिक्षाटनम् अशनक्रिया वा (भोजन), समस्तमुनिसमेतेन = भिक्षसमुदायेन सह (सभी भिक्षुओं के साथ), अस्मद्गृहे = मम गृहे (मेरे घर), कर्तव्या = विधातव्या (किया जाना चाहिये)।

हिन्दी—समाधि का बहाना बनाकर आप किस सुन्दरी का ध्यान कर रहे हैं; क्षणमात्र के लिए नेत्रों को खोलकर कामदेव के बाणों से आहत इस जन की ओर तो देखिए। आश्चर्य है, रक्षक होकर भी आप रक्षा नहीं करते हैं। कैसे दयालु हैं आप? आपसे बढ़कर निर्दयी कोई भी दूसरा नहीं होगा। इस प्रकार, ईर्ष्यायुक्त होकर देवाङ्गनाओं द्वारा आक्षिप्त भगवान् बुद्ध आपकी रक्षा करें ॥ १४ ॥

इस प्रकार, स्तुति करने के पश्चात् वह नापित प्रमुख भिक्षु के पास गया और घुटना टेककर बैठ गया। पुनः अत्यन्त विनीत भाव से उसने कहा—"आपको नमस्कार है, मैं आपकी वन्दना करता हूँ।"

प्रमुख भिक्षु ने धर्म-वृद्धि का आशीर्वाद देने के पश्चात् अपने गले में धारण की हुई पुष्पमाला को निकालकर उसको प्रदान करते हुए व्रत, उपवास आदि की शिक्षा दी।

आशीर्वाद-प्राप्ति के पश्चात् उसने अपने दुपट्टे को गले में लपेटते हुए नम्रतापूर्वक यह निवेदन किया—"भगवन्! समस्त भिक्षुओं के साथ आज की अशनक्रिया मेरे घर सम्पन्न होनी चाहिए।"

स आह—"भोः श्रावक ! धर्मज्ञोऽपि किमेवं वदसि, किं वयं ब्राह्मणसमानाः यत आमन्त्रणं करोषि ? वयं सदैव तत्कालपरिचर्यया भ्रमन्तो भक्तिभाजं श्रावकमवलोक्य तस्य गृहे गच्छामः। तेन कृच्छ्रादभ्यर्थितास्तद्गृहे प्राणधारणमात्रामशनक्रियां कुर्मः। तद्गम्यताम्, नैवं भूयोऽपि वाच्यम्।"

तच्छ्रुत्वा नापित आह—"भगवन् ! वेद्म्यहं युष्मद्धर्मम्। परं भवतो बहुश्रावका आह्वयन्ति। साम्प्रतं पुनः पुस्तकाच्छादनयोग्यानि कर्पटानि बहुमूल्यानि प्रगुणीकृतानि। तथा पुस्तकानां लेखनार्थं लेखकानां च वित्तं सञ्चितमास्ते। तत्सर्वथा कालोचितं कार्यम्।"

व्याख्या—भोः श्रावक ! = भो जिनानुरागिन् ! (जैन धर्म में विश्वास रखने वाले भक्त), धर्मज्ञोऽपि = धर्मविदपि (धर्म को जानते हुए भी), किमेवं वदसि = कथमेतादृशं कथयसि (क्यों ऐसी बात करते हो), ब्राह्मणसमानाः = विप्रसदृशाः (ब्राह्मणों के समान भिक्षुक हैं), यतः = यस्माद्धि (जिससे), आमन्त्रणं = निमन्त्रणं (निमन्त्रण), तत्कालपरिचर्यया = भोजनकालोचितविहारेण (भोजन का समय हो जाने पर), भक्तिभाजं = श्रद्धावन्तं (श्रद्धालु), श्रावकं = जैनगृहस्थं (जैन गृहस्थ को), अवलोक्य = विलोक्य (देखकर), कृच्छ्रादभ्यर्थिताः = बहुशः प्रार्थिताः (उसके बहुत आग्रह करने पर), प्राणधारणमात्रां = प्राणयात्रापरिमिताम् (जीवन-निर्वाह के लिए अपेक्षित) अशनक्रियां = भोजनक्रियां (भोजन), गम्यताम् = गच्छ (यहाँ से चले जाओ), न वाच्यं = न वक्तव्यम् (कभी मत कहना)। तच्छ्रुत्वा = क्षपणकप्रमुखस्य वचनं श्रुत्वा (प्रमुख भिक्षु के वचन को सुनकर), वेद्म्यहम् = सर्वमवगच्छामि (मैं सब जानता हूँ), युष्मद्धर्मं = भवद्धर्मं (आपके धर्म को), बहुश्रावकाः = बहवो भक्ताः (अनेक भक्त), आह्वयन्ति = समाह्वयन्ति (बुलाते रहते हैं), पुस्तकाच्छादनयोग्यानि = ग्रन्थवेष्टनोचितानि (ग्रन्थों को बाँधने योग्य), कर्पटानि = वस्त्राणि (कपड़े), प्रगुणीकृतानि = सञ्चितानि (एकत्रित किया हूँ), लेखकानां = ग्रन्थलेखकानां (ग्रन्थ को लिखने वाले विद्वानों के लिए), वित्तं = धनं (द्रव्य)। कालोचितं = समयोचित (समयानुकूल), कार्यं = कर्त्तव्यमिति (किया जाना चाहिए)।

हिन्दी—उसकी प्रार्थना को सुनकर प्रमुख भिक्षुक ने कहा—'श्रावक ! धर्मज्ञ होते हुए भी आप कैसी बातें करते हैं, क्या हम लोग ब्राह्मणों के समान भिक्षुक हैं, कि आप निमन्त्रण दे रहे हैं ? भोजन का समय हो जाने पर हम लोग स्वयं घूमते हुए किसी श्रद्धालु भक्त को देखकर उसके घर चले जाते हैं। उसके बहुत अधिक आग्रह करने पर हम केवल जीवन-निर्वाह के लिए अपेक्षित मात्र भोजन कर लेते हैं। आप तत्काल यहाँ से चले जायें और भविष्य में पुनः इस तरह की बात न कीजिएगा।"

जैनभिक्षु के वचन को सुनकर नापित ने कहा—"भगवन् ! मैं आपके धर्मनियमों को जानता हूँ। बात यह है कि आपको अनेक भक्तगण बुलाते रहते हैं। इस समय मैंने ग्रन्थों को बाँधने योग्य बहुमूल्य वस्त्रों का सञ्चय कर रखा है और ग्रन्थों को लिखवाने के हेतु ग्रन्थ-

लेखक को पारिश्रमिक के रूप में देने के लिये द्रव्य भी एकत्रित कर रखा है। पुनः समयानुकूल आपकी जैसी इच्छा हो, करें।" (संभव है मैं पुनः इन सामानों को एकत्र न कर सकूँ।)

ततो नापितोऽपि स्वगृहं गतः। तत्र च गत्वा खदिरमयं लगुडं सज्जीकृत्य कपाटयुगलं द्वारि समाधाय सार्द्धप्रहरैकसमये भूयोऽपि विहारद्वारमाश्रित्य सर्वान्क्रमेण निष्क्रामतो गुरुप्रार्थनया स्वगृहमानयत्। तेऽपि सर्वे कर्पटवित्तलोभेन भक्तियुक्तानपि परिचितश्रावकान् परित्यज्य प्रहृष्टमनसस्तस्य पृष्ठतो ययुः। अथवा साध्विदमुच्यते—

> एकाकी गृहसन्त्यक्तः पाणिपात्रो दिगम्बरः।
> सोऽपि संवाह्यते लोके तृष्णया पश्य कौतुकम् ॥ १५ ॥
>
> जीर्यन्ते जीर्यतः केशा दन्ता जीर्यन्ति जीर्यतः।
> चक्षुः श्रोत्रे च जीर्येते, तृष्णैका तरुणायते ॥ १६ ॥

व्याख्या—तत्र गत्वा = स्वगृहं गत्वा (अपने घर जाकर), खदिरमयं = खदिरकाष्ठनिर्मितं (खैर की), लगुडं = दण्डं (लाठी), सज्जीकृत्य = सुसज्जीकृत्य (तैयार करके), कपाटयुगलं = कपाटद्वयं (दोनों पल्लों को), समाधाय = पिधाय, परीक्ष्य वा (बन्द करके), विहारद्वारं = जैनाश्रमद्वारं (मठ के दरवाजे पर पहुँचकर), निष्क्रामतो = निर्गच्छतः (भिक्षा के लिए बाहर निकलते हुए), गुरुप्रार्थनया = महता निर्बन्धेन (अत्यन्त आग्रहपूर्वक), आनयत् = स्वगृहं प्रापयत् (ले आया)। तेऽपि = जैनसाधवोऽपि (जैनभिक्षु भी), कर्पटवित्तलोभेन = वस्त्रद्रव्यादिलोभेन (वस्त्र और द्रव्य के लोभ से), भक्तियुक्तान् = विनयान्वितान् (भक्तियुक्त), परित्यज्य = त्यक्त्वा (छोड़कर), प्रहृष्टमनसः = सुप्रसन्नचित्ताः (प्रसन्न मन से), तस्य = नापितस्य (नाई के), पृष्ठतो ययुः = अनुययुः (पीछे-पीछे चल दिये)।

अन्वयः—कौतुकं पश्य, एकाकी गृहसन्त्यक्तः पाणिपात्रः दिगम्बरः सोऽपि लोके तृष्णया संवाह्यते ॥ १५ ॥

जीर्यतः केशा जीर्यन्ते, जीर्यतः दन्ता जीर्यन्ति, चक्षुः श्रोत्रे च जीर्येते, एका तृष्णा तरुणायते ॥ १६ ॥

व्याख्या—कौतुकं पश्य = किमाश्चर्यं पश्य (क्या आश्चर्य का विषय है कि), एकाकी = एकः सन् (अकेला), गृहसन्त्यक्तः = परित्यक्तगृहः (घर को छोड़कर), पाणिपात्रः = करपात्री (पाणिः एव पात्रं यस्य सः, किंवा पाणौ पात्रं यस्य सः) (कर को ही पात्र समझने वाला), दिगम्बरः = विवस्त्रः (नग्न) लोके = संसारे (इस विश्व में), तृष्णया = लिप्सया (लिप्सा के द्वारा), संवाह्यते = परिचाल्यते (परिचालित हो जाता है) ॥ १५ ॥

जीर्यतः = जीर्णस्य, वृद्धस्येति भावः (वृद्ध व्यक्ति के), केशाः = शिरोरुहाः (बाल), जीर्यन्ते = जीर्णा भवन्ति (पक जाते हैं), दन्ताः = रदाः (दाँत), जीर्यन्ति = जीर्णत्वमापन्नाः

पतन्ति (जीर्ण होकर गिर जाते हैं), चक्षुः=नेत्रम् (नेत्र), तृष्णा, तरुणायते=तरुणीवाचरति, तरुणत्वमाप्नोतीति (तरुण होती जाती है) ॥ १६ ॥

हिन्दी—नापित ने अपने घर जाकर खदिर की एक लाठी तैयार की और बाहर के दोनों कपाटों (किवाड़ों) को बन्द कर दिया। डेढ़ पहर दिन आने के बाद वह पुनः मठ के दरवाजे पर जाकर खड़ा हो गया। जब भिक्षाटन के लिए भिक्षुगण बाहर निकलने लगे तो उनको आग्रहपूर्वक अपने घर ले आया। जैन भिक्षु भी वस्त्र और द्रव्य के लोभ से परिचित एवं विश्वस्त श्रावकों को छोड़कर उस नापित के पीछे प्रसन्न होकर चल दिये। अथवा ठीक ही कहा गया है –

"कितने आश्चर्य की बात है, देखो कि—एकाकी, घर को छोड़कर भिक्षाटन करनेवाले नग्न और अपने करों को ही पात्र समझने वाले त्यागी जन भी इस संसार में तृष्णा द्वारा परिचालित हो जाया करते हैं ॥ १५ ॥

वृद्ध होने पर मनुष्य के केश पक जाते हैं, दाँत जीर्ण होकर गिर जाते हैं, आँख तथा कान शिथिल पड़ जाते हैं, किन्तु तृष्णा सदा युवती ही बनी रहती है। सभी इन्द्रियों के शिथिल हो जाने के पश्चात् भी मनुष्य की तृष्णा कम नहीं होती है" ॥ १६ ॥

ततः परं गृहमध्ये तान् प्रवेश्य, द्वारं निभृतं पिधाय, लगुडप्रहारैः शिरस्यताडयत्। तेऽपि ताड्यमाना एके मृताः, अन्ये भिन्नमस्तकाः फूत्कर्तुमुपचक्रमिरे। अत्रान्तरे तमाक्रन्दमाकर्ण्य, कोटरक्षपालेनाऽभिहितम्—"भो भोः! किमयं कोलाहलो नगरमध्ये? तद्गम्यताम्।"

ते च सर्वे तदादेशकारिणस्तत्सहिता वेगात्तद्गृहं गता यावत् पश्यन्ति तावद्रुधिरप्लावितदेहाः पलायमाना नग्नका दृष्टाः। पृष्टाश्च भोः, किमेतत्? ते प्रोचुर्यथाऽवस्थितं नापितवृत्तम्।

व्याख्या—ततःपरं=तेषामागमनानन्तरं (भिक्षुओं के आ जाने पर) गृहमध्ये=गृहाभ्यन्तरे (घर के भीतर) निभृतं=सुप्रच्छन्नं (गुप्त रूप से), पिधाय=अवरुध्य (बन्द करके), लगुडप्रहारैः=दण्डप्रहारैः (दण्डे से), तेऽपि=जैनभिक्षुका अपि (जैन साधु), ताड्यमानाः=व्याहताः (मार खाकर), एके मृताः=केचन मृताः (कुछ तो मर गये), अन्ये=अवशिष्टाः (शेष बचे हुए), भिन्नमस्तकाः=छिन्नशिरसः, स्फुटितशिरस इत्यर्थः (शिर फूटने पर), फूत्कर्तुं=साक्रोशं रोदितुम् (चिल्ला कर) उपचक्रमिरे=प्रारब्धाः (रोने लगे), तमाक्रन्दमाकर्ण्य=तमाक्रोशं श्रुत्वा, कोलाहलं निशम्येति यावत् (उस कोलाहल को सुनकर), कोटरक्षपालेन=दुर्गरक्षपालेन (कोतवाल ने), अभिहितं=निगदितं (कहा), कोलाहलः=आक्रन्दरवः (जनरव), ते च=नगररक्षकाः (सिपाही), तदादेशकारिणः=तस्याज्ञापालकाः (उसके आज्ञापालक), तत्सहिताः=दुर्गपालेन सहिताः (कोतवाल के साथ), यावत्पश्यन्ति=तत्र गत्वा यावदवलोकयन्ति (जब घटना स्थल का निरीक्षण करते हैं,

तो), रुधिरप्लावितदेहाः = रक्तार्द्रशरीराः (खून से लथपथ), पलायमानाः = इतस्ततो धावमानाः (इधर उधर भागते हुए), नग्नकाः = भिक्षुकाः, क्षपणकाः (क्षपणकों को), दृष्टाः = अवलोकिताः (देखा), किमेतत् = किमभूदिति (क्या हुआ ?) ।

हिन्दी—नापित ने उन भिक्षुओं को भीतर ले जाकर चुपके से दरवाजों को बन्द कर दिया और लाठी से उनके शिर पर मारना प्रारम्भ किया । मार खाकर कुछ तो मर गये और जो जीवित बचे वे मस्तक के फूटने से चिल्लाकर रोने लगे । इसी बीच, नगर के कोट-रक्षक (कोतवाल) ने उस कोलाहल को सुनकर अपने सेवकों (सिपाहियों) से कहा—"अरे, देखो नगर में यह कैसा कोलाहल हो रहा है,? जाओ जल्दी करो ।"

दुर्गपाल के आज्ञापालक सिपाही उसके साथ तत्काल घटनास्थल पर पहुँच गये । वहाँ पहुँचकर जब उन्होंने देखा तो खून से लथपथ शरीर वाले क्षपणक इधर-उधर भाग रहे थे । उन्हें रोककर दुर्गपाल ने पूछा- "यह क्या हुआ ?" जैन साधुओं ने नापित के यहाँ यथाघटित सम्पूर्ण वृत्तान्त को कह सुनाया ।

तैरपि स नापितो बद्धो हतशेषैः सह धर्माधिष्ठानं नीतः । तैर्नापितः पृष्टः—"भोः, किमेतद्भवता कुकृत्यमनुष्ठितम् ?"

स आह—"किं किरोमि । मया श्रेष्ठिमणिभद्रगृहे दृष्टः एवंविधो व्यतिकरः ।" सोऽपि सर्वं मणिभद्रवृत्तान्तं यथादृष्टमकथयत् ।

ततः श्रेष्ठिनमाहूय, ते भणितवन्तः—"भोः श्रेष्ठिन् ! किं त्वया कश्चित्क्षपणको व्यापादितः ?" ततस्तेनाऽपि सर्वः क्षपणकवृत्तान्तस्तेषां निवेदितः । अथ तैरभिहितम्—"अहो, शूलमारोप्यतामसौ दुष्टात्मा कुपरीक्षितकारी नापितः ।"

तथाऽनुष्ठिते तैरभिहितम्—

"कुदृष्टं कुपरिज्ञातं कुश्रुत कुपरीक्षितम् ।
तन्नरेण न कर्तव्यं, नापितेनाऽत्र यत्कृतम् ॥"

अथवा साध्विदमुच्यते—

"अपरीक्ष्य न कर्तव्यं कर्तव्यं सुपरीक्षितम् ।
पश्चाद्भवति सन्तापो ब्राह्मण्या नकुले यथा" ॥ १७ ॥

मणिभद्र आह—"कथमेतत् ?"

ते धर्माधिकारिणः प्रोचुः—

व्याख्या—तैरपि = राजपुरुषैरपि (सिपाहियों ने), हतशेषैः = मृतावशिष्टैः (मृत्यु से अवशिष्ट), धर्माधिष्ठानं = न्यायालयं (न्यायालय में), नीतः = प्रापितः (उपस्थित किया), तैः = न्यायाधीशैः (जजों ने), कुकृत्यं = गर्हितं कर्म (निन्दित कार्य, कुकृत्य), अनुष्ठितम् = कृतम् (किया) व्यतिकरः = प्रसङ्गः (घटना), ते = न्यायाधीशाः (जजों ने), भणितवन्तः = कथितवन्तः (कहा) व्यापादितः = हतः, मारितः (मारा है), क्षपणकवृत्तान्तः = स्वप्ने दृष्ट-

क्षपणकवृत्तान्तः (स्वप्न में दृष्ट क्षपणक के वृत्तान्त को), निवेदितः=प्रार्थितः (कह दिया), कुपरीक्षितकारी=असमीक्ष्यकारी (बिना सोचे समझे किसी कार्य को करने वाला)।

अन्वयः—अपरीक्ष्य न कर्तव्यं, सुपरीक्षितं कर्तव्यम्। पश्चात्संतापो भवति, यथा ब्राह्मण्या नकुले (अभवदिति) ॥ १७ ॥

व्याख्या—अपरीक्ष्य=अविचार्य, असमीक्ष्येत्यर्थः (बिना परीक्षा के), न कर्तव्यं=न करणीयम् (किसी कार्य को नहीं करना चाहिये), सुपरीक्षितं=सुविचारितं (सोच विचार कर, परीक्षा लेने के बाद), पश्चात्=अपरीक्ष्य कृते सति (बिना सोचे विचारे कार्य को कर डालने पर), सन्तापः=पश्चात्तापः (पश्चात्ताप, दुःख), नकुले=नकुले मृते सति (नकुल के मर जाने पर)।

हिन्दी—सिपाहियों ने नापित को बाँधकर मृत्यु से अवशिष्ट क्षपणकों के साथ न्यायालय में उपस्थित किया। वहाँ न्यायाधीशों ने नापित से पूछा—"तुमने यह क्या कुकृत्य कर डाला ?"

नापित ने कहा—"मेरा क्या अपराध है, मैं करता ही क्या ? सेठ मणिभद्र के यहाँ मैंने इसी प्रकार की एक घटना को देखा था।" उसने सेठ मणिभद्र के घर घटित समस्त घटना को यथावत् सुना दिया। उक्त घटना को सुनकर न्यायाधीशों ने सेठ मणिभद्र को बुलाकर पूछा—"सेठ ! क्या आपने किसी क्षपणक की हत्या की है ?"

मणिभद्र ने स्वप्न में दृष्ट क्षपणक के वृत्तान्त को न्यायाधीशों से कह दिया। मणिभद्र के मुख से समस्त घटना को सुनने के बाद न्यायाधीशों ने आदेश देते हुये सिपाहियों से कहा—"इस दुष्ट तथा अविवेकी नापित को शूली चढ़ा दो।"

नापित को शूली पर चढ़ाने के पश्चात् न्यायाधीशों ने कहा—"बिना अच्छी तरह देखे, बिना अच्छी तरह से जाने और सुने तथा बिना परीक्षा लिये किसी कार्य को नहीं करना चाहिये, जैसा कि इस मूर्ख नापित ने किया है।"

अथवा ठीक ही कहा गया है कि—

बिना अच्छी तरह समझे बुझे और परीक्षा लिये किसी कार्य को नहीं करना चाहिये, जिस कार्य को करना हो उसके विषय में पूर्ण जानकारी प्राप्त कर लेनी चाहिये। अन्यथा कार्य की समाप्ति के बाद मनुष्य को पश्चात्ताप करना पड़ता है, जैसा कि नकुल की मृत्यु के पश्चात् ब्राह्मणी को करना पड़ा था ॥ १७ ॥

मणिभद्र ने पूछा—कैसे ?

उन न्यायाधीशों ने पुनः कहना प्रारम्भ किया—

१. ब्राह्मणीनकुल-कथा

"कस्मिंश्चिदधिष्ठाने देवशर्मा नाम ब्राह्मणः प्रतिवसति स्म। तस्य भार्या प्रसूता सुतमजनयत्। तस्मिन्नेव दिने नकुली नकुलं प्रसूय मृता। अथ सा सुतवत्सला दारकवत्तमपि नकुलं स्तन्यदानाऽभ्यङ्गमर्दनादिभिः पुपोष। परं तस्य न विश्वसति। अपत्यस्नेहस्य सर्वस्नेहातिरिक्ततया सततमेवमाशङ्कते यत्—कदाचिदेष स्वजातिदोषवशादस्य दारकस्य विरुद्धमाचरिष्यति इति। उक्तं च—

कुपुत्रोऽपि भवेत्पुंसां हृदयानन्दकारकः।
दुर्विनीतः, कुरूपोऽपि, मूर्खोऽपि, व्यसनी, खलः॥ १८॥

एवं च भाषते लोकश्चन्दनं किल शीतलम्।
पुत्रगात्रस्य संस्पर्शश्चन्दनादतिरिच्यते॥ १९॥

सौहृदस्य न वाञ्छन्ति जनकस्य हितस्य च।
लोकाः प्रपालकस्याऽपि, यथा पुत्रस्य बन्धनम्॥ २०॥

व्याख्या—अधिष्ठाने = नगरे (नगर में), प्रतिवसति स्म = निवसति स्म (रहता था), तस्य = विप्रस्य (उस ब्राह्मण की) भार्या = स्त्री (स्त्री ने), सुतमजनयत् = पुत्रमजनयत् (पुत्र को जन्म दिया), प्रसूय = उत्पाद्य (जन्म देकर), मृता = दिवं प्राप्ता (मर गयी), सा = ब्राह्मणी (उस ब्राह्मणी ने). सुतवत्सला = पुत्र-प्रेमयुक्ता (पुत्र-स्नेह के वशीभूत होकर), दारकवत् = पुत्रवत् (पुत्र की तरह), तमपि = मातृहीनं (मातृहीन), स्तन्यदानाभ्यङ्गमर्दना-दिभिः = दुग्धतैलाद्युपकरणैः, स्तन्यं = दुग्धम्, अभ्यङ्गम् = उबटन, (स्तनपान, उबटन, तेल मालिश आदि से), पुपोष = पालयामास (पालन किया), तस्य = नकुलस्य (उस नकुल का), न विश्वसिति = विश्वासं नैव करोति स्म (विश्वास नहीं करती थी), अपत्यस्नेहस्य = पुत्र-स्नेहस्य, सर्वस्नेहातिरिक्ततया = अन्यापेक्षया स्नेहाधिकतया (अन्य की अपेक्षा अधिक स्नेह के कारण), आशङ्कते = शङ्कते (सन्देह किया करती थी), स्वजातिदोषवशात् = स्वजातिदोषात् (हिंसक जाति में उत्पन्न होने के कारण), दारकस्य = मत्पुत्रस्य (मेरे पुत्र का), विरुद्धम् = अनिष्टम् (अनिष्ट), आचरिष्यति = करिष्यति (कर सकता है)।

अन्वयः—दुर्विनीतः, कुरूपः, मूर्खः, व्यसनी, खलः, कुपुत्रोऽपि पुंसां हृदयानन्दकारकः भवति॥ १८॥

लोकः, एवं भाषते (यत्) चन्दनं किल शीतलं (भवति), पुत्रगात्रस्य संस्पर्शः चन्दना-दतिरिच्यते॥ १९॥

लोकाः यथा पुत्रस्य बन्धनं वाञ्छन्ति (तथा) सौहृदस्य, जनकस्य, हितस्य, प्रपालकस्यापि न (वाञ्छन्ति) ॥ २० ॥

व्याख्या—दुर्विनीतः=दुर्नयः (दुर्विनीत), कुरूपः=असुन्दरः (कुरूप), मूर्खः= अशिक्षितः (अशिक्षित) खलः=दुष्टः (दुष्ट) व्यसनी=दुर्वृत्तः (दुर्वृत्त) कुपुत्रोऽपि= कुत्सितः सूनुरपि (दुष्ट पुत्र भी) पुंसां=जनानां (लोगों के), हृदयानन्दकारकः=हृदयाह्लादकः (हृदय को आह्लादित करने वाला), भवति ॥ १८ ॥

लोकः=जननिवहः (जनसमूह), भाषते=वदति (कहता है कि), पुत्रगात्रस्य=पुत्रशरीरस्य (पुत्र के शरीर का), संस्पर्शः=स्पर्शः (स्पर्श) अतिरिच्यते=व्यतिरिच्यते=अधिकसुखकरो भवति (अधिक सुखकारक होता है) ॥ १९ ॥

पुत्रस्य बन्धनं=पुत्रस्नेहपाशं, पुत्रकृतक्लेशादिकं वा (पुत्र के बन्धन को) वाञ्छन्ति= (चाहते हैं), सौहृदस्य=मित्रस्य (मित्र के), जनकस्य=पितुः (पिता के), हितस्य= बन्धुबान्धवादेः (बन्धु-बान्धवों के) प्रपालकस्य=पोषकस्य, रक्षकस्य (पालनकर्ता के भी), बन्धनं, न वाञ्छन्ति ॥ २० ॥

हिन्दी—किसी नगर में देवशर्मा नाम का एक ब्राह्मण रहता था। उसकी गर्भिणी स्त्री ने एक पुत्र को जन्म दिया। उसी दिन एक नकुली भी नकुल को जन्म देकर मर गयी। पुत्र-स्नेह के कारण उस ब्राह्मणी ने नकुल का भी अपने पुत्र की तरह दुग्धपान, उबटन तथा तेल-मालिश आदि के द्वारा पालन किया। किन्तु वह उसका विश्वास नहीं करती थी। पुत्र-स्नेह के सर्वोपरि होने के कारण सतत यह सन्देह किया करती थी कि किसी दिन अपने जातिगत दोष के कारण यह नकुल मेरे पुत्र का अनिष्ट न कर बैठे। क्योंकि कहा भी गया है—

अपना पुत्र चाहे जितना भी दुर्विनीत, कुरूप, मूर्ख, व्यसनी, दुष्ट तथा दुर्वृत्त क्यों न हो, वह माता-पिता के हृदय को आह्लादित करने वाला ही होता है ॥ १८ ॥

लोग यह कहते हैं कि चन्दन बहुत शीतल होता है, किन्तु पुत्र के शरीर का स्पर्श चन्दन से भी अधिक शीतल तथा आनन्ददायक होता है ॥ १९ ॥

लोग अपने पुत्र के स्नेह एवं बन्धन को जितना स्वीकार करते हैं उतना अपने मित्र, माता-पिता, बन्धुबान्धव तथा पालक के भी बन्धन को स्वीकार नहीं करते हैं। पुत्र चाहे कितना भी अधिक कष्ट दे माता-पिता उसको उतना बुरा नहीं मानते हैं जितना कि अन्य व्यक्तियों द्वारा प्राप्त अल्प क्लेश को भी बुरा मानते हैं ॥ २० ॥

अथ सा कदाचिच्छय्यायां पुत्रं शाययित्वा जलकुम्भमादाय, पतिमुवाच— "ब्राह्मण ! जलार्थमहं तडागे यास्यामि। त्वया पुत्रोऽयं नकुलाद्रक्षणीयः।"

अथ तस्यां गतायां, पृष्ठे ब्राह्मणोऽपि शून्यं गृहं मुक्त्वा भिक्षार्थं क्वचिन्निर्गतः। अत्रान्तरे दैववशात् कृष्णसर्पो बिलान्निष्क्रान्तः। नकुलोऽपि तं स्वभाववैरिणं मत्वा, भ्रातू रक्षणार्थं सर्पेण सह युद्ध्वा, सर्पं खण्डशः कृतवान्।

ततो रुधिराप्लावितवदनः सानन्दं स्वव्यापारप्रकाशनार्थं मातुः संमुखो गतः। माताऽपि तं रुधिरक्लिन्नमुखमालोक्य शङ्कितचित्ता "नूनमनेन दुरात्मना दारको भक्षितः" इति विचिन्त्य कोपात्तस्योपरि तं जलकुम्भं चिक्षेप।

व्याख्या—सा = ब्राह्मणी, कदाचित् = एकदा कदाऽपि (कभी एक दिन), शय्यायां = पर्यङ्के (चारपाई पर), जलार्थं = जलाहरणाय (जल भरने के लिए), यास्यामि = गच्छामि (जाती हूँ), तस्यां = विप्रभार्यायां (उस ब्राह्मणी के) गतायां = प्रस्थितायां (चले जाने पर), शून्यं = निर्जनं (शून्य), मुक्त्वा = विहाय (छोड़कर), निर्गतः = निष्क्रान्तः (चला गया), दैववशात् = संयोगात् (संयोग से), कृष्णसर्पः = अतिकृष्णकायसर्पः (काला सर्प), बिलात् = विवरात् (बिल से), निष्क्रान्तः = निर्गतः (निकला), स्वभाववैरिणं = सहजशत्रुम् (स्वाभाविकशत्रुम्), मत्वा = स्वीकृत्य (समझकर) रक्षणार्थं = परित्राणार्थं (रक्षा के लिए) युद्ध्वा = युद्धं विधाय (युद्ध करके), खण्डशः = विच्छिन्नकायः (टुकड़ा टुकड़ा), कृतवान् = विहितवान् (कर डाला)। रुधिराप्लावितवदनः = रुधिरयुक्तमुखः (खून से युक्त मुख को लेकर), स्वव्यापारप्रकाशनार्थं = स्वकृत्यप्रकटनार्थं (अपने कृत्य को दिखाने के लिए), मातुः = ब्राह्मण्याः (ब्राह्मणी के), संमुखो गतः = सन्निकटं गतवान् (सन्निकट गया), रुधिरक्लिन्नमुखं = रुधिरसंलिप्ताननं (खून से आर्द्र मुखको), शङ्कितचित्ता = आशङ्कितहृदया (शङ्कित होकर), दुरात्मना = दुष्टेन (दुष्ट नकुल ने), दारकः = पुत्रः (पुत्र को,) भक्षितः = खादितः (मारकर खा गया है), विचिन्त्य = विचार्य (सोचकर) कुम्भं घटं = (घड़े को) चिक्षेप = पातयामास (पटक दिया)।

हिन्दी—एक दिन ब्राह्मणी ने पुत्र को पर्यङ्क पर सुला दिया और हाथ में घड़े को उठाकर पति से कहा—"ब्राह्मण! मैं जल भरने के लिये तालाब को जा रही हूँ, तुम नकुल से इस बच्चे की रक्षा करना।" ब्राह्मणी के चले जाने के बाद वह ब्राह्मण भी घर को निर्जन छोड़कर भिक्षाटन के लिये चल दिया। इसी समय संयोग से एक काला सर्प बिल से निकला। नकुल ने उस सर्प को देखते ही अपना सहजशत्रु समझकर भाई की रक्षा के लिए उसके साथ युद्ध करके उसको काट कर टुकड़े-टुकड़े कर डाला।

पुनः ब्राह्मणी के लौटने पर, वह नकुल प्रसन्नतापूर्वक खून से आर्द्र मुख को लेकर अपने पराक्रम को अभिव्यक्त करने के लिए माता के सन्निकट गया। माता उसके रक्तार्द्र मुख को देखते ही शङ्कित हो उठी और यह सोचकर कि "इस दुष्ट नकुल ने मेरे पुत्रको मारकर खा लिया है", क्रोधातुर हो उसने जल से भरे हुए घड़े को उस नकुल के ऊपर पटक दिया।

एवं सा नकुलं व्यापाद्य यावत्प्रलपन्ती गृहे आगच्छति, तावत्सुतस्तथैव सुप्तस्तिष्ठति। समीपे कृष्णसर्पं खण्डशः कृतमवलोक्य पुत्रवधशोकेनात्मशिरो वक्षःस्थलं च ताडितुमारब्धा।

अत्रान्तरे ब्राह्मणो गृहीतनिर्वापः समायातो यावत्पश्यति, तावत्पुत्रशोकाऽभितप्ता ब्राह्मणी प्रलपति—"भो भो लोभात्मन्! लोभाऽभिभूतेन त्वया न कृतं मद्वचः। तदनुभव साम्प्रतं पुत्रमृत्युदुःखवृक्षफलम्।" अथवा साध्विदमुच्यते—

"अतिलोभो न कर्तव्यो लोभं नैव परित्यजेत् ।
अतिलोभाऽभिभूतस्य चक्रं भ्रमति मस्तके" ॥२१॥

ब्राह्मण आह—"कथमेतत् ?" सा प्राह—

व्याख्या—एवम् = अनेन प्रकारेण (इस प्रकार), नकुलं व्यापाद्य = नकुलं हत्वा (नकुल को मारकर), प्रलपन्ती = विलपन्ती (बिलखती हुई), तथैव = यथा स्थापितस्तथा (जैसा उसने सुला रखा था) पुत्रवधशोकेन = नकुलवधशोकेन (नकुल के मरने से उत्पन्न शोक से) ताडितुमारब्धा = हन्तुमारब्धा (पीटना प्रारम्भ कर दिया) । अत्रान्तरे = एतस्मिन्नेव काले (इसी बीच में) गृहीतनिर्वापः = गृहीतप्रतिग्रहः (भिक्षाटन करके), पुत्रशोकाऽभितप्ता = पुत्रशोकसंतप्ता (पुत्र शोक से संतप्त), प्रलपति = विलपति (विलाप करने लगी), लोभाऽभिभूतेन = लोभावृतेन (लोभ से अभिभूत होकर), मद्वचः = मद्वचनं (मेरा कहना) पुत्रमृत्युदुःखवृक्षफलम् = पुत्रवधशोकवृक्षस्य फलम् (पुत्रवध से उत्पन्न शोक रूपी वृक्ष का फल) अतिलोभाऽभिभूतस्य = अतिलोभाविष्टस्य (अधिक लोभ करने वाले व्यक्ति के), मस्तके = शिरसि (मस्तक पर) चक्रं = विपद्रूपं चक्रं (विपत्ति रूपी चक्र) भ्रमति ॥ २१ ॥

हिन्दी—इस प्रकार नकुल को मारकर बिलखती हुई जब वह घर के भीतर आयी तो उसने पुत्र को पूर्ववत् सोते हुए देखा। और पर्यङ्क के पास में ही टुकड़े-टुकड़े किये हुये कृष्ण-सर्प को देखकर वह नकुल की मृत्यु से शोकाकुल हो उठी तथा अपने वक्षःस्थल एवं शिर को पीटकर रोने लगी।

इसी समय, भिक्षाटन से लौट कर उसका पति भी आ गया। घर के भीतर आकर जब उसने देखा तो नकुल के वध से शोकाकुल ब्राह्मणी बिलख-बिलख कर रो रही थी। ब्राह्मणी ने पति को देखते ही रोकर कहा—अरे लोभी ब्राह्मण ! लोभाभिभूत होकर तुमने मेरे वचन को नहीं माना। लो इस समय नकुल की मृत्यु से समुत्पन्न शोक रूपी वृक्ष का फल चखो। अथवा ठीक ही कहा गया है कि—मनुष्य को यद्यपि लोभ का परित्याग नहीं करना चाहिये तथापि अत्यधिक लोभ नहीं करना चाहिए। अत्यधिक लोभाविष्ट होने से मस्तक पर (विपत्ति रूप) चक्र घूमने लगता है ॥ २१ ॥

ब्राह्मण ने पूछा—"कैसे ?" ब्राह्मणी ने कहना आरम्भ किया—

२. लोभाविष्टचक्रधर-कथा

"कस्मिंश्चिदधिष्ठाने चत्वारो ब्राह्मणपुत्राः परस्परं मित्रतां गता वसन्ति स्म । ते चाऽपि दारिद्र्योपहताः परस्परं मन्त्रं चक्रुः—"अहो, धिगियं दरिद्रता ।

उक्तं च—

वरं वनं व्याघ्रगजादिसेवितं,
जनेन हीनं बहुकण्टकावृतम्।
तृणानि शय्या परिधानवल्कलं,
न बन्धुमध्ये धनहीनजीवितम् ॥ २२ ॥

तथा च—

स्वामी द्वेष्टि सुसेवितोऽपि, सहसा प्रोज्झन्ति सद्बान्धवाः,
राजन्ते न गुणास्त्यजन्ति तनुजाः, स्फारीभवन्त्यापदः।
भार्या साधु सुवंशजाऽपि भजते नो, यान्ति मित्राणि च,
न्यायारोपितविक्रमाण्यपि नृणां, येषां न हि स्याद्धनम् ॥२३॥

व्याख्या—परस्परं = मिथः (आपस में) दारिद्र्योपहताः = दारिद्र्यदुःखेन दुःखिताः (दारिद्र्य से पीड़ित), मन्त्रं चक्रुः = मन्त्रयामासुः (विचार किया)।

अन्वयः—व्याघ्रगजादिसेवितं, जनेन हीनं बहुकण्टकावृतं वनं तृणानि शय्या परिधानवल्कलं वरं, बन्धुमध्ये धनहीनजीवितं न ॥ २२ ॥

हि येषां नृणां धनं न स्यात्, सुसेवितोऽपि स्वामी द्वेष्टि, सद्बान्धवाः सहसा प्रोज्झन्ति, गुणाः न राजन्ते, तनुजाः त्यजन्ति, आपदः स्फारीभवन्ति, साधु सुवंशजा अपि भार्या न भजते, न्यायारोपितविक्रमाणि मित्राणि अपि यान्ति ॥ २३ ॥

व्याख्या—व्याघ्रगजादिसेवितं = शार्दूलद्विपादिसमन्वितं (व्याघ्र गजादि हिंस्र पशुओं से युक्त), जनेन हीनं = निर्जनं (जनहीन), बहुकण्टकावृतं = नानाकण्टकाकुलं (कुश कण्टकादि से समन्वित), वनं = काननं, तत्र च, तृणानि शय्या = तृणासनं (तृणों की शय्या पर सोना), परिधानवल्कलं = वृक्षत्वक्परिधानं (छाल को धारण करना), वरं = श्रेष्ठं (अच्छा है), बन्धुमध्ये = बान्धवमध्ये (रिश्तेदारों के बीच में), धनहीनजीवितं = निर्धन-जीवनं (निर्धन होकर जीवन व्यतीत करना)।

येषां नृणां = मनुष्याणां (जिन व्यक्तियों के पास), धनं = वित्तं (सम्पत्ति), सुसेवितः = सम्यगाराधितः (भलीभाँति सेवित), स्वामी = प्रभुः (मालिक), द्वेष्टि = द्वेषं करोति (द्वेष करता है), सद्बान्धवाः = स्वज्ञातयः (रिश्तेदार), प्रोज्झन्ति = त्यजन्ति (छोड़ देते हैं). गुणाः = लोकोपकारकाः गुणाः (अच्छे गुण भी), न राजन्ते = न शोभन्ते (शोभा नहीं देते हैं) तनुजाः = पुत्राः (पुत्र), विपदः = आपत्तयः (आपत्तियाँ), स्फारीभवन्ति = विपुलीभवन्ति (बढ़ती ही जाती हैं), सुवंशजा = सुकुलोत्पन्ना (अच्छे कुल में उत्पन्न हुई) भार्या = स्त्री, न भजते = न सेवते (सेवा नहीं करती), न्यायारोपितविक्रमाणि = नीतिपराणि (नीतिपरायण) यान्ति = गच्छन्ति (साथ छोड़कर चले जाते हैं) ॥ २३ ॥

हिन्दी—हिन्दी नगर में चार ब्राह्मण-कुमार रहते थे। उनकी आपस में पर्याप्त मित्रता

थी। दारिद्रय से पीड़ित होकर उन लोगों ने आपस में यह निश्चय किया कि दरिद्रता बहुत बुरी वस्तु होती है। क्योंकि कहा गया है—

व्याघ्र, गज आदि हिंस्र पशुओं से युक्त, निर्जन तथा कुश कण्टकों से आच्छादित वन में निवास करना और वहाँ रहकर वल्कल धारण करना एवं तृण की शय्या पर सोना अच्छा है, किन्तु भाइयों के बीच में निर्धन होकर जीवन व्यतीत करना ठीक नहीं है ॥ २२ ॥

और भी—भलीभाँति सेवा करते रहने पर भी निर्धन व्यक्ति के प्रति उसका स्वामी सतत द्वेष-भावना रखता है, अच्छे रिश्तेदार भी निर्धन व्यक्ति का साथ छोड़ देते हैं, लोकोपकारक उसके गुण शोभा नहीं देते, आत्मज भी परित्याग कर देते हैं, आपत्तियाँ दिन प्रतिदिन बढ़ती ही जाती हैं, अच्छे कुल में उत्पन्न हुई अपनी साध्वी स्त्री भी नहीं मानती है, और न्यायपरायण मित्र भी अवसर आने पर साथ छोड़ देते हैं ॥ २३ ॥

शूरः सुरूपः सुभगश्च वाग्मी,
शस्त्राणि शास्त्राणि विदांकरोतु ।
अर्थं विना नैव यशश्च मानं,
प्राप्नोति मर्त्योऽत्र मनुष्यलोके ॥ २४ ॥

तानीन्द्रियाण्यविकलानि, तदेव नाम,
सा बुद्धिरप्रतिहता, वचनं तदेव ।
अर्थोष्मणा विरहितः पुरुषः स एव
बाह्यः क्षणेन भवतीति विचित्रमेतत् ॥ २५ ॥

तद्गच्छामः कुत्रचिदर्थाय।" इति संमन्त्र्य स्वदेशं पुरं च स्वसुहृत्सहितं गृहं च परित्यज्य, प्रस्थिताः। अथवा साध्विदमुच्यते—

सत्यं परित्यजति मुञ्चति बन्धुवर्गं,
शीघ्रं विहाय जननीमपि जन्मभूमिम् ।
सन्त्यज्य, गच्छति विदेशमभीष्टलोकं,
चिन्ताकुलीकृतमतिः पुरुषोऽत्र लोके ॥ २६ ॥

अन्वयः—शूरः, सुरूपः, सुभगः, शस्त्राणि शास्त्राणि (वित्) वाग्मी विदांकरोतु (यत्) मर्त्यः, अत्र मनुष्यलोके अर्थं विना यशः मानं न नैव प्राप्नोति ॥ २४ ॥

एतद् विचित्रं (यत्) तानि अविकलानि इन्द्रियाणि, तदेव नाम, सा अप्रतिहता बुद्धिः, तदेव वचनं, स एव पुरुषः, (किन्तु) अर्थोष्मणा विरहितः क्षणेन बाह्यः भवति ॥ २५ ॥

व्याख्या—शूरः=वीरः (वीर), सुरूपः=सुन्दरः (सुन्दर) सुभगः=शोभायुक्तः (सौभाग्यशाली), शस्त्राणि (अस्त्रविद्या) शास्त्राणि=वेदपुराणधर्मशास्त्राणि (वित् पुरुषः) (शास्त्रों का ज्ञाता), वाग्मी=वाक्चतुरः (वाक्पटु व्यक्ति), विदांकरोतु=जानातु (जानें) (यत्) मर्त्यः=मनुष्यः (कोई भी व्यक्ति), मनुष्यलोके=मर्त्यलोके (इस मृत्यु-

लोक में), अर्थं विना = धनं विना (धन के बिना), यशः = कीर्तिम् (प्रतिष्ठा), मानं = सम्मानं (बड़ाई को) नैव प्राप्नोति ॥ २४ ॥

अविकलानि = अविकृतानि (कार्यकुशल अविकृत) तदेव नाम = पूर्वनामा पुरुषः (वही नाम भी है), अप्रतिहता = अनिरुद्धा (अप्रतिहत), तदेव वचनं = सा एव वाणी (वही वाणी है),स एव पुरुषः = पूर्व एव मनुष्यः (वही व्यक्ति भी है) अर्थोष्मणा विरहितः = द्रव्योष्णतारहितः (धन की उष्णता के समाप्त होते ही) बाह्यः = अन्य इव (अपरिचित की तरह), भवति ॥ २५ ॥

कुत्रचिदर्थाय = क्वचिदर्थोपार्जनार्थं (धनोपार्जन के लिए, कहीं) संमन्त्र्य = विचार्य (निश्चय करके), पुरं = नगरं (नगर को), प्रस्थिताः = निष्क्रान्ताः (चल दिये) ।

अन्वयः—अत्र लोके चिन्ताकुलीकृतमतिः पुरुषः सत्यं परित्यजति, बन्धुवर्गं मुञ्चति, जननीं जन्मभूमिम् अपि विहाय अभीष्टलोकं सन्त्यज्य, शीघ्रम् विदेशं गच्छति ॥ २६ ॥

व्याख्या—चिन्ताकुलीकृतमतिः = चिन्ताव्याकुलचित्तः (चिन्ता से व्याकुल होकर) सत्यं परित्यजति = सत्यं त्यजति (सत्य का परित्याग कर देता है) बन्धुवर्गं = कुटुम्बवर्गं (कुलपरिवार को), मुञ्चति = त्यजति (छोड़ देता है), अभीष्टलोकं = स्वप्रियस्थानं (अपने प्रिय स्थान को), विहाय = त्यक्त्वा, विदेशं (परदेश को), गच्छति = याति (चला जाता है) ॥ २६ ॥

हिन्दी—वीर, सुन्दर, सौभाग्यशाली, शस्त्रों एवं शास्त्रों के मर्मज्ञ तथा वाक्चतुर इन सभी व्यक्तियों को यह विदित होना चाहिये कि इस विश्व में मनुष्य धन के विना प्रतिष्ठा और सम्मान नहीं प्राप्त कर पाता है ॥ २४ ॥

यह कितनी विचित्र बात है कि—मनुष्य की वे ही अविकृत इन्द्रियाँ विद्यमान रहती हैं, उसका नाम भी वही रहता है, उसकी वही अप्रतिहत बुद्धि भी रहती है और वही वाणी भी रहती है, किन्तु अर्थ की उष्णता के समाप्त होते ही क्षणभर में मनुष्य बदल जाता है। उसके अन्य अङ्गों में परिवर्तन न आते हुए भी धनाभाव के कारण उस व्यक्ति में इतना परिवर्तन आ जाता है कि दूसरे लोग उसे पहचानते तक नहीं हैं ॥ २५ ॥

"अतः हमें भी अर्थोपार्जन के निमित्त कहीं चलना चाहिये।" इस प्रकार निश्चित करने के पश्चात्, अपने देश, पुर, मित्र, बन्धु बान्धव तथा गृह का परित्याग करके वे चारों ब्राह्मण-कुमार अर्थोपार्जन के निमित्त निकल पड़े। अथवा ठीक ही कहा गया है कि—

इस संसार में विभिन्न चिन्ताओं से व्याकुल होकर मनुष्य सत्य का परित्याग कर देता है, बन्धु-बान्धओं को छोड़ देता है, जननी जन्मभूमि का भी परित्याग कर देता है और अपने प्रिय स्थान को छोड़कर विदेश चला जाता है ॥ २६ ॥

एवं क्रमेण गच्छन्तोऽवन्तीं प्राप्ताः। तत्र सिप्राजले कृतस्नानाः महाकालं प्रणम्य यावन्निर्गच्छन्ति, तावद् भैरवानन्दो नाम योगी संमुखो बभूव। ततस्तं

ब्राह्मणोचितविधिना संभाव्य, तेनैव सह तस्य मठं जग्मुः। अथ तेन पृष्टाः—"कुतो भवन्तः समायाताः ? क्व यास्यथ ? किं प्रयोजनम् ?"

ततस्तैरभिहितम्—"वयं सिद्धियात्रिकाः, तत्र यास्यामो यत्र धनाप्तिर्मृत्युर्वा भविष्यतीत्येष निश्चयः।" उक्तञ्च—

दुष्प्राप्याणि बहूनि च लभ्यन्ते वाञ्छितानि द्रविणानि।
अवसरतुलिताभिरलं तनुभिः साहसिकपुरुषाणाम् ॥ २७ ॥

तथा च—

पतति कदाचिन्नभसः खाते, पातालतोऽपि जलमेति।
दैवमचिन्त्यं बलवद्, बलवान्ननु पुरुषकारोऽपि ॥ २८ ॥

व्याख्या—गच्छन्तः = परिभ्रमन्तः (घूमते हुए), अवन्तीम् = उज्जयिनीं (उज्जयिनी नगरी में) तत्र = अवन्त्याम् (अवन्ती में), महाकालं = महाकालाख्यं शिवलिङ्गम् (भगवान् महाकाल को), योगी = गोरक्षमार्गानुयायी साधकः (गोरखपन्थी साधु), ब्राह्मणोचितविधिना = ब्राह्मणेभ्यो यथा नियमस्तथा विधानेन (ब्राह्मणोचित विधि से) संभाव्य = अभिवाद्य संपूज्य च (प्रणामादि करके), तेन = भैरवानन्देन, ते = विप्रपुत्राः (ब्राह्मणकुमार), सिद्धियात्रिकाः = धनोपार्जनार्थं चलिताः (धन की सिद्धि के लिए चले हुये), धनाप्तिः = धनप्राप्तिः (धन की प्राप्ति), मृत्युः = मरणं (मृत्यु), निश्चयः = निर्णयः (यही निश्चय किया है)।

अन्वयः—साहसिकपुरुषाणाम् अवसरतुलिताभिः तनुभिः वाञ्छितानि द्रविणानि बहूनि दुष्प्राप्याणि च लभ्यन्ते ॥ २७ ॥

अचिन्त्यं दैवं बलवत्, ननु पुरुषकारोऽपि बलवान्। कदाचिद् जलं नभसः खाते पतति, पातालतोऽपि जलम् एति ॥ २८ ॥

व्याख्या—साहसिकपुरुषाणां = साहसयुक्तानां मनुष्याणाम् (साहसी व्यक्तियों को) अवसरतुलिताभिः = समये तुलामारोपिताभिः (समय से तुला पर चढ़ा देने वाले), तनुभिः = शरीरैः (शरीरों से), द्रविणानि = धनानि (सम्पत्तियाँ), दुष्प्राप्याणि = कष्टसाध्यानि वस्तूनि (कष्ट से प्राप्त करने योग्य वस्तुयें भी) लभ्यन्ते = प्राप्यन्ते (मिल जाती हैं) ॥ २७ ॥

दैवं = भाग्यं (भाग्य), बलवत् = शक्तिमत् (बलवान् होता है), पुरुषकारोऽपि = पुरुषार्थोऽपि (पुरुषार्थ भी), बलवान् = शक्तिमान् भवति (बलवान् होता है), नभसः = आकाशात् (आकाश से), खाते = जलाशये (जलाशय में) पातालतोऽपि = पाताललोकात्, भूगर्भादपि (पृथ्वी के नीचे से भी), एति = आगच्छति (जल निकल आता है) ॥ २८ ॥

हिन्दी—क्रमशः चलते हुए वे उज्जयिनी आ पहुँचे। वहाँ सिप्रा के पवित्र जल में उन लोगों ने स्नान किया, पुनः भगवान् महाकाल को प्रणाम करके वे अभी मन्दिर से निकलते ही थे कि भैरवानन्द नाम के एक योगी सामने से आते हुए दिखाई पड़े। ब्राह्मणोचित विधि से भैरवानन्द को प्रणाम करने के बाद वे चारों उन्हीं के साथ उनके मठ तक गये। वहाँ

पहुँचकर भैरवानन्द ने उन लोगों से पूछा—"आप लोग कहाँ से आ रहे हैं ? कहाँ जायेंगे ? क्या काम है ?"

उनके प्रश्न करने पर इन लोगों ने कहा—"हम अर्थोपार्जन के लिए निकले हुए हैं। वहीं जायेंगे जहाँ पहुँचकर या तो धन की प्राप्ति हो अथवा मृत्यु हो जाय। यही हमारी प्रतिज्ञा है। कहा भी गया है कि—

समय से अपने शरीर को तुला पर आरोपित कर देने वाले (जान की बाजी लगा देने वाले) साहसी व्यक्तियों को अभिलषित सम्पत्ति तो मिल ही जाती है, अनेक दुष्प्राप्य वस्तुएँ भी प्राप्त हो जाती हैं ॥ २७ ॥

और भी—यद्यपि अचिन्त्य भाग्य बलवान् होता ही है, कभी पुरुषार्थ भी बलवान् हो जाता है। क्योंकि—कभी तो जल आकाश से जलाशय में गिरता है और कभी पुरुषार्थ से खोदे हुए कूप में पाताल से भी निकलता है ॥ २८ ॥

अभिमतसिद्धिरशेषा भवति हि पुरुषस्य पुरुषकारेण।
दैवमिति यदपि कथयसि पुरुषगुणः सोऽप्यदृष्टाख्यः ॥ २९ ॥

द्वयमतुलं गुरु लोकात्तृणमिव तुलयन्ति साधु साहसिकाः।
प्राणानद्भुतमेतच्चरितं चरितं ह्युदाराणाम् ॥ ३० ॥

क्लेशस्याऽङ्गमदत्वा सुखमेव सुखानि नेह लभ्यन्ते।
मधुभिन्मथनायस्तैराश्लिष्यति बाहुभिर्लक्ष्मीम् ॥ ३१ ॥

तस्य कथं न चला स्यात् पत्नी विष्णोर्नृसिंहकस्याऽपि।
मासांश्चतुरो निद्रां यः सेवति जलगतः सततम् ॥ ३२ ॥

दुरधिगमः परभागो यावत्पुरुषेण साहसं न कृतम्।
जयति तुलामधिरूढो भास्वानिह जलदपटलानि ॥ ३३ ॥

अन्वयः—पुरुषकारेण हि अशेषा पुरुषस्य अभिमतसिद्धिः भवति यदपि दैवमिति कथयसि सोऽपि अदृष्टाख्यः पुरुषगुणः ॥ २९ ॥

साहसिकाः प्राणान् तृणमिव साधु तुलयन्ति, एतदद्भुतं चरितम् हि उदाराणां चरितं च द्वयं लोकात् गुरु अतुलं च भवति ॥ ३० ॥

इह, क्लेशस्य अङ्गम् अदत्वा सुखमेव सुखानि न लभ्यन्ते (यतोऽहि) मधुभिद् मथनायस्तैः बाहुभिः लक्ष्मीम् आश्लिष्यति ॥ ३१ ॥

यः जलगतः चतुरो मासान् सततं निद्रां सेवति नृसिंहकस्य अपि तस्य विष्णोः पत्नी चला कथं न स्यात् ॥ ३२ ॥

यावत्पुरुषेण साहसं न कृतं (तावत्) परभागो दुरधिगमः (भवति) इह भास्वान् तुलामधिरूढः जलदपटलानि जयति ॥ ३३ ॥

व्याख्या—पुरुषकारेण = पुरुषार्थेन (पुरुषार्थ से), अशेषा = निःशेषा (सभी), अभि-

मतसिद्धिः = वाञ्छितार्थसिद्धिः (अभिलषित वस्तु की उपलब्धि), दैवम् = भाग्यम् (भाग्य) अदृष्टाख्यः = अदृष्टनामा (अदृष्ट संज्ञक), पुरुषगुणः = व्यक्तेर्गुण एव भवति (व्यक्ति का गुण ही होता है) ॥ २९ ॥

साहसिकाः = साहससम्पन्नाः पुरुषार्थिनः (साहसी व्यक्ति), प्राणान् = जीवन (प्राणों को), तृणमिव = शष्पमिव मत्वा (तृण के समान समझकर) साधु = निर्भयं सम्यग्रूपेण (अभय होकर), तुलयन्ति = कार्यतुलामारोपयन्ति (कार्य रूपी तुला पर चढ़ा देते हैं), अद्भुतम् = अपूर्वम् (अपूर्व), चरितम् = आचरणम् (चरित), उदाराणाम् = उदारपुरुषाणां दानशीलानामित्यर्थः (उदार व्यक्तियों का), द्वयम् = एतदुभयमपि, लोकात् = विश्वतः, सर्वतोऽपीति भावः (सभी वस्तुओं से अधिक), गुरु = महत् (श्रेष्ठ) अतुलम् = अतुलनीयं च भवति । अत्र श्लोके "भयमतुलम्" इति पाठस्वीकारे, गुरुवर्गात् (बड़े लोगों से), अतुलं भयं = महदपि भयं (अत्यधिक भय को भी), तृणमिव = शष्पमिव मत्वा प्राणान् तुलयन्तीति भावो ग्राह्यः ॥ ३० ॥

इह = संसारेऽस्मिन् (इस संसार में), अङ्गं = शरीर (शरीरको), अदत्वा = असमर्प्य (क्लेशमननुभूयेत्यर्थः) (बिना दिये), सुखेनेव = अनायासमेव (अनायास ही), न लभ्यन्ते = नैवासाद्यन्ते (नहीं प्राप्त किये जाते हैं,) मधुभित् = मधुविनाशको विष्णुः (मधु को मारने वाले विष्णु), मथनायस्तैः = मथनश्रान्तैः (समुद्र को मथने से श्रान्त), बाहुभिः = करैः (बाँहों से), लक्ष्मीं = श्रियम् (लक्ष्मी का) आश्लिष्यति = समालिङ्गति (आलिङ्गन करते हैं) ॥ ३१ ॥

जलगतः = सलिलगतः (क्षीरसागरस्थः) (क्षीरसागर में,) चतुरो मासान् = मासचतुष्टयं यावत् (चार मास तक), सेवति = भजते (सेवन करते हैं), नृसिंहकस्यापि = पुरुषसिंहस्य, नरश्रेष्ठस्याऽपि (पुरुषश्रेष्ठ) विष्णोः = नारायणस्य (नारायण भगवान् की), पत्नी = स्त्री, लक्ष्मीः, चला = चञ्चला (चञ्चल), कथं न स्यात् = कथं न भवेदिति (क्यों न हो जाय) ॥ ३२ ॥

परभागः = विजयः (विजय), दुरधिगमः = दुःसाध्यः (कठिन होता है), भास्वान् = सूर्यः, तुलां = तुलाराशिम्, अधिरूढः = आरूढः (साहसमारुह्यैव) जलदपटलानि = मेघसमूहान् (बादलों के समूहों को), जयति = जीतता है ॥ ३३ ॥

हिन्दी—पुरुषार्थ से ही मनुष्य की मनोनुकूल कामनायें सिद्ध होती हैं। जिसको भाग्य कहा जाता है, वह भी अदृष्ट नामक पुरुष का ही एक गुण होता है। पुरुषार्थ का ही दूसरा नाम भाग्य है ॥ २९ ॥

साहसी व्यक्ति कार्य के समय अपने प्राणों को तृण के समान समझकर तौल देते हैं (प्राण की बाजी लगा देते हैं)। साहसी व्यक्तियों का यह अपूर्व चरित और उदार व्यक्तियों का जीवन-चरित, दोनों ही इस विश्व की अन्य वस्तुओं से श्रेष्ठ एवं अतुलनीय होते हैं ॥ ३० ॥

शरीर को विना कष्ट दिये अनायास ही सुख की प्राप्ति नहीं होती है। मधुदैत्य को मारने वाले भगवान् विष्णु भी समुद्र-मन्थन से श्रान्त (थके) हाथों के द्वारा ही लक्ष्मी का आलिङ्गन करते हैं ॥ ३१ ॥

जो सतत चार मास तक क्षीरसागर में शयन करते हैं उस नरश्रेष्ठ विष्णु को भी स्त्री चञ्चला क्यों न हो जाय ? आलस्यवश या थककर विश्राम चाहनेवाले व्यक्ति को लक्ष्मी छोड़ देती है ॥ ३२ ॥

पुरुष जब तक साहस नहीं करता है तब तक विजय संदिग्ध रहती है। भगवान् सूर्य तुला (राशि, तराजू) पर आरूढ़ होने के बाद ही मेघ-समूहों को विजित कर पाते हैं। साहसपूर्वक प्राण की बाजी लगाये बिना कार्य की सिद्धि नहीं होती है ॥ ३३ ॥

तत्कथ्यतामस्माकं कश्चिद् धनोपायो विवरप्रवेशशाकिनीसाधनश्मशान-सेवनमहामांसविक्रयसाधकवर्तिप्रभृतीनामेकतम इति। अद्भुतशक्तिर्भवान् श्रूयते। वयमप्यतिसाहसिकाः। उक्तञ्च—

महान्त एव महतामर्थं साधयितुं क्षमाः।
ऋते समुद्रादन्यः को बिभर्ति वडवाऽनलम् ? ॥ ३४ ॥

भैरवानन्दोऽपि तेषां सिद्ध्यर्थं बहूपायं सिद्धवर्तिचतुष्टयं कृत्वाऽऽर्पयत्। आह च—"गम्यतां हिमालयदिशि। तत्र संप्राप्तानां यत्र वर्तिः पतिष्यति, तत्र निधानमसन्दिग्धं प्राप्स्यथ। तत्र स्थानं खनित्वा निधिं गृहीत्वा व्याघुट्यताम्।"

व्याख्या—धनोपायः = धनलाभोपायः (धन प्राप्ति का उपाय), विवरप्रवेशः = भूगर्भ-प्रवेशः (पाताल की यात्रा), शाकिनीसाधनं = यक्षिणीसाधनं (यक्षिणी साधन), श्मशान-सेवनं = श्मशानोपासनं (श्मशान साधन), महामांसविक्रयः = पुरुषमांसविक्रयः (नरमांस विक्रय), साधकवर्तिः = साधकगुटिका (साधकीय गुटिका बनाना), एकतमः = अन्यतमः (कोई एक भी), अद्भुतशक्तिः = अद्भुतपराक्रमः (सिद्धपुरुषः)।

व्याख्या—महान्तः = श्रेष्ठाः (बड़े लोग), महताम् = श्रेष्ठजनानाम् (बड़े लोगों के), अर्थं = कार्यं (कार्य को), क्षमाः = समर्थाः (समर्थ होते हैं), ऋते समुद्रात् = समुद्रं विहाय (समुद्र के अलावा), वडवानलं = वडवाग्निम् (वडवानल को), बिभर्ति = धारयति, आपूरयति वा (धारण कर सकता है) ॥ ३४ ॥

तेषां = विप्रपुत्राणां (ब्राह्मण-पुत्रों की), सिद्ध्यर्थं = कार्यसम्पादनार्थं (कामना की सिद्धि के लिए), बहूपायं = नानाकार्यसाधनक्षमं (विभिन्न कार्यों को साधित करने में समर्थ), सिद्धवर्तिचतुष्टयं = सिद्धगुटिकाश्चतस्रः (चार सिद्धवर्तिकाएँ), हिमालयदिशि = उत्तरस्यां दिशि (उत्तर की ओर, हिमालय प्रान्त में), संप्राप्तानां = गतानां (पहुँचने पर) निधानं = द्रव्यम्, धनं वा (धन), असंदिग्धं = निःसंशयं (निश्चित), प्राप्स्यथ = अवाप्स्यथ (प्राप्त करोगे), व्याघुट्यतां = प्रत्यागम्यताम् (लौट करके चले आना)।

हिन्दी—अतः हम लोगों के योग्य धनोपार्जन का कोई उपाय कहिये। हमलोग, भूगर्भ प्रवेश, शाकिनी साधन, श्मशान साधन, नरमांस विक्रय और सिद्ध गुटिका बनाने आदि के कार्य करने को प्रस्तुत हैं। आप इनमें से कोई भी एक उपाय बता सकते हैं। सुना जाता है कि आप एक अद्भुत शक्ति-सम्पन्न सिद्ध पुरुष हैं। हमलोग भी हर स्थिति का सामना करने को प्रस्तुत हैं। कहा भी गया है कि—श्रेष्ठजनों के कार्य को पूर्ण करने में श्रेष्ठ जन ही समर्थ होते हैं। क्योंकि, बड़वानल को समुद्र के अतिरिक्त और कौन धारण कर सकता है (भर सकता है) ॥ ३४ ॥

भैरवानन्द ने उनकी कार्य-सिद्धि के लिए अनेक कार्यों का सम्पन्न करने वाली चार सिद्ध-वर्तिकाओं को बनाकर उन्हें देते हुए कहा—"हिमालय की ओर चले जाओ। वहाँ पहुँच कर जिस स्थान में वर्ति गिर जायगी वहाँ तुम्हें निश्चित रूप से धन मिलेगा। वर्ति गिरने वाले स्थान को खोदकर धन निकाल लेना और प्राप्त धन को लेकर लौट आना।"

तथाऽनुष्ठिते तेषां गच्छतामेकतमस्य हस्ताद्वर्तिर्निपपात। अथाऽसौ यावत्तं प्रदेशं खनति, तावत्ताम्रमयी भूमिः। ततस्तेनाऽभिहितम्—"अहो, गृह्यतां स्वेच्छया ताम्रम्"।

अन्ये प्रोचुः—"भो मूढ! किमनेन क्रियते यत् प्रभूतमपि दारिद्र्यं न नाशयति। तदुत्तिष्ठ, अग्रतो गच्छामः।"

सोऽब्रवीत्—"यान्तु भवन्तः। नाऽहमग्रे यास्यामि।" एवमभिधाय ताम्रं यथेच्छया गृहीत्वा प्रथमो निवृत्तः।

ते त्रयोऽपि अग्रे प्रस्थिताः। अथ किञ्चिन्मात्रं गतस्याऽग्रेसरस्य वर्तिर्निपपात। सोऽपि यावत्खनितुमारब्धस्तावद् रूप्यमयी क्षितिः। ततः प्रहर्षितः प्राह—यत्—"भो भो, गृह्यतां यथेच्छया रूप्यम्। नाऽग्रे गन्तव्यम्।"

तावूचतुः—"भोः, पृष्ठतस्ताम्रमयी भूमिः, अग्रतो रूप्यमयी। तन्नूनमग्रे सुवर्णमयी भविष्यति। किंचाऽनेन प्रभूतेनाऽपि दारिद्र्यनाशो न भवति। तदावामग्रे यास्यावः।" एवमुक्त्वा द्वावप्यग्रे प्रस्थितौ। सोऽपि स्वशक्त्या रूप्यमादाय निवृत्तः।

व्याख्या—तेषां = विप्रपुत्राणाम् (उनमें से), एकतमस्य = एकस्य (एक के), ताम्रमयी भूमिः = ताम्रखनिः (ताँबे की खान), अनेन = ताम्रेण (इससे) प्रभूतमपि = अधिकमपि (अधिक होने पर भी), दारिद्र्यं = निर्धनत्वं (दरिद्रता को), न नाशयति = न विनाशयति (मिटा नहीं सकता है)। अग्रेसरस्य = पुरस्सरस्य (अग्रवर्ती के), रूप्यमयी = रजतमयी (चाँदी की), क्षितिः = भूमिः (भूमि मिली)। अनेन = रजतेन (चाँदी), रूप्यम् = रजतम् (चाँदी को), निवृत्तः = परावृत्तः (लौट गया)।

हिन्दी—सिद्धवर्तिकाओं को लेकर वे हिमालय की ओर चल पड़े। वहाँ पहुँचने पर

उनमें से एक के हाथ से वर्ति गिर पड़ी। वह जब उस स्थान को खोदने लगा तो ताँबे की खान को देखकर उसने अन्य साथियों से कहा—"इसमें से इच्छानुसार ताँबा निकाल लो।"

उसकी बात को सुनकर दूसरों ने कहा—"मूर्ख! इसको लेकर हम क्या करेंगे? यह अत्यधिक होने पर भी हमारी दरिद्रता को नहीं मिटा सकता है। उठो, आगे चला जाय।"

उसने कहा—"तुम लोग जाओ। मैं आगे नहीं जाऊँगा।" यह कहकर वह इच्छानुकूल ताँबे को लेकर लौट गया।

उसके लौट जाने पर शेष तीनों व्यक्ति आगे बढ़े। अभी वे कुछ ही दूर गये थे कि उनके अग्रेसर की वर्ति गिर पड़ी। उसने जब खोदना आरम्भ किया तो चाँदी की खान दिखाई पड़ी। उस खान को देखकर प्रसन्नतापूर्वक उसने कहा—"मित्रों! इसमें से यथेच्छ चाँदी ले लो और लौट चलो, आगे मत जाओ।"

उसकी बात को सुनकर शेष दोनों ने कहा—"भाई, पीछे ताँबे की खान मिली थी, उससे आगे चाँदी की खान मिली है, इससे आगे निश्चय ही सोने की खान मिलेगी। इसको लेकर हम क्या करेंगे कि अधिक से अधिक लेकर लौटने पर भी हमारी दरिद्रता दूर नहीं हो सकेगी। अतः हम आगे जायेंगे" यह कहकर दोनों आगे बढ़ गये। द्वितीय व्यक्ति भी यथाशक्ति चाँदी लेकर लौट गया।

अथ तयोरपि गच्छतोरेकस्याऽग्रे वर्तिः पपात। सोऽपि प्रहृष्टो यावत्खनति, तावत्सुवर्णभूमिं दृष्ट्वा द्वितीयं प्राह—"भोः, गृह्यतां स्वेच्छया सुवर्णम्। सुवर्णादन्यन्न किञ्चिदुत्तमं भविष्यति।"

स प्राह—"मूढ! न किञ्चिद् वेत्सि। प्राक्ताम्रं, ततो रूप्यं, ततः सुवर्णम्। तन्नूनमतः परं रत्नानि भविष्यन्ति, येषामेकतमेनाऽपि दारिद्र्यनाशो भवति। तदुत्तिष्ठ, अग्रे गच्छावः। किमनेन भारभूतेनाऽपि प्रभूतेन?"

स आह—"गच्छतु भवान्। अहमत्र स्थितस्त्वां प्रतिपालयिष्यामि।" तथाऽनुष्ठिते, सोऽपि गच्छन्नेकाकी, ग्रीष्माऽर्कप्रतापसन्तप्ततनुः पिपासाकुलितः सिद्धिमार्गच्युत इतश्चेतश्च बभ्राम।

अथ भ्राम्यन्, स्थलोपरि पुरुषमेकं रुधिरप्लावितगात्रं भ्रमच्चक्रमस्तकमपश्यत्। ततो द्रुततरं गत्वा तमवोचत्—"भोः, को भवान्? किमेवं चक्रेण भ्रमता शिरसि तिष्ठसि? तत्कथय मे यदि कुत्रचिज्जलमस्ति।"

व्याख्या—सोऽपि = अन्यतमोऽपि (दूसरे ने भी), उत्तमं = श्रेष्ठं, वेत्सि = न जानासि (कुछ नहीं जानते हो), प्राक् = आदौ (पहले), येषां = रत्नानां (रत्नों में से), एकतमेन = एकेन (एक से ही) भारभूतेन = भारस्वरूपेण (भारस्वरूप), ग्रीष्मार्कप्रतापसन्तप्ततनुः = ग्रीष्मतापात्तप्तकायः (ग्रीष्मार्कस्य = ग्रीष्मकालिकस्य भानोः, प्रतापेन = प्रचण्डातपेन संतप्ता, तनुः = शरीरं यस्याऽसौ) (भीषण गर्मी से संतप्त-काय), पिपासाकुलितः = पिपासया व्याकु-

लितः (प्यास से व्याकुल होकर), सिद्धिमार्गच्युतः = गन्तव्यस्थानात्स्खलितः (गन्तव्य मार्ग से स्खलित होकर), इतश्चेतश्च = इतस्ततः (इधर उधर) भ्राम्यन् = परिभ्रमन् (घूमता हुआ) स्थलोपरि = समतलभूमौ (समतल भूमि पर), रुधिरप्लावितगात्रं = रुधिराभिषिक्तगात्रं (खून से लथपथ), भ्रमच्चक्रमस्तकं = चक्रभ्रमियुक्तशिरसं (शिर पर घूमते हुए चक्र से युक्त व्यक्ति को) द्रुततरं = शीघ्रातिशीघ्रं (यथाशीघ्रं) अवोचत् = अकथयत् (कहा)।

हिन्दी—शेष दोनों व्यक्तियों के कुछ और दूर जाने के बाद उसमें से एक के हाथ की वर्ति गिर पड़ी। प्रसन्न होकर अब उसने खोदना प्रारंभ किया तो सोने की खान मिली। उसे देखकर उसने द्वितीय व्यक्ति से कहा—"इसमें से यथेच्छ सुवर्ण ले लो। सोने से बढ़कर कोई दूसरी उत्तम वस्तु नहीं मिलेगी।"

द्वितीय ने कहा—"मूर्ख! तुम कुछ नहीं जानते हो। पहले ताँबे की खान मिली थी, उसके बाद चाँदी की खान मिली, अब सोने की खान मिली है। इसके बाद निश्चय ही रत्नों की खान मिलेगी। उसमें से यदि एक भी रत्न मिल गया तो दरिद्रता दूर हो जायेगी। इसलिए उठो, और आगे चला जाय। भारस्वरूप अधिक सुवर्ण को लेकर भी क्या होगा?"

यह सुनकर द्वितीय ने कहा—"तुम जाओ, मैं यहाँ रहकर तुम्हारी प्रतीक्षा करूँगा।"

अन्त में विवश होकर चतुर्थ को एकाकी जाना पड़ा। कुछ दूर जाने के बाद वह ग्रीष्म ऋतु की भीषण गर्मी से संतप्त एवं प्यास से व्याकुल होकर लक्ष्य से च्युत हो गया और इधर-उधर घूमने लगा।

इधर-उधर घूमते हुये उसने खून से लथपथ एक व्यक्ति को देखा जिसके शिर पर चक्र घूम रहा था। यथाशीघ्र उसके पास जाकर उसने पूछा—"आप कौन हैं? इस प्रकार शिर पर घूमते हुए चक्र के नीचे क्यों बैठे हैं? यदि पास में कहीं जल हो तो कृपया बताने का कष्ट करें।"

एवं तस्य प्रवदतस्तच्चक्रं तत्क्षणात्तस्य शिरसो ब्राह्मणमस्तके चटितम्।

स आह—"भद्र! किमेतत्?"

स आह—"ममाऽप्येवमेतच्छिरसि चटितम्!"

स आह—"तत्कथय कदैतदुत्तरिष्यति? महती मे वेदना वर्तते।"

स आह—"यदा त्वमिव कश्चिद्धृतसिद्धवर्तिरेवमागत्य, त्वामालापयिष्यति तदा तस्य मस्तकं चटिष्यति।"

स आह—"कियान्कालस्तवैवं स्थितस्य?"

स आह—"साम्प्रतं को राजा धरणीतले?"

स आह—"वीणावत्सराजः।"

स आह—"अहं तावत्कालसङ्ख्यां न जानामि। परं यदा रामो राजासीत्तदाऽहं दारिद्र्योपहतः सिद्धवर्तिमादायानेन पथा समायातः। ततो मयाऽन्यो नरो मस्तकधृतचक्रो दृष्टः, पृष्टश्च। ततश्चैतज्जातम्।"

स आह—"भद्र ! कथं तवैवं स्थितस्य भोजनजलप्राप्तिरासीत् ?"

स आह—"भद्र ! धनदेन निधानहरणभयात्सिद्धानामेतच्चक्रपतनरूपं भयं दर्शितम्। तेन कश्चिदपि नागच्छति। यदि कश्चिदायाति, स क्षुत्पिपासा-निद्रारहितो, जरामरणवर्जितः केवलमेवं वेदनामनुभवति इति। तदाज्ञापय मां स्वगृहाय।" इत्युक्त्वा गतः।

व्याख्या—प्रवदतः = वार्तां कुर्वतः (वार्तालाप करते समय), तत्क्षणात् = तस्मिन्नेव काले (उसी समय), चटितम् = आरुरोह (चढ़ गया)। त्वमिव = त्वत्सदृशः (तुम्हारी तरह से), आलापयिष्यति = वार्तां करिष्यति (बातचीत करेगा) कालसङ्ख्यां = कालगणनां (समय की गणना) दारिद्र्योपहतः = दारिद्र्यपीडितः (दरिद्रता से दुःखी होकर), मस्तक-धृतचक्रः = चक्रयुक्तशिराः (मस्तके धृतं चक्रं येन सः) (चक्र युक्त शिर वाले व्यक्ति), धनदेन कुबेरेण (कुबेर से), निधानहरणभयात् = धनापहरणभयात् (धन की चोरी के डर से) सिद्धानां = सिद्ध्यर्थमागतानां (अर्थसिद्धि के लिए आने वाले व्यक्तियों को), क्षुत्पिपासानि-द्रारहितः = बुभुक्षापिपासादिविरहितः (भूख, प्यास और निद्रा से रहित होकर), जरामरण-वर्जितः = जरामृत्युविवर्जितः (बुढ़ापा और मृत्यु के भय से रहित होकर), वेदनामनुभवति = = कष्टमनुभवति (दुःख का अनुभव करता है)। स्वगृहाय = निजगेहगमनाय (अपने घर जाने के लिए)।

हिन्दी—अभी उसने बात-चीत आरम्भ ही की थी कि वह चक्र उस व्यक्ति के शिर से उतर कर उस ब्राह्मण के शिर पर चढ़ गया। यह देखकर उसने आश्चर्यचकित होकर पूछा—"मित्र ! यह क्या ?"

उसने कहा—"यह मेरे शिर पर भी इसी प्रकार चढ़ गया था।"

ब्राह्मण ने दुःखी होकर पूछा—"कृपया यह बतलाइये कि यह उतरेगा कब ? मुझे बहुत अधिक पीड़ा हो रही है।"

उसने उत्तर दिया—"आप की ही तरह जब कोई दूसरा व्यक्ति इसी प्रकार सिद्धवर्ति को लेकर आयेगा और बातचीत करेगा, तब यह आपके मस्तक से उतर कर उसके मस्तक पर चढ़ जायगा।"

"आपको कितने दिनों तक यहाँ बैठना पड़ा ?"

"इस समय पृथ्वी पर कौन राजा राज्य कर रहा है ?"

"वीणावत्सराज।"

यह सुनकर उस व्यक्ति ने कहा—"मैं ठीक-ठीक समय तो नहीं बता सकता हूँ, किन्तु जब राम राजा थे तब मैं दरिद्रता से पीड़ित होकर सिद्धवर्ति के साथ इसी मार्ग से जा रहा था। यहाँ पर मैंने एक अन्य व्यक्ति को देखा था जिसके शिर पर यह चक्र घूम रहा था। उससे मैंने इसके विषय में अभी पूछा ही था कि यह मेरे शिर पर चढ़ गया था।"

ब्राह्मण ने पूछा—"मित्र ! इस प्रकार चक्र के नीचे बैठे रहने पर आप को भोजन और जल कैसे मिलता था ?"

उसने उत्तर में कहा—"महाशय ! कुबेर ने धन की चोरी के भय से अर्थ की चिन्ता में इधर आने वाले व्यक्तियों के लिये चक्र के गिरने का यह भय दिखाया है। अतएव इधर कोई नहीं आता है। यदि लोभवश कोई आ पड़ा तो वह इसी प्रकार भूख, प्यास, निद्रा, बुढ़ापा और मृत्यु से रहित होकर केवल वेदना का ही अनुभव करता है। अब आप कृपया मुझे घर जाने की आज्ञा प्रदान करें।" यह कह कर वह तत्काल यहाँ से चला गया।

तस्मिंश्चिरयति स सुवर्णसिद्धिस्तस्याऽन्वेषणपरस्तत्पदपङ्क्त्या यावत् किञ्चिद् वनान्तरमागच्छति, तावद्रुधिरप्लावितशरीरस्तीक्ष्णचक्रेण मस्तके भ्रमता सवेदनः क्वणन्नुपविष्टस्तिष्ठतीति ददर्श। ततः तत्समीपवर्तिना भूत्वा, सवार्ष्पं पृष्टः—"भद्र ! किमेतत् ?"

स आह—"विधिनियोगः।"

स आह—"कथं तत् ? कथय कारणमेतस्य।"

सोऽपि तेन पृष्टः, सर्वं चक्रवृत्तान्तमकथनत्।

तत् श्रुत्वाऽसौ तं विगर्हयन्निदमाह—"भो ! निषिद्धस्त्वं मयाऽनेकशो न श्रृणोषि मे वाक्यम्। तत्किं क्रियते ! विद्यावानपि, कुलीनोऽपि, बुद्धिरहितः। अथवा साध्विदमुच्यते—

"वरं बुद्धिर्न सा विद्या विद्याया बुद्धिरुत्तमा।
बुद्धिहीना विनश्यन्ति, यथा ते सिंहकारकाः॥" ३५॥

चक्रधर आह—"कथमेतत् ?" सुवर्णसिद्धिराह—

व्याख्या—तस्मिन् = ब्राह्मणे (उसके), चिरयति = विलम्बिते सति (देर करने पर), अन्वेषणपरः = सन्धानतत्परः (खोजते हुए), तत्पदपङ्क्त्या = तत्पदचिह्नेन (उसके पद चिह्न से), वनान्तरं = काननान्तरं (द्वितीय वन में), तीक्ष्णचक्रेण = तीव्राग्रयुक्तेन चक्रेण (तेज धार वाले चक्र से), सवेदनः = कष्टयुक्त (पीडित), क्वणन् = सशब्दं रुदन् (रोते हुए), तत्समीपवर्तिना भूत्वा = तस्य सामीप्यं प्राप्य (उसके निकट जाकर), सवाष्पं = अश्रुयुक्तनेत्रम् (आँख में आँसू भरकर), विधिनियोगः = भाग्यविडम्बितम् (भाग्य का चक्कर) विगर्हयन् = निन्दयन् (निन्दा करते हुए), निषिद्धः = प्रतिषिद्धः (मना करने पर भी), नैव श्रृणोषि = नैवाश्रृणोः (नहीं सुना था), बुद्धिः = मतिः, बुद्धिहीनाः = प्रज्ञाविहीनाः (बुद्धिहीन व्यक्ति), सिंहकारकाः = सिंहप्रणेतारः (सिंह को जिलाने वाले ब्राह्मण)॥ ३५॥

हिन्दी—मित्र के अधिक विलम्ब करने पर सुवर्णसिद्धि उसकी खोज में चल पड़ा। उसके पदचिह्नों का अनुसरण करते हुए जब वह दूसरे वन में पहुँचा तो उसने देखा कि उसका मित्र खून से लथपथ दुःखी होकर बैठा है और आह भर कर रो रहा है, उसके शिर पर एक

तीक्ष्णधार का चक्र घूम रहा था। अपने मित्र की इस स्थिति को देखकर वह बहुत दुःखी हुआ। उसकी आँखों में पानी भर आया। मित्र के सन्निकट जाकर उसने पूछा—"मित्र! यह क्या हुआ?"

उसने उत्तर में कहा—"भाग्य का चक्कर है मित्र!"

सुवर्णसिद्धि ने पुनः पूछा—"कैसे हुआ यह, इसका कारण तो बताओ?"

चक्रधर ने सम्पूर्ण वृत्तान्त को यथावत् सुना दिया। उस वृत्तान्त को सुनकर सुवर्णसिद्धि ने उसकी भर्त्सना करते हुए कहा—"मैंने तुमको कितना मना किया कि मत जाओ, किन्तु तुमने मेरी एक बात नहीं सुनी। अब क्या किया जा सकता है? तुम विद्वान् और कुलीन होते हुए भी वस्तुतः बुद्धिहीन हो। अथवा ठीक ही कहा गया है—

विद्या की अपेक्षा बुद्धि बड़ी होती है। उत्तम विद्यासम्पन्न व्यक्ति भी बुद्धि के अभाव में सिंह को जिलाने वाले ब्राह्मणों की तरह नष्ट हो जाते हैं।" (अपना ही प्राण खो बैठते हैं) ॥ ३५ ॥

चक्रधर ने पूछा—कैसे? सुवर्णसिद्धि ने कहा।

३. सिंहकारकमूर्खब्राह्मण-कथा

"कस्मिंश्चिदधिष्ठाने चत्वारो ब्राह्मणपुत्राः परस्परं मित्रभावमुपगता वसन्ति स्म। तेषां त्रयः शास्त्रपारङ्गताः, परन्तु बुद्धिरहिताः। एकस्तु बुद्धिमान् केवलं शास्त्रपराङ्मुखः। अथ तैः कदाचिन्मित्रैर्मन्त्रितं—"को गुणो विद्यायाः, येन देशान्तरं गत्वा भूपतीन् परितोष्याऽर्थोपार्जना न क्रियते। तत्पूर्वदेशं गच्छामः।"

तथाऽनुष्ठिते किञ्चिन्मार्गं गत्वा, तेषां ज्येष्ठतरः प्राह—"अहो, अस्माकमेकश्चतुर्थो मूढः, केवलं बुद्धिमान्। न च राजप्रतिग्रहो बुद्ध्या लभ्यते, विद्यां विना। तन्नास्मै स्वोपार्जितं दास्यामि। तद् गच्छतु गृहम्।" ततो द्वितीयेनाऽभिहितं—"भोः, सुबुद्धे! गच्छ त्वं स्वगृहं, यतस्ते विद्या नास्ति।" ततस्तृतीयेनाऽभिहितम्—"अहो, न युज्यते एवं कर्तुम्, यतो वयं बाल्यात्प्रभृत्येकत्र क्रीडिताः। तदागच्छतु महाऽनुभावोऽस्मदुपार्जितवित्तस्य समभागी भविष्यतीति। उक्तञ्च—

> किं तया क्रियते लक्ष्म्या, या वधूरिव केवला।
> या न वेश्येव सामान्या पथिकैरुपभुज्यते ॥ ३६ ॥

तथा च—

> अयं निजः परो वेति गणना लघुचेतसाम्।
> उदारचरितानान्तु वसुधैव कुटुम्बकम् ॥ ३७ ॥

तदागच्छत्वेषोऽपि'' इति ।

व्याख्या—अधिष्ठाने = नगरे, तेषां = ब्राह्मणपुत्राणां (उनमें से), शास्त्रपारङ्गताः = शास्त्रमर्मज्ञाः (शास्त्रों के मर्मज्ञ थे), शास्त्रपराङ्मुखः = शास्त्रविमुखः (पढ़ा लिखा नहीं था), तैः = ब्राह्मणपुत्रैः (उन लोगों ने) । मन्त्रितं = विमर्शः कृतः (राय किया), देशान्तरं = विदेशं (दूसरे देश में), भूपतीन् = भूपान् (राजाओं को), परितोष्य = सन्तोष्य (सन्तुष्ट करके), अर्थोपार्जना = धनोपार्जना (धनार्जन), न क्रियते = न विधीयते (नहीं किया जाता है) ।

तथानुष्ठिते = तथा कृते सति (यात्रा करने के बाद), एकः = चतुर्थः (चौथा), मूढः = मूर्खः (मूर्ख है), राजप्रतिग्रहः = राजदानं (राजा का दान), अस्मै = अमुष्मै मूर्खाय (इस मूर्ख को), स्वोपार्जितं = स्वार्जितं (अपने कमाये हुए धन में से), बाल्यात्प्रभृति = बाल्यकालादारभ्य (बचपन से ही), समभागी = सदृशभागी सदृशभाग्यो वा (समानभागी), भविष्यतीति ।

अन्वयः—या सामान्या वेश्या इव पथिकैः न उपभुज्यते, या केवला वधूरिव (अस्ति) तया लक्ष्म्या किं क्रियते ॥ ३६ ॥

अयं निजः परो वा इति गणना लघुचेतसां (भवति), उदारचरितानां तु वसुधा एव कुटुम्बकं (भवति) ॥ ३७ ॥

व्याख्या—सामान्या = सर्वोपभोग्या (सभी के उपभोग की वस्तु), वेश्या = वाराङ्गना (वेश्या) पथिकैः = पान्थैः (पथिकों के द्वारा), वधूरिव = कुलभार्येव (वा केवलेनात्मनैवोपभुज्यते) (कुल वधू की तरह), तया = असामान्यया (असाधारण), लक्ष्म्या = श्रिया (सम्पत्ति से), किं क्रियते = किं प्रयोजनमस्ति (क्या लाभ है) ॥ ३६ ॥

अयं निजः परो वा = अयं स्वकीयः परकीयो वा (यह मेरा है या दूसरे का) गणना = विचारः (यह विचार), लघुचेतसां = क्षुद्रात्मनां (भवति) (क्षुद्र व्यक्तियों का है), उदारचरितानाम् = उदारचित्तानां तु (उदार व्यक्तियों के लिए तो), वसुधैव = विश्वमेव (सम्पूर्ण विश्व ही), कुटुम्बकम् = आत्मीयं कुटुम्बकमिव (अपने कुटुम्ब के समान होता है) ॥३७॥ एषोऽपि = अयमपि (यह भी) ।

हिन्दी—किसी नगर में चार ब्राह्मण-पुत्र निवास करते थे । उनमें से तीन शास्त्रमर्मज्ञ किन्तु बुद्धिहीन थे । और एक शास्त्र-विमुख था किन्तु लोक व्यवहार में चतुर था । एक दिन चारों ने आपस में यह विचार किया कि--"ऐसी विद्या से क्या लाभ है जिससे देश-विदेश जाकर राजाओं को सन्तुष्ट करके धन नहीं कमाया गया । अतः धनोपार्जन के लिए कहीं चलना चाहिए । पूर्व दिशा में चलना अधिक लाभप्रद होगा ।"

यह निश्चय करके वे चारों धनोपार्जन के लिए चल पड़े । कुछ दूर जाने के बाद उनमें से ज्येष्ठतर ने कहा--बन्धुओं, हममें से चौथा व्यक्ति मूर्ख है । वह केवल लोक व्यवहार में

पटु है। राजाओं का दान विद्या के अभाव में केवल बुद्धि से नहीं मिलता है। अतः मैं अपनी कमाई में से इसको हिस्सा नहीं दूँगा। अच्छा तो यह होगा कि यह घर लौट जाय। उसकी इस बात को सुनकर द्वितीय ने कहा—"अरे, सुबुद्धे! तुम अपने घर को लौट जाओ, क्योंकि तुम विद्वान् नहीं हो।" इसपर तृतीय ने कहा—भाई! मेरे विचार से ऐसा करना उचित नहीं होगा। क्योंकि हम लोग बाल्यकाल से ही एक साथ खेले हैं। अतएव इसको भी चलने देना चाहिए। हमारे कमाए हुए धन में से यह भी एक हिस्सा ले लिया करेगा। कहा भी गया है कि—

जो सामान्य वेश्या की तरह पथिकों के उपयोग में नहीं आ सकती है और केवल कुल-बधू की भाँति एक ही व्यक्ति के उपयोग की वस्तु होती है, उस लक्ष्मी से लाभ ही क्या है? ॥ ३६ ॥

और भी—यह अपना है और यह पराया है, इस प्रकार का विचार संकुचित भावना के व्यक्ति करते हैं। उदार व्यक्तियों के लिए समस्त विश्व अपना ही होता है ॥ ३७ ॥

अतः इसको भी चलने दो।

तथाऽनुष्ठिते तैर्मार्गाश्रितैरटव्यां कतिचिदस्थीनि दृष्टानि। ततश्चैकेनाऽभिहितम्—"अहो, अद्य विद्याप्रत्ययः क्रियते। किञ्चिदेतत्सत्त्वं मृतं तिष्ठति। तद् विद्याप्रभावेण जीवनसहितं कुर्मः। अहमस्थिसञ्चयं करोमि।" ततश्च तेनौत्सुक्यादस्थिसञ्चयः कृतः। द्वितीयेन चर्ममांसरुधिरं संयोजितम्। तृतीयोऽपि यावज्जीवनं सञ्चारयति, तावत्सुबुद्धिना निषिद्धः—"भोः तिष्ठतु भवान्। एष सिंहो निष्पाद्यते। यद्येनं सजीवं करिष्यसि ततः सर्वानपि व्यापादयिष्यति।"

व्याख्या—मार्गाश्रितैः=पथि गच्छद्भिः (रास्ते में चलने वाले), अटव्यां=वने (जङ्गल में), अस्थीनि=कुल्यानि (कीकसं कुल्यमस्थि चेत्यमरः) (हड्डियाँ), विद्याप्रत्ययः=विद्यापरीक्षा, विद्यायाः प्रत्यक्षानुभवः (विद्या की परीक्षा), सत्वं=जीवः (प्राणी), औत्सुक्यात्=औत्कण्ठ्यात् (उत्सुकतापूर्वक), संयोजितम्=समायोजितम् (जोड़कर खड़ा किया), जीवनं सञ्चारयति=प्राणसञ्चारं करोति (प्राणसञ्चार करने लगा), निष्पाद्यते=विनिर्मीयते (जिला रहे हो), व्यापादयिष्यति=मारयिष्यति (मार डालेगा)।

हिन्दी—मार्ग में जाते हुये उन लोगों ने कहीं जङ्गल में कुछ हड्डियों को देखा। उन हड्डियों को देखकर उनमें से एक ने कहा—आज विद्या की परीक्षा की जाय। यह कोई मरा हुआ जीव है। विद्या के प्रभाव से इसको जिलाया जाय। मैं हड्डियों को एकत्र करता हूँ। यह कहकर उसने उत्सुकतापूर्वक हड्डियों को एकत्र किया। द्वितीय ने उन हड्डियों में चाम, माँस एवं खून का सञ्चार किया। इसके बाद जब तृतीय व्यक्ति ने उसमें प्राणसञ्चार करना प्रारम्भ किया तो चतुर्थ व्यक्ति-सुबुद्धि ने उसे रोकते हुए कहा—"थोड़ी देर रुक जाओ। तुम एक सिंह को जिलाने जा रहे हो। यदि तुमने इसको जिला दिया तो यह हम सभी को मार डालेगा।"

इति तेनाऽभिहितः स आह—"धिङ्मूर्ख ! नाऽहं विद्याया विफलतां करोमि ।" ततस्तेनाऽभिहितम्—"तर्हि प्रतीक्षस्व क्षणं, यावदहं वृक्षमारोहामि।"

तथाऽनुष्ठिते, यावत्सजीवः कृतस्तावत्ते त्रयोऽपि सिंहेनोत्थाय व्यापादिताः। स च पुनर्वृक्षादवतीर्य, गृहं गतः।" अतोऽहं ब्रवीमि—"वरं बुद्धिर्न सा विद्या" इति। अतः परमुक्तं च सुवर्णसिद्धिना—

"अपि शास्त्रेषु कुशला लोकाचारविवर्जिताः।
सर्वे ते हास्यतां यान्ति, यथा ते मूर्खपण्डिताः" ॥ ३८ ॥

चक्रधर आह—"कथमेतत् ?" सोऽब्रवीत्—

व्याख्या—विफलतां = निष्फलतां (विद्या की विफलता), प्रतीक्षस्व = परिपालय (प्रतीक्षा कर लो), सजीवः कृतः = प्राणसञ्चारेण नियोजितः (जीवित कर दिया)।

व्याख्या—शास्त्रेषु = विद्यासु (विद्याओं में) कुशलाः = पटवः, निपुणाः (निपुण होने पर भी), लोकव्यवहारशून्याः (लोक-व्यवहार से अनभिज्ञ), हास्यतां = परिहासपात्रतां (परिहास को), यान्ति = गच्छन्ति (प्राप्त होते हैं), ते = लोकानभिज्ञाः (लोक व्यवहार से अनभिज्ञ थे)।

मूर्खपण्डिताः = शास्त्रज्ञाः, किन्तु लोकव्यवहारशून्याः (विद्वान् किन्तु लोकव्यवहार से अनभिज्ञ) हास्यतां गताः ॥ ३८ ॥

हिन्दी—सुबुद्धि के उपर्युक्त कथन को सुनकर तृतीय व्यक्ति ने कहा—"अरे मूर्ख ! मैं अपनी विद्या को विफल नहीं कर सकता हूँ।"

उसके कथन को सुनकर सुबुद्धि ने कहा—"थोड़ी देर ठहर जाओ। मैं अभी वृक्ष पर चढ़ जाता हूँ तब अपनी विद्या का प्रयोग करना।"

उसके वृक्षारोहण के अनन्तर ज्योंही ब्राह्मण ने उस सिंह में प्राणसञ्चार किया त्योंही उठकर सिंह ने तीनों को मार डाला। और सुबुद्धि वृक्ष से उतरकर घर चला गया। अतएव मैं कहता हूँ कि विद्या से बुद्धि उत्तम होती है। इस कथा को कहने के बाद सुवर्णसिद्धि ने पुनः कहा—

'शास्त्रों में कुशल होने पर भी लोक-व्यवहार से अनभिज्ञ रहने पर व्यक्ति उसी प्रकार उपहास का विषय बन जाता है जैसे वे लोक-व्यवहार से अनभिज्ञ पण्डित बने थे" ॥ ३८ ॥

चक्रधर ने पूछा—"कैसे ?" सुवर्णसिद्धि ने कहा—

४. मूर्खपण्डित कथा

"कस्मिंश्चिदधिष्ठाने चत्वारो ब्राह्मणाः परस्परं मित्रत्वमापन्ना वसन्ति स्म। बालभावे तेषां मतिरजायत—"भोः! देशान्तरं गत्वा, विद्याया उपार्जनं क्रियते।"

अथान्यस्मिन्दिवसे ते ब्राह्मणाः परस्परं निश्चयं कृत्वा विद्योपार्जनार्थं कान्यकुब्जे गताः। तत्र च विद्यामठे गत्वा पठन्ति। एवं द्वादशाब्दानि यावदेकचित्ततया पठित्वा, विद्याकुशलाऽस्ते सर्वे सञ्जाताः।

ततस्तैश्चतुर्भिर्मिलित्वोक्तम्—"वयं सर्वविद्यापारङ्गताः। तदुपाध्यायमुत्कलापयित्वा स्वदेशे गच्छामः। तथैवाऽनुष्ठीयतामित्युक्त्वा ब्राह्मणा उपाध्यायमुत्कलापयित्वा, अनुज्ञां लब्ध्वा पुस्तकानि नीत्वा, प्रचलिताः। यावत्किञ्चिन्मार्गं यान्ति, तावद् द्वौ पन्थानौ समायातौ दृष्ट्वा उपविष्टाः सर्व।

व्याख्या—मित्रत्वमापन्नाः—मित्रभावमुपगताः (मित्रता को प्राप्त) बालभावे=बाल्यकाले (बचपन में), मतिरजायत=मतिरभूत् (यह बात मन में आयी कि), विद्योपार्जनार्थं=पठनार्थं (पढ़ने के लिये), विद्यामठे=पाठशालायाम् (विद्यालय में), द्वादशाब्दानि=द्वादशवर्षाणि यावत् (बारह वर्ष तक), एकचित्ततया=एकाग्रधिया (एकनिष्ठ, तन्मय होकर) विद्याकुशलाः=विद्वांसः (विद्वान्), विद्यापारङ्गताः=सकलविद्याविशारदाः (उद्भट विद्वान्), उपाध्यायं=गुरुम् (गुरुको), उत्कलापयित्वा=पृष्ट्वा (पूछकर), अनुज्ञाम्=आज्ञाम् (अनुमति को)। द्वौ पन्थानौ=द्वौ मार्गौ (दो रास्ते) समायातौ=समागतौ।

हिन्दी—"किसी नगर में चार ब्राह्मण रहते थे। उनकी आपस में बड़ी मित्रता थी। कभी बाल्यकाल में उनके मन में आया कि कहीं चलकर विद्याध्ययन किया जाय।

दूसरे दिन आपस में परामर्श करने के बाद वे विद्याध्ययन के लिये कान्यकुब्ज देश की ओर चल पड़े। वहाँ पहुँच कर वे किसी पाठशाला में अध्ययन करने लगे। एकाग्रचित्त से बारह वर्ष तक अध्ययन करने के बाद चारों उद्भट विद्वान् हो गये।

एक दिन चारों ने आपस में परामर्श किया—हम सभी विद्याओं में निपुण हो चुके हैं। गुरु की आज्ञा लेकर हमें अब अपने घर चलना चाहिये। यह निर्णय करके वे गुरु के पास गये और गुरु की आज्ञा लेकर अपनी-अपनी पुस्तकों को साथ ले उन्होंने घर के लिये प्रस्थान किया।

कुछ दूर आने के पश्चात् मार्ग को दो तरफ जाते हुए देखकर, किस मार्ग से चलना चाहिये यह निर्णय करने के लिये वे एक स्थान पर बैठ गये।

तत्रैकः प्रोवाच—"केन मार्गेण गच्छामः ?"

एतस्मिन्समये तस्मिन् पत्तने कश्चिद् बणिक्पुत्रो मृतः। तस्य दाहाय महाजनो गतोऽभूत्। ततश्चतुर्णां मध्यादेकेन पुस्तकमवलोकितं—"महाजनो येन गतः स पन्थाः" इति। तन्महाजनमार्गेण गच्छामः।

अथ ते पण्डिता यावन्महाजनमेलापकेन सह यान्ति, तावद्रासभः कश्चित्तत्र श्मशाने दृष्टः। अथ द्वितोयेन पुस्तकमुद्घाट्यावलोकितम्—

"उत्सवे व्यसने प्राप्ते दुर्भिक्षे शत्रुसङ्कटे।
राजद्वारे श्मशाने च यस्तिष्ठति स बान्धवः" ॥ ३९ ॥

तदहो! अयमस्मदीयो बान्धवः। ततः कश्चित्तस्य ग्रीवायां लगति, पादौ प्रक्षालयति।

व्याख्या—पत्तने = नगरे (शहर में), दाहाय = अग्निसंस्काराय (दाहसंस्कार के लिये), महाजनः = वणिक्समूहः (बनिये), महाजनः = श्रेष्ठजनः (महानुभाव), महाजन-मेलापकेन = वणिक्समूहेन (बनियों के साथ), रासभः = गर्दभः (गदहा)।

व्याख्या—उत्सवे = हर्षोल्लासकाले (उत्सव के समय), व्यसने = दुःखे (दुःख में), शत्रुसङ्कटे = शत्रुसंबाधे (शत्रुओं द्वारा घिर जाने पर), राजद्वारे = राजसभायां (राजा की सभा में), बान्धवः = परिजनः (स्वजन कहा गया है)। अयम् = रासभः (यह), तस्य = गर्दभस्य (उस गदहे के), ग्रीवायां = कण्ठे (गले में), पादौ = चरणौ (पैरों को), प्रक्षा-लयति = प्रोञ्छति (धोने पोछने लगा)।

हिन्दी—उनमें से एक ने पूछा—"किस मार्ग से चला जाय ?"

उसी समय पास के नगर में एक बनिये का लड़का मर गया था। उसके दाह-संस्कार के लिये कुछ लोग जा रहे थे। उस शव-यात्रा को देखकर उन चारों में से एक ने ग्रन्थ को देखकर कहा—"महाजन जिस मार्ग से जाय, अन्य व्यक्तियों को भी उसी मार्ग से चलना चाहिये।" अतः हमें भी वणिक्समूह के साथ चलना चाहिये।

उसके कथन पर चारों व्यक्ति वणिक् समूह के पीछे चल दिये। श्मशान में पहुँचकर उन लोगों ने एक गदहे को देखा। द्वितीय ने पुस्तक खोलकर देखते हुए कहा—"उत्सव के समय, दुःख में, दुर्भिक्ष पड़ने पर, शत्रुओं से घिर जाने पर, राजसभा में तथा श्मशान में जो व्यक्ति मिले उसे स्वजनवत् समझना चाहिये" ॥ ३९ ॥

"अतः यह गर्दभ भी हमारा स्वजन ही होगा।" उसके इस कथन को सुनकर उनमें से कोई तो उस गदहे को गले से लगा और कोई उसका पैर धोकर पोंछने लगा।

अथ यावत्ते पण्डिताः दिशामवलोकनं कुर्वन्ति तावत्कश्चिदुष्ट्रो दृष्टः। तैश्चोक्तम्—"एतत्किम ?"

तावत्तृतीयेन पुस्तकमुद्घाट्योक्तम्--"धर्मस्य त्वरिता गतिः। तन्नूनमेष धर्मस्तावत्।" चतुर्थेनोक्तम्—'इष्टं धर्मेण योजयेत्"।

अथ तैश्च रासभ उष्ट्रग्रीवायां बद्धः। तत्तु केनचित्तत्स्वामिनो रजकस्याग्रे कथितम्। यावद्रजकस्तेषां मूर्खपण्डितानां प्रहारकरणाय समायातस्तावत्ते प्रनष्टाः।

ततो यावदग्रे किञ्चित्स्तोकं मार्गं यान्ति तावत्काचिन्नदी समासादिता। तस्य जलमध्ये पलाशपत्रमायातं दृष्ट्वा पण्डितेनैकेनोक्तम्—

"आगमिष्यति यत्पत्रं तदस्मांस्तारयिष्यति" एतत्कथयित्वा तत्पत्रस्योपरि पतितो यावन्नद्या नीयते तावत्तं नीयमानमवलोक्याऽन्येन पण्डितेन केशान्तं गृहीत्वोक्तम्—

"सर्वनाशे समुत्पन्ने अर्धं त्यजति पण्डितः।
अर्धेन कुरुते कार्यं, सर्वनाशो हि दुःसहः॥" ४०॥

इत्युक्त्वा तस्य शिरश्छेदो विहितः।

व्याख्या--त्वरिता = सत्वरा (तीव्र), गतिः = गमनम् (चाल) इष्टं = मित्रं (मित्र को) धर्मेण योजयेत् = नियोजयेत् (धर्म में जोड़ना या लगाना चाहिये), बद्धः = निबद्धः (बाँध दिया), तत्तु = तद्वृत्तान्तं (उस समाचारको), रजकस्य = निर्णेजकस्य ('निर्णेजकः स्याद्रजकः' इत्यमरः) (धोबी के), प्रहारकरणाय = ताडनाय (मारने के लिए) ते = पण्डिताः (वे) प्रनष्टाः = गताः पलायिताः (चले गये)। स्तोकम् = अल्पं (थोड़ी दूर), समासादिता = प्राप्ता (मिली), पलाशपत्रं = पलाशवृक्षस्य पत्रं (पलाश का पत्ता), पत्रं = पर्णं, वाहनं वा ("यानं युग्यं पत्रं च धोरणम्" इत्यमरः) (पत्ता या वाहन = नौका), तारयिष्यति = पारं प्रापयिष्यति (पार ले जायगा), पतितः = पपात (कूद पड़ा), नद्या नीयते = जले निमज्जति (पानी में डूबने लगा), केशान्तं = शिरोरुहं (चोटी)।

व्याख्या--सर्वनाशे समुत्पन्ने = विनाशे प्राप्ते सति, (सब के नाश की स्थिति में), पण्डितः = विज्ञो जनः (चतुर व्यक्ति), दुःसहः = सोढुमशक्यः (असह्य) ॥ ४० ॥

शिरश्छेदः = मस्तककर्तनम्, विहितः = कृतः।

हिन्दी--तदनन्तर जब उन लोगों ने अन्य दिशाओं को देखा तो उन्हें एक ऊँट दिखाई पड़ा। उसे देखकर सबों ने आपस में पूछा "यह क्या है?"

तब तृतीय पण्डित ने पुस्तक को खोलते हुए कहा--"धर्म की गति तीव्र होती है। यह धर्म होगा।" इस पर चतुर्थ पण्डित ने कहा--"मित्र को धर्म के साथ जोड़ देना चाहिये।" यह विचार करके उन पण्डितों ने गदहे को ऊँट के गले में बाँध दिया।

उनके इस कृत्य की सूचना जब किसी ने जाकर धोबी को दी तो वह उन्हें पीटने के लिये दौड़कर आया, किन्तु उसके आने से पूर्व ही वे वहाँ से भाग चुके थे।

इसके बाद जब वे कुछ दूर और आगे गये तो एक नदी मिल गयी। उसकी धार में एक पलाश का पत्ता कहीं से बहता हुआ आ रहा था। उसे देखकर उनमें से एक ने कहा—"आनेवाला पत्र हमें उस पार उतार देगा!"

यह कहकर वह मूर्ख पण्डित नदी में कूद पड़ा। जब वह नदी की धारा में बहने लगा तो दूसरे पण्डित ने उसकी चोटी को पकड़ कर कहा—

"सर्वनाश की स्थिति में चतुरजन विनष्ट होनेवाली वस्तु का आधा भाग छोड़ देते हैं और आधे से ही सन्तोष पूर्वक अपना कार्य चलाते हैं। क्योंकि सर्वनाश दुःसह होता है" ॥४०। यह सोचकर उस डूबते हुए पण्डित के मस्तक को काट लिया।

अथ तैश्च पश्चाद् गत्वा कश्चिद्ग्राम आसादितः। तेऽपि ग्रामीणैर्निमन्त्रिताः पृथग् गृहेषु नीताः। ततः, एकस्य सूत्रिका घृतखण्डसंयुता भोजने दत्ता। ततो विचिन्त्य पण्डितेनोक्तं यत्—"दीर्घसूत्री विनश्यति"। एवमुक्त्वा भोजनं परित्यज्य गतः। तथा द्वितीयस्य मण्डका दत्ताः, तेनाऽप्युक्तम्—"अतिविस्तारविस्तीर्णं तद्भवेन्न चिरायुषम्"। स च भोजनं त्यक्त्वा गतः। अथ तृतीयस्य वटिका भोजने दत्ता। तत्राऽपि तेन पण्डितेनोक्तम्—"छिद्रेष्वनर्था बहुलीभवन्ति।"। एवं ते त्रयोपि पण्डिताः क्षुत्क्षामकण्ठाः, लोकैर्हास्यमानास्ततः स्थानात् स्वदेशं गताः।"

व्याख्या—तैः = शेषैः (शेष तीन), ग्रामीणैः = ग्रामवासिभिः (ग्रामवासियों द्वारा), निमन्त्रिताः = भोजनार्थमामन्त्रिताः (निमन्त्रित होकर), घृतखण्डसंयुता = घृतशर्करामिश्रिता (घी, चीनी से बनाई हुई), दीर्घसूत्री = दीर्घसूत्रवान्, सालस्यो जनः (लम्बे सूत वाली वस्तु को खानेवाला या आलसी), मण्डका = रोटिका (रोटी) बटिका = बड़ा, बारा इति लोके ख्यातं वस्तु, छिद्रेषु = छिद्रयुक्तेषु (दोष युक्त या छिद्रयुक्त), अनर्थाः = आपत्तयः (आपत्तियाँ), बहुलीभवन्ति = स्फारीभवन्ति (बढ़ती ही जाती हैं)। क्षुत्क्षामकण्ठाः = क्षुधा शुष्ककण्ठाः, बुभुक्षिताः (भूखे रहकर), लोकैः = जनैः, हास्यमानाः = उपहासस्य विषयं नीयमानाः (उपहास के पात्र बनकर) गताः।

हिन्दी—शेष तीनों व्यक्ति कुछ दूर आगे जाने पर एक ग्राम में प्रवेश किये। ग्रामवासियों ने ब्राह्मण समझ कर उन्हें निमन्त्रित किया और वे अलग-अलग अपने-अपने घरों में ले गये।

किसी गृहस्थ ने उनमें से एक को घी चीनी में बनी हुई सेवई खाने को दी। उसे देखकर उस ब्राह्मण ने सोचा "दीर्घसूत्री व्यक्ति विनष्ट हो जाता है। अतः इसको खाकर मैं भी नष्ट हो जाऊँगा।" यह विचार करके वह भोजन को छोड़कर चला गया। दूसरे व्यक्ति को रोटी खाने को मिली। उसने सोचा—"अधिक विस्तृत वस्तु चिरस्थायी नहीं होती है।" अतः इसको खाकर मैं भी क्षीणायु हो जाऊँगा। यह सोचकर उसने भी भोजन करना छोड़ दिया।

पुनः तृतीय व्यक्ति को बड़ा मिला। उसने विचार किया कि सदोष होने पर आपत्तियाँ और अधिक बढ़ती जाती हैं, कहीं इसे खाकर मैं भी किसी आपत्ति में न फँस पड़ूँ। यह सोचकर वह भी भोजन छोड़कर चला आया। इस प्रकार तीनों ही भूखे रह गये और लोगों के उपहास के पात्र भी बने। अन्ततो गत्वा वे बिना खाये-पीये अपने घर को लौट गये।"

अथ सुवर्णसिद्धिराह—"यस्त्वं लोकव्यवहारमजानन्मया वार्यमाणोऽपि न स्थितः तत ईदृशीमवस्थामुपगतः। अतोहं ब्रवीमि—"अपि शास्त्रेषु कुशलाः" इति।

तत् श्रुत्वा चक्रधर आह—अहो, अकारणमेतत् यतो हि—

सुबुद्धयो विनश्यन्ति दुष्टदैवेन नाशिताः।
स्वल्पधीरपि तस्मिंस्तु कुले नन्दति सन्ततम् ॥ ४१ ॥

उक्तं च—

अरक्षितं तिष्ठति दैवरक्षितं, सुरक्षितं दैवहतं विनश्यति।
जीवत्यनाथोऽपि वने विसर्जितः, कृतप्रयत्नोऽपि गृहे न जीवति॥४२॥

तथा च—

शतबुद्धिः शिरस्थोऽयं लम्बते च सहस्रधीः।
एकबुद्धिरहं भद्रे! क्रीडामि विमले जले ॥ ४३ ॥

सुवर्णसिद्धिराह—"कथमेतत्?" स आह—

व्याख्या—वार्यमाणोऽपि = निवार्यमाणोऽपि (मना करने पर भी), ईदृशीं = चक्राच्छन्नमस्तकरूपां (चक्र से आच्छादित शिर जैसी), अवस्थां = स्थिति को, अकारणम् = निरर्थकम् (व्यर्थ है)।

व्याख्या—दुष्टदैवेन = प्रतिकूलभाग्येन (भाग्य की प्रतिकूलता से), सुबुद्धयः = सुधियः (बुद्धिमान् जन भी), तस्मिन्कुले = तत्रैव (उसी स्थान या वंश में), अल्पधीः = मन्दधीः (मूर्ख भी), नन्दति = मोदते (आनन्द मनाता है) ॥ ४१ ॥

अन्वयः—दैवरक्षितम् अरक्षितं तिष्ठति, दैवहतं सुरक्षितं विनश्यति। वने विसर्जितः अनाथोऽपि जीवति कृतप्रयत्नोऽपि गृहे न जीवति ॥ ४२ ॥

व्याख्या—दैवरक्षितं = भाग्यरक्षितं (भाग्य द्वारा रक्षित), दैवहतं, = भाग्यविनाशितं वस्तु (भाग्य द्वारा नष्ट की हुई वस्तु) सुरक्षितं = सम्यग् रक्षितमपि (सुरक्षित भी), विसर्जितः = त्यक्तः (छोड़ा हुआ), अनाथः = अस्वामिकः (अनाथ), कृतप्रयत्नोऽपि = विहितयत्नोऽपि (प्रयत्न करने पर भी) न जीवति = विनश्यति ॥ ४२ ॥

व्याख्या—सहस्रधीः = सहस्रबुद्धिः। क्रीडामि = विलसामि (कल्लोल कर रहा हूँ) ॥४३॥

हिन्दी—पूर्वोक्त कथा को कहकर सुवर्णसिद्धि ने कहा—"तुम लोक-व्यवहार में अपटु होने के कारण मेरे मना करने पर भी नहीं रुके। अतः तुम्हारी ऐसी दशा हुई है। इसलिए

मैं कहता हूँ--"शास्त्रज्ञ होने पर भी लोक-व्यवहार से अनभिज्ञ व्यक्ति उपहास का पात्र बनता है।"

उसकी इस बात को सुनकर चक्रधर ने कहा--"तुम्हारा कहना निरर्थक है, क्योंकि--भाग्य की प्रतिकूलता से बुद्धिमान व्यक्ति भी कष्ट उठाते हैं और अनुकूल भाग्य के कारण एक मूर्ख व्यक्ति भी आनन्द मनाता है ॥ ४१ ॥

कहा भी गया है कि--भाग्य द्वारा सुरक्षित वस्तु बिना किसी सुरक्षा के भी बची रहती है और भाग्य के प्रतिकूल होने से सुरक्षित रहकर भी वह नष्ट हो जाती है। सिंह व्याघ्रादि हिंसक पशुओं के मध्य वन में अनाथ छोड़ा हुआ व्यक्ति जीवित रह जाता है और प्रयत्न पूर्वक घर में सुरक्षित व्यक्ति भी जीवित नहीं रह पाता ॥ ४२ ॥

देखो, मण्डूक की यह उक्ति भी इसी बात की पुष्टि करती है कि--

हे प्रिये ! शतबुद्धि नाम का मत्स्य धीवर के मस्तक पर रखा हुआ है और सहस्रबुद्धि उसके कन्धे से लटक रहा है। किन्तु एक बुद्धिवाला मैं इस निर्मल जल में विहार कर रहा हूँ" ॥ ४३ ॥

सुवर्णसिद्धि ने पूछा—यह कैसे ?

चक्रधर ने उत्तर दिया—

५. मत्स्यमण्डूक-कथा

"कस्मिंश्चिज्जलाशये शतबुद्धिः सहस्रबुद्धिश्च द्वौ मत्स्यौ निवसतः स्म। अथ तयोरेकबुद्धिर्नाम मण्डूको मित्रतां गतः। एवं ते त्रयोऽपि जलतीरे वेलायां कञ्चित्कालं सुभाषितगोष्ठीसुखमनुभूय, भूयोऽपि सलिलं प्रविशन्ति।

अथ कदाचित्तेषां गोष्ठीगतानां जालहस्ता धीवराः प्रभूतैर्मत्स्यैर्व्यापादितैर्मस्तके विधृतैरस्तमनवेलायां तस्मिञ्जलाशये समायाताः। ततः सलिलाशयं दृष्ट्वा मिथः प्रोचुः—"अहो ! बहुमत्स्योऽयं ह्रदो दृश्यते, स्वल्पसलिलश्च। तत्प्रभातेऽत्रागमिष्यामः।" एवमुक्त्वा स्वगृहं गताः।

व्याख्या—जलाशये = सरसि (तालाब में), शतबुद्धिः सहस्रबुद्धिः = शतबुद्धिसहस्रबुद्धिनामानौ (शतबुद्धि सहस्रबुद्धि नाम के), तयोः = मत्स्ययोः (उनका), मित्रतां गतः = मित्रभावमुपगतः (मित्र बन गया था), अस्तमनवेलायां = सायंकाले ("वेला कालमर्यादयोरपि" इत्यमरः) (शाम को), सुभाषितगोष्ठीसुखमनुभूय = सूक्तिकाव्यालापसभासुखमवाप्य (एकत्र होकर तरह-तरह के काव्यों, सूक्तियों आदि का आनन्द लेने के बाद), गोष्ठीगतानाम् = एकत्रो-

पविष्टानां (उनकी गोष्ठी के समय में), जालहस्ताः = जालपाणयः (हाथ में जाल लिये हुए) धीवराः = कैवर्ताः (केवट), प्रभूतैर्मत्स्यैः = विपुलमत्स्यैः (बहुत सी मछलियों को), व्यापादितैः = निहतैः (मारी हुई), मस्तके = शिरसि (सिर पर), विधृतैः = न्यस्तैः (रखे हुए), अस्तमनवेलायां = सूर्यास्तकाले (सूर्यास्त के समय), सलिलाशयं = सरोवरं (तालाब को), प्रोचुः = मन्त्रयामासुः (विचार किया), ह्रदः = तडागः (तालाब), स्वल्पसलिलः = अत्यल्पसलिलः (बहुत थोड़ा जल वाला है), प्रभाते = प्रातःकाले (प्रातःकाल) ।

हिन्दी—किसी तालाब में शतबुद्धि तथा सहस्रबुद्धि नाम की दो मछलियाँ रहती थीं। उनसे किसी एकबुद्धि नाम के मण्डूक (मेढक) में मित्रता हो गयी थी। वे तीनों शाम को तालाब के किनारे बैठकर काव्यादि का आनन्द लेने के बाद पुनः जल में अपने-अपने स्थान को चला जाया करते थे।

एक दिन शाम को उनकी गोष्ठी के समय में ही कहीं से मछलियों को मारकर शिर पर रखे हुए कुछ केवट उस तालाब के किनारे आये। उस तालाब को देखकर उन लोगों ने आपस में यह विचार किया कि—"इस तालाब में खूब मछलियाँ हैं और जल भी बहुत थोड़ा है। कल प्रातःकाल यहीं आया जायगा।" यह निश्चय करके वे चले गये।

मत्स्याश्च विषण्णवदना मिथो मन्त्रं चक्रुः। ततो मण्डूक आह—"भोः, शतबुद्धे ! श्रुतं धीवरोक्तं भवता ? तत्किमत्र युज्यते कर्तुम्, पलायनमवष्टम्भो वा ? यत्कर्तुं युक्तं भवति तदादिश्यतामद्य।"

तत् श्रुत्वा सहस्रबुद्धिः प्रहस्य आह—"भो ! मित्र मा भैषीः, तयोः वचनश्रवणमात्रादेव भयं कार्यम् ?। न भेतव्यम्। उक्तं च—

सर्पाणां च खलानां च सर्वेषां दुष्टचेतसाम्।
अभिप्राया न सिध्यन्ति तेनेदं वर्तते जगत् ॥ ४४ ॥

तत्तावत्तेषामागमनमपि न संपत्स्यते। भविष्यति वा तर्हि त्वां बुद्धिप्रभावेणात्मसहितं रक्षयिष्यामि। यतोऽनेकां सलिलचर्यामहं जानामि।"

तदाकर्ण्य शतबुद्धिराह—"भोः युक्तमुक्तं भवता। सहस्रबुद्धिरेव भवान्। अथवा साध्विदमुच्यते—

बुद्धेर्बुद्धिमतां लोके नाऽस्त्यगम्यं हि किञ्चन।
बुद्ध्या यतो हता नन्दाश्चाणक्येनासिपाणयः ॥ ४५ ॥

व्याख्या—विषण्णवदनाः = म्लानमुखाः, चिन्ताग्रस्ता इत्यर्थः (उदास होकर), मन्त्रं = विचारं, चक्रुः = विदधुः (विचार किया), पलायनम् = अन्यत्र गमनम् (भाग जाना), अवष्टम्भः = अवस्थानं (ठहरना), मा भैषीः = भयं मा कुरु (डरो मत), वचनश्रवणमात्रादेव = तेषां वार्तालापश्रवणेनैव (केवल उनकी बातचीत को सुनकर), न भेतव्यम् = भयं न कार्यम् (डरना नहीं चाहिये)।

तेषां = धीवराणां (मल्लाहों का), न संपत्स्यते = न भविष्यति (नहीं होगा), बुद्धिप्रभावेण = स्वबुद्ध्या (अपनी बुद्धि से), आत्मसहितं = स्वात्मसहितं (अपने साथ), सलिलगतिचर्याम् = जलसञ्चरणकौशलं (जल में चलने की कला), जानामि = अवगच्छामि (जानता हूँ) ।

व्याख्या—खलानां = नीचजनानां (नीचों के), दुष्टचेतसां = दुष्टजनानां (दुष्टों के), अभिप्रायाः = मनोरथाः (मनोरथ), न सिध्यन्ति = सिद्धिं नाधिगच्छन्ति (सफल नहीं होते हैं), तेन = उससे, जगत् = विश्वं (यह संसार) वर्तते = जीवति (चल रहा है) ॥४४॥

अन्वयः—लोके बुद्धिमतां बुद्धेः किञ्चन अगम्यं नास्ति, यतो चाणक्येन बुद्ध्या असिपाणयः नन्दाः हताः ॥ ४५ ॥

व्याख्या—बुद्धिमतां = धीमतां (बुद्धिमानों को), अगम्यम् = दुर्गमं, असाध्यम् (दुर्गम), बुद्ध्या = स्वमत्या (अपनी बुद्धि से ही), असिपाणयः = खड्गपाणयः (शस्त्रयुत), नन्दाः = नन्दकुलोद्भवा राजानः (नन्दवंशीय राजा लोग), हताः = निहताः (मारे गये थे) ॥४५॥

हिन्दी—उन केवटों के चले जाने पर मछलियों ने खिन्न होकर आपस में एक विचार गोष्ठी की। उस गोष्ठी में मण्डूक ने कहा—"महाशय, शतबुद्धे ! आपने केवटों के वार्तालाप को सुना ? कहिये इस परिस्थिति में हमें क्या करना चाहिये, यहाँ रहना ठीक होगा या कहीं अन्यत्र भाग जाना ? जैसा करना उचित हो, आदेश दें"।

मण्डूक के उक्त वचन को सुनकर सहस्रबुद्धि ने हँसकर कहा—"मित्र ! तुम भय न करो। केवल किसी की बात को सुनकर डरना ठीक नहीं होता है। केवल उनकी बात से ही तुम्हें डरना नहीं चाहिये। देखो, कहा भी गया है कि—सर्पों, नीच व्यक्तियों तथा दुष्ट प्राणियों के मनोरथ सफल नहीं होते हैं। उनकी इस विफलता के कारण ही यह विश्व चल रहा है ॥४४॥

मैं तो समझता हूँ कि उनका आगमन ही नहीं होगा। यदि हुआ भी, तो मैं अपनी बुद्धि के प्रभाव से अपने साथ ही तुम्हारी भी रक्षा कर लूँगा। क्योंकि मैं जल में चलने की कई कलायें जानता हूँ।"

उसके इस कथन को सुनकर शतबुद्धि ने कहा—"महाशय ! आपने ठीक कहा है। आपका सहस्रबुद्धि नाम यथार्थ है। अथवा ठीक ही कहा गया है—

इस विश्व में बुद्धिमानों की बुद्धि के लिये कोई भी स्थान अगम्य नहीं है। क्योंकि चाणक्य ने अपनी बुद्धि के ही बल पर खड्गधारी नन्दवंश का विनाश किया था ॥ ४५ ॥

तथा च—

न यत्राऽस्ति गतिर्वायो रश्मीनां च विवस्वतः ।
तत्राऽपि प्रविशत्याशु बुद्धिर्बुद्धिमतां सदा ॥ ४६ ॥

ततो वचनश्रवणमात्रादपि पितृपर्यायागतं जन्मस्थानं त्यक्तुं न शक्यते ।

उक्तं च—

न तत्स्वर्गेऽपि सौख्यं स्याद्दिव्यस्पर्शेन शोभने ।
कुस्थानेऽपि भवेत्पुंसां जन्मनो यत्र संभवः ॥ ४७ ॥

तन्न कदाचिदपि गन्तव्यम् । अहं त्वां बुद्धिप्रभावेण रक्षयिष्यामि

मण्डूक आह—"भद्रौ ! मम तावदेकैव बुद्धिः पलायनपरा । तदहमन्यं जलाशयमद्यैव सभार्यो यास्यामि ।" एवमुक्त्वा स मण्डूको रात्रावेवाऽन्य-जलाशयं गतः ।

धीवरैरपि प्रभाते आगत्य, जघन्यमध्यमोत्तमजलचराः मत्स्यकूर्ममण्डूककर्कटादयो गृहीताः । तावपि शतबुद्धिसहस्रबुद्धी सभार्यौ पलायमानौ चिरमात्मानं गतिविशेषविज्ञानैः कुटिलचारेण रक्षन्तौ जाले निपतितौ, व्यापादितौ च ।

अन्वयः—यत्र वायोः, विवस्वतः रश्मीनां, सदा गतिः नास्ति तत्रापि बुद्धिमतां बुद्धिः आशु प्रविशति ॥ ४६ ॥

व्याख्या—यत्र = यस्मिन्स्थाने (जहाँ पर), वायोः = वातस्य (वायु का), विवस्वतः = सूर्यस्य (सूर्य की), रश्मीनां = किरणानां (किरणों की), गतिः = प्रवेशः (प्रवेश) नास्ति = न भवति (नहीं होता है), बुद्धिमतां बुद्धिः = धीमतां धीः (बुद्धिमानों की बुद्धि), आशु = शीघ्रं (तुरत), प्रविशति (चली जाती है) ॥ ४६ ॥

पितृपर्यायागतं = वंशक्रमादागतं (पूर्वपरंपरा से आगत), जन्मस्थानं = मातृभूमि, निवास-स्थानं (निवास स्थान को), त्यक्तुं = परित्यक्तुं, न शक्यते = न शक्नुमः (नहीं छोड़ा जा सकता है) ।

अन्वयः—शोभने स्वर्गेऽपि दिव्यस्पर्शेन तत्सौख्यं न (भवति, यत्) पुंसां यत्र जन्मनः संभवः (तत्र) कुस्थानेऽपि भवेत् ॥ ४७ ॥

व्याख्या—शोभने = रमणीये (सुन्दर), स्वर्गे = दिवि (स्वर्ग में), दिव्यस्पर्शेन = देवाङ्गनास्पर्शेन (देवाङ्गनाओं के स्पर्श से), तत्सौख्यं = तत्सुखं (वह सुख), न = नहि भवति (नहीं मिलता है), पुंसां = मनुष्याणां (मनुष्यों का), जन्मनः संभवः = यत्र जन्मस्थानम् (जहाँ जन्म होता है) तत्र, कुस्थानेऽपि = कष्टप्रदे स्थानेऽपि (वहाँ कष्टप्रद स्थान में भी) भवेत् = जायते (होता है) ॥ ४७ ॥

भद्रौ = महाशयौ, पलायनपरा = अन्यत्रगमनपरा (भागने वाली), सभार्यः = सपत्नीकः (स्त्री के साथ), यास्यामि = गमिष्यामि (चला जाऊँगा) धीवरैः = कैवर्तैः (केवटों ने), जघन्यमध्यमोत्तमजलचराः = लघुमध्यमोत्तमजलजीवाः (छोटे बड़े तथा मध्यम सभी जलचरों को), सभार्यौ = सस्त्रीकौ (स्त्रियों के साथ), चिरं = बहुकालं यावत् (बहुत देर तक), गतिविशेषविज्ञानैः = जलतरणज्ञानविशेषैः (जल-सञ्चरण के विभिन्न उपायों को जानने से), कुटिलचारेण = वक्रगमनेन (इधर उधर की वक्रगति से), रक्षन्तौ = त्रायन्तौ (बचाते हुये), व्यापादितौ = निहतौ (मारे गये) ।

हिन्दी--जिस स्थान में वायु और सूर्य की किरणों का भी प्रवेश नहीं हो पाता है, वहाँ बुद्धिमानों की बुद्धि तत्काल पहुँच जाती है ।। ४६ ।।

अतएव केवटों के वार्तालाप मात्र के श्रवण से पूर्वपुरुषों द्वारा परंपरागत जन्मस्थान को छोड़ना ठीक नहीं है । कहा भी गया है कि—

रमणीय स्वर्ग में देवांगनाओं के स्पर्श से भी वह सुख नहीं प्राप्त होता है, जो मनुष्य को अपनी मातृभूमि में अनायास ही मिलता है, चाहे वह स्थान असुविधाजनक ही क्यों न हो ।। ४७ ।।

अतः तुमको अपनी मातृभूमि का परित्याग नहीं करना चाहिये । मैं भी अपनी बुद्धि के प्रभाव से तुम्हारी रक्षा करूँगा ।"

शतबुद्धि के उक्त वाक्य को सुनकर मण्डूक ने कहा—"सज्जनों ! मैं एकबुद्धि वाला हूँ, तो यहाँ से भाग जाना ही उचित समझता हूँ । मैंने तो यह निश्चय कर लिया है कि आज ही रात में अपनी स्त्री के साथ किसी अन्य जलाशय में चला जाऊँगा ।" और वह मण्डूक उसी दिन रात्रि में अन्य जलाशय में चला गया ।

दूसरे दिन प्रातःकाल उन केवटों ने आकर छोटे बड़े और मध्यम जाति के मत्स्यों, मछुओं मेढकों तथा केकड़ों आदि सभी जलचरों को पकड़ लिया । शतबुद्धि और सहस्रबुद्धि ने भी अपनी स्त्रियों के साथ इधर-उधर भागते हुए अपनी जल-सञ्चरण सम्बन्धी विभिन्न कलाओं की जानकारी के कारण कुटिल गमन द्वारा अपने को बहुत देर तक बचाने का प्रयत्न किया, किन्तु अन्ततोगत्वा वे दोनों जाल में फँस गये और मार डाले गये ।

अथाऽपराह्णसमये प्रहृष्टास्ते धीवराः स्वगृहं प्रति प्रस्थिताः । गुरुत्वाच्चैकेन शतबुद्धिः स्कन्धे कृतः । सहस्रबुद्धिः प्रलम्बमानो नीयते । ततश्च वापीकण्ठोपगतेन मण्डूकेन तौ तथा नीयमानौ दृष्ट्वा अभिहिता स्वपत्नी—"प्रिये ! पश्य पश्य—

शतबुद्धिः शिरस्थोऽयं, लम्बते च सहस्रधीः ।
एकबुद्धिरहं भद्रे ! क्रीडामि विमले जले ।।'

अतश्च "वरं बुद्धिर्न सा विद्या" यद्भवतोक्तं तत्रेयं मे मतिर्यत्-न एकान्तेन बुद्धिरपि प्रमाणम् ।"

सुवर्णसिद्धिः प्राह—यद्यप्येतदस्ति, तथाऽपि मित्रवचनं न लंघनीयम् । परं किं क्रियते, निवारितोऽपि मया न स्थितोऽसि, अतिलौल्यात् विद्याहङ्काराच्च । अथवा साध्विदमुच्यते—

साधु मातुल ! गीतेन, मया प्रोक्तोऽपि न स्थितः ।
अपूर्वोऽयं मणिर्बद्धः सम्प्राप्तं गीतलक्षणम् ।। ४८ ।।

चक्रधर आह—"कथमेतत् ?" सोऽब्रवीत्—

व्याख्या--अपराह्णसमये = दिवसावसानकाले (दोपहर को), गुरुत्वात् = भाराधिक्यात् (भारी होने से), वापीकण्ठोपगतेन = वापीतीरोपविष्टेन (वापी के तट पर बैठे हुए), तौ = शतबुद्धिसहस्रबुद्धी, अभिहिता = कथिता (कहा) स्वपत्नी = स्वभार्या (अपनी स्त्री से)।

प्रमाणम् = कार्यसिद्धौ हेतुभूतम् (किसी कार्य की सिद्धि में कारणभूत), न लङ्घनीयम् = नोल्लङ्घनीयम् (उल्लंघन नहीं करना चाहिये), निवारितोऽपि = वर्जितोऽपि (मना करने पर भी), अतिलौल्यात् = अतिलोभात् (लोभ के कारण), विद्याहंकाराच्च = विद्यागर्वाच्च (विद्या के गर्व से भी)।

अन्वयः—मातुल ! गीतेन साधु, मया प्रोक्तोऽपि न स्थितः (अतः), अपूर्वोऽयं मणिः बद्धः (इदानीं भवता), गीतलक्षणं संप्राप्तम् ॥ ४८ ॥

व्याख्या—गीतेन = गानेन (गाना), साधु = अलम्, मया प्रोक्तोऽपि = मया निगदितोऽपि, वारितोऽपीति भावः (मेरे मना करने पर भी), न स्थितः = गानाद्विरतो नाभूः (गाना बन्द नहीं किया), अतएव हि-अपूर्वः = अभिनवः (अद्भुत), मणिः = रत्नम्, उलूखलरूपमिति भावः (ओखलरूपी रत्न) इदानीं भवता, गीतलक्षणं = गीतस्य पारितोषिकस्वरूपं चिह्नम् (गीत का उचित पुरस्कार), संप्राप्तम् = अवाप्तम् (तुमको मिल गया) ॥ ४८ ॥

हिन्दी—सूर्यास्त के समय वे केवट प्रसन्न होकर जब अपने घरों को लौटने लगे तो भारी होने के कारण उनमें से एक ने शतबुद्धि को अपने कन्धे पर रख लिया और लम्बा होने से सहस्रबुद्धि को वह कन्धे से लटका कर (घसीटता हुआ) ले जाने लगा। वापी (बावली) के तट पर बैठे हुए मण्डूक ने जब उन ले जाने वाली मछलियों की इस दुर्गति को देखा तो अपनी स्त्री से कहा--

"प्रिये ! देखो, वह देखो--शतबुद्धि शिर पर रखा हुआ है और सहस्रबुद्धि लटकता हुआ जा रहा है। और एक बुद्धि वाला मैं इस निर्मल जल में विहार कर रहा हूँ।" ॥ ४७ ॥

इस कथा को कहने के पश्चात् चक्रधर ने कहा—"अतएव जो आपने पहले यह कहा है कि विद्या से बुद्धि श्रेष्ठ होती है, इस विषय में मेरा यह मत है कि केवल बुद्धि ही सर्वश्रेष्ठ होती है यह बात सर्वथा सत्य नहीं है।"

यह सुनकर सुवर्णसिद्धि ने कहा--"यद्यपि आपकी बात भी ठीक है, तथापि मनुष्य को मित्र के वचन का उल्लंघन नहीं करना चाहिये। किन्तु क्या किया जाय, लोभ तथा विद्या के घमण्ड के कारण आप मेरे मना करने पर भी नहीं रुके और यहाँ तक चले आये। अथवा आप का भी क्या दोष है, किसी ने ठीक ही कहा है कि—

"मातुल ! गाना न गाओ, तुम्हारा गाया जरा भी अच्छा नहीं लगता है इस प्रकार मेरे बार-बार कहने पर भी तुम नहीं रुके और गाने लगे। तुम्हारे गले में यह कितना सुन्दर मणि बाँध दिया गया है। वस्तुतः अब तुम अपने गाने का वास्तविक पुरस्कार पा गये हो" ॥ ४८ ॥

चक्रधर ने पूछा—कैसे ? सुवर्णसिद्धि ने कहना प्रारंभ किया—

६. रासभशृगाल-कथा

"कस्मिंश्चिदधिष्ठाने उद्धतो नाम गर्दभः प्रतिवसति स्म। सः सदैव रजकगृहे भारोद्वहनं कृत्वा रात्रौ स्वेच्छया पर्यटति। ततः प्रत्यूषे बन्धनभयात्स्वयमेव रजकगृहमायाति। रजकोऽपि ततस्तं बन्धनेन नियुनक्ति।

अथ तस्य रात्रौ क्षेत्राणि पर्यटतः, कदाचिच्छृगालेन सह मैत्री संजाता। स च पीवरत्वाद् वृतिभङ्गं कृत्वा कर्कटिकाक्षेत्रे शृगालसहितः प्रविशति। एवं तौ यदृच्छया चिर्भटिकाभक्षणं कृत्वा, प्रत्यहं प्रत्यूषे स्वस्वस्थानं व्रजतः।

अथ कदाचित्तेन मदोद्धतेन रासभेन क्षेत्रमध्यस्थितेन शृगालोऽभिहितः—"भोः, भगिनीसुत! पश्य-पश्य, अतीव निर्मला रजनी, तदहं गीतं करिष्यामि। तत्कथय कतमेन रागेण करोमि?

व्याख्या—रजकगृहे = निर्णेजकगृहे (धोबी के यहाँ), भारोद्वहनं = वस्त्रादिभारोद्वहनं (कपड़े का गट्ठर ढोना), रात्रौ = निशायाम् (रात्रि में), स्वेच्छया = यथेच्छं (मनमाना), पर्यटति = भ्रमति (घूमा करता था), प्रत्यूषे = प्रातःकाले (प्रातःकाल होते ही), बन्धनभयात् = बन्धनप्रहारादिदण्डभयात् (बाँधे जाने या मार खाने के भय से), आयाति = आगच्छति (चला आया करता था), नियुनक्ति = बध्नाति (बाँध देता था), तस्य = गर्दभस्य, क्षेत्राणि पर्यटतः = क्षेत्राणि परिभ्रमतः (खेतों में घूमते-घूमते), शृगालेन सह = जम्बुकेन साकं (शृगाल के साथ), पीवरत्वात् = स्थूलत्वात् (खूब मोटा तगड़ा होने के कारण), वृतिभंगं = सालभंगं (खेत के घेरों को तोड़कर), कर्कटिका = उर्वारुः ("उर्वारुः कर्कटी स्त्रियौ" इत्यमरः) (ककड़ी), तौ = रासभशृगालौ (वे दोनों), चिर्भटिका = कर्कटिका (ककड़ी), व्रजतः = गच्छतः (चले जाते थे)। मदोद्धतेन = मन्दोन्मत्तेन (प्रमत्त उस गदहे ने), क्षेत्रमध्यस्थितेन = क्षेत्रान्तर्गतेन (खेत में खड़े होकर), भगिनीसुत = भागिनेय, निर्मला = गतकल्मषा, धवलेत्यर्थः (अत्यन्त स्वच्छ), रजनी = रात्रिः (रात है), गीतं = गानं (गाना), करोमि = गायामि (प्रारम्भ करूँ)।

हिन्दी—किसी स्थान में उद्धत नाम का गदहा रहता था। वह धोबी के यहाँ दिन भर कपड़े का गट्ठर ढोने के बाद रात्रि में मनमाना इधर-उधर घूमा करता था। प्रातःकाल होते ही बाँधे जाने या मार खाने के भय से वह प्रतिदिन धोबी के यहाँ चला आता था। और धोबी भी आते ही उसको बाँध दिया करता था।

किसी दिन रात्रि के समय खेतों पर घूमते हुए गदहे की एक शृगाल से मित्रता हो गयी। खूब मोटा होने के कारण वह खेत के घेरों को तोड़कर उस शृगाल के साथ ककड़ी के खेत में घुस जाता था और दोनों भर पेट ककड़ी खाने के बाद प्रातःकाल अपने-अपने स्थानों पर चले जाया करते थे। यही उनकी दैनिक चर्या थी।

किसी दिन उस प्रमत्त गदहे ने ककड़ी के खेत में खड़े खड़े शृगाल से कहा—"भागिनेय ! देखो, यह रात्रि कितनी स्वच्छ है। मैं गाना गाना चाहता हूँ, तो बताओ, किस राग से गाना आरंभ करूँ ?"

स आह—"माम ! किमनेन वृथाऽनर्थप्रचालनेन ? यतश्चौरकर्मप्रवृत्तावावाम्, निभृतैश्च चौरजारैरत्र स्थातव्यम्। उक्तं च—

कासयुक्तस्त्यजेच्चौर्यं निद्रालुश्चेत्स पुंश्चलीम्।
जिह्वालौल्यं रुजाक्रान्तो जीवितं योऽत्र वाञ्छति ॥४९॥

अपरं त्वदीयं गीतं न मधुरस्वरम्, शङ्खशब्दानुकारं दूरादपि श्रूयते। तदत्र क्षेत्रे रक्षापुरुषाः सुप्ताः सन्ति। ते उत्थाय वधं बन्धनं वा करिष्यन्ति। तद्भक्षय तावदमृतमयीश्चिर्भटीः। मा त्वमत्र गीतव्यापारपरो भव।"

तच्छ्रुत्वा रासभ आह "भोः, वनाश्रयत्वात्त्वं गीतरसं न वेत्सि, तेनैतद् ब्रवीषि। उक्तं च—

शरज्ज्योत्स्नाहते दूरं तमसि प्रियसन्निधौ।
धन्यानां विशति श्रोत्रे गीतझङ्कारजा सुधा" ॥५०॥

व्याख्या—अनर्थप्रचालनेन=विपदामन्त्रणेन (अनावश्यक आपत्ति को निमन्त्रित करने से क्या लाभ है ?), चौरकर्मप्रवृत्तौ=स्तेयकर्मणि प्रवृत्तौ (चोरी के कर्म में लगे हैं), निभृतैः=निगूढैः (शान्त), चौरजारैः=चोरैः परस्त्रीगामिभिश्च (चोरों और परस्त्रीगामियों को) स्थातव्यम्—भवितव्यम् (रहना चाहिये)।

अन्वयः—योऽत्र जीवितुं वाञ्छति (सः) कासयुक्तः चौर्यं, निद्रालुश्च पुंश्चलीं, रुजाक्रान्तः जिह्वालौल्यं त्यजेत् ॥ ४९ ॥

व्याख्या—जीवितुं=जीवनं (जीना), वाञ्छति=इच्छति (चाहता है तो), कासयुक्तः=कासरोगयुक्तः (खाँसी की बीमारी से आक्रान्त व्यक्ति), चौर्यं=स्तेयं (चोरी करना), निद्रालुः=निद्रातुरः (अधिक सोने वाला व्यक्ति), पुंश्चलीं=व्यभिचारिणीं स्त्रीं (व्यभिचारिणी स्त्री को), रुजाक्रान्तः=रोगाक्रान्तः (रोगी व्यक्ति), जिह्वालौल्यम्=रसनाचापल्यम् (जीभचटोरी को) त्यजेत् ॥ ४९ ॥

शङ्खशब्दानुकारं=शङ्खध्वनिसदृशं (शङ्ख के समान तेज), रक्षापुरुषाः=क्षेत्रपालाः (रखवाले), अमृतमयीः=अमृततुल्यमधुराः (अमृत के समान मीठी), गीतव्यापारपरः=गानतत्परः (गाने में प्रवृत्त)। वनाश्रयत्वात्=वनेचरत्वात् (जङ्गली होने के कारण), गीतरसं=सङ्गीतमाधुर्यं (संगीत के रस को) न वेत्सि=नावगच्छसि (नहीं जानते हो)।

अन्वयः—तमसि दूरंशरज्ज्योत्स्नाहते प्रियसन्निधौ धन्यानां श्रोत्रे गीतझङ्कारजा सुधा विशति ॥ ५० ॥

व्याख्या—तमसि अन्धकारे, शरज्ज्योत्स्नाहते=शरच्चन्द्रिकया विनाशिते सति (शरद्ऋतु की चाँदनी से अन्धकार के मिट जाने पर), प्रियसन्निधौ=प्रियतमान्तिके (प्रिय व्यक्तियों के सान्निध्य में), धन्यानां=भाग्यवतां (भाग्यशालियों के), श्रोत्रे=कर्णे (कान में), गीतझंकारजा सुधा=गीतरवोत्थिता सुधा (संगीतसुधा अमृत), विशति=प्रविशति (प्रवेश करती है) ॥५०॥

हिन्दी—गदहे के वाक्य को सुनकर शृगाल ने कहा—"माम ! आपत्ति को व्यर्थ निमन्त्रण देने से क्या लाभ है ? हम लोग यहाँ चोरी करने के लिये आये हैं। चोरों और व्यभिचारियों को चाहिए कि वे शान्त और अपने को छिपाते रहें। अतः मौन रहना ही ठीक होगा। क्योंकि कहा गया है—"यदि अपना जीवन प्रिय हो तो जिस व्यक्ति को खाँसी आती हो उसे चोरी नहीं करनी चाहिये। अधिक सोने वाले व्यक्ति को परस्त्री-गमन नहीं करना चाहिये और रोगी व्यक्ति को जीभ नहीं चलाना चाहिये (जीभचटोरी नहीं करनी चाहिये) ॥ ४९ ॥

दूसरी बात यह भी है कि आपके गाने का स्वर मधुर नहीं है। शङ्ख की ध्वनि की तरह दूर से ही सुनाई पड़ जाता है। यहाँ खेत में रखवाले सोये रहते हैं। यदि वे जग गये तो वध या बन्धन दो में से एक का होना अनिवार्य है। अतः शान्त होकर इस अमृततुल्य ककड़ी को खाओ और व्यर्थ गाने के फेर में मत पड़ो।"

शृगाल के उक्त वाक्य को सुनकर गर्दभ ने कहा—"जंगली होने के कारण तुम संगीत का रस नहीं जान सकते हो, इसीलिये ऐसा कह रहे हो। देखो, कहा गया है कि—

शरत्कालीन चन्द्रिका से जब निशीथ का अन्धकार दूर हो जाता है, और अपना प्रिय व्यक्ति पास में खड़ा रहता है, उस समय गाये गये संगीत का अमृततुल्य रस भाग्यशाली व्यक्तियों के ही कान में प्रवेश कर पाता है" ॥ ५० ॥

शृगाल आह—"माम ! अस्त्येतत्, परं न वेत्सि त्वं गीतम्। केवलमुन्नदसि। तत्किं तेन स्वार्थभ्रंशकेन ?"

रासभ आह—"धिग्धिङ्मूर्ख ! किमहं न जानामि गीतम् ? तद्यथा तस्य भेदान् शृणु—

सप्त स्वरास्त्रयो ग्रामा मूर्च्छनाश्चैकविंशतिः।
तानास्त्वेकोनपञ्चाशत्तिस्रो मात्रा लयास्त्रयः ॥ ५१ ॥
स्थानत्रयं यतीनां च षडास्यानि रसा नव।
रागाः षट्त्रिंशतिर्भावाश्चत्वारिंशत्ततः स्मृताः ॥ ५२ ॥
पञ्चाशीत्यधिकं ह्येतद्गीताङ्गानां शतं स्मृतम्।
स्वयमेव पुरा प्रोक्तं भरतेन श्रुतेः परम् ॥ ५३ ॥
नान्यद्गीतात्प्रियं लोके देवानामपि दृश्यते।
शुष्कस्नायुस्वराह्लादात् त्र्यक्षं जग्राह रावणः ॥ ५४ ॥

व्याख्या—अस्त्येतत् = सत्यमेतत् (यह सत्य है), उन्नदसि = उच्चैः शब्दं करोषि (केवल चिल्लाते हो), स्वार्थभ्रंशकेन = स्वार्थापहारकेण (स्वार्थ को नष्ट करनेवाले), तस्य भेदान् = संगीतस्यावयवान् (संगीत के भेद)—

सप्तस्वराः = सप्तस्वरभेदाः, "षड्जर्षभगान्धारमध्यमाः। पञ्चमो धैवतश्चाथ निषाद इति सप्त ते" इति सप्तस्वराः (षड्ज, ऋषभ, गान्धार, मध्यम, पञ्चम, धैवत, निषाद ये सात स्वर के

भेद होते हैं), ग्रामाः=स्वरसमूहाः (षड्ज, मध्यम, निषादसंज्ञकाः) (स्वरों के समूह), मूर्च्छना=स्वरस्यारोहावरोहः (स्वरों के आरोहावरोह), तानाः=तालाः (४९ तालों के भेद हैं), मात्राः=ह्रस्वदीर्घप्लुताख्याः (ह्रस्व, दीर्घ, प्लुत, तीन मात्रायें होती हैं), स्थानम्=स्वरनिर्गमस्थानम् (उरः, कण्ठः, शिरश्चेति त्रयः स्थानभेदाः) (उर, कण्ठ तथा शिर तीन स्थानों के भेद हैं), यतीनां=विरामाणां (३ यति के भेद होते हैं), आस्यानि=मुखानि (मुख), रसाः=नवरसभेदाः (शृंगार, हास्य, करुण, रौद्र, भयानक, वीर, बीभत्स, अद्भुत तथा शान्त ये नव रस के भेद हैं), रागाः=रागिण्यः (रागिनियाँ), गीतांगानां=गीतावयवानां (गीत के अंग), श्रुतेः परं=वेदस्य सारभूतं तत्त्वं, श्रवणसुखदं वा (वेदों के बाद पाँचवाँ वेद), प्रोक्तं=कथितम् (कहा है)। शुष्कस्नायुः=तन्त्री, स्वराह्लादात्=स्वरालापात् (स्वरों के आलाप से), त्र्यक्षं=त्रिनेत्रं शिवम् (शिव को) जग्राह=प्रीणयामास (प्रसन्न किया था)॥ ५१-५४ ॥

हिन्दी—गर्दभ के दुराग्रह को सुनकर शृगाल ने कहा—"मामा ! तुम ठीक कहते हो, किन्तु तुम्हें गाना तो आता नहीं है केवल जोर जोर से रेंकते हो। अतः व्यर्थ में स्वार्थ की हानि करने से क्या लाभ है ?"

यह सुनकर गर्दभ ने कहा—"अरे मूर्ख ! क्या मैं गाना ही नहीं जानता हूँ ? अच्छा तो संगीत के जितने भेद होते हैं उनको बताता हूँ सुनो—

स्वरों के सात भेद होते हैं। स्वरों के तीन समूह होते हैं जिनको ग्राम कहा गया है। संगीत में इक्कीस मूर्च्छनायें होती हैं। उनचास ताल होते हैं। स्वरों की तीन मात्रायें होती हैं और तीन ही लय होते हैं ॥ ५१ ॥

स्वरों के तीन उद्गम स्थान होते हैं। यति के भी तीन भेद कहे गये हैं। आस्य प्रारंभ छह प्रकार के होते हैं। रसों की संख्या नौ होती है। रागों के छत्तीस भेद बताये गये हैं और भावों के चालीस भेद बताये गये हैं ॥ ५२ ॥

पञ्चमवेद-स्वरूप तथा श्रवणसुखद संगीत शास्त्र के इन एक सौ पचासी भेदों को संगीत के प्रवर्तक आचार्य भरत मुनि ने स्वयं कहा है ॥ ५३ ॥

मनुष्यों की तो बात ही छोड़ दो, देवताओं को भी संगीत से बढ़कर कोई वस्तु प्रिय नहीं होती है। रावण ने तन्त्री के स्वरालापों से ही भगवान् शिव को सन्तुष्ट किया था ॥ ५४ ॥

तत्कथं भगिनीसुत ! मामनभिज्ञं वदन्निवारयसि ?"

शृगाल आह—"माम ! यद्येवं तदहं तावद् वृतेर्द्वारस्थितः क्षेत्रपाल-मवलोकयामि, त्वं पुनः स्वेच्छया गीतं कुरु।"

तथाऽनुष्ठिते रासभरटनमाकर्ण्य, क्षेत्रपः क्रोधात् दन्तान्घर्षयन् प्रधावितः। यावद्रासभो दृष्टस्तावल्लगुडप्रहारैस्तथा हतो, यथा प्रताडितो भूपृष्ठे पतितः। ततश्च सच्छिद्रमुलूखलं तस्य गले बद्ध्वा क्षेत्रपालः प्रसुप्तः। रासभोऽपि स्वजातिस्वभावात् गतवेदनः क्षणेनाऽभ्युत्थितः।

उक्तं च–

"सारमेयस्य चाऽश्वस्य रासभस्य विशेषतः ।
मुहूर्तात्परतो न स्यात्प्रहारजनिता व्यथा" ॥ ५५ ॥

ततस्तमेवोलूखलमादाय वृतिं चूर्णयित्वा पलायितुमारब्धः । अत्रान्तरे शृगालोऽपि दूरादेव तं दृष्ट्वा सस्मितमाह—

"साधु मातुल ! गीतेन, मया प्रोक्तोऽपि न स्थितः ।
अपूर्वोऽयं मणिर्बद्धः सम्प्राप्तं गीतलक्षणम् ॥ ५६ ॥

"तद्भवानपि मया वार्यमाणोऽपि न स्थितः ।"

तत् श्रुत्वा चक्रधर आह—"भो मित्र सत्यमेतत् । अथवा साध्विदमुच्यते—

"यस्य नास्ति स्वयं प्रज्ञा मित्रोक्तं न करोति यः ।
स एव निधनं याति, यथा मन्थरकौलिकः ॥" ५७ ॥

सुवर्णसिद्धिराह—"कथमेतत् ?" सोऽब्रवीत्—

व्याख्या—अनभिज्ञम् = अज्ञातारं (अनभिज्ञ समझ कर), रासभरटनं = गर्दभरवम् (गदहे का रेंकना), क्षेत्रपः = क्षेत्रपालः (खेत का रखवाला), प्रताडितः = हतः (मार खाकर), भूपृष्ठे = पृथिव्याम् (जमीन पर), गतवेदनः = विगतदुःख (दुःख को भूलकर). अभ्युत्थितः = उत्थितः (उठ गया) ।

सारमेयस्य = कुक्कुरस्य (कुत्ते की), प्रहारजनिता = प्रहारजन्या (मार की), व्यथा = पीडा (पीड़ा), मुहूर्तात्परतः = क्षणात्परा (एक क्षण से अधिक), न स्यात् = न भवति (नहीं रहती है) ॥ ५५ ॥

वृतिं चूर्णयित्वा = वृतिं विदार्य (घेरे को तोड़कर), सस्मितं = प्रहसन् (मुस्कराकर), आह = अकथयत् (कहा) ।

प्रज्ञा = बुद्धिः (बुद्धि) मित्रोक्तं = सुहृद्वचनं (मित्र का कहना), निधनं = मृत्युं (मृत्यु को), याति = गच्छति (प्राप्त होता है) ॥ ५७ ॥

हिन्दी—संगीत के पूर्वोक्त भेदों को सुनाने के बाद गर्दभ ने कहा—भागिनेय ! इतना जानते हुए भी मुझे अनभिज्ञ कहकर मना क्यों करते हो ?"

शृगाल ने उत्तर में कहा—"मामा ! यदि ऐसी बात है तो; मैं घेरे के बाहर बैठ कर खेत के रखवाले को देखता हूँ, तुम निश्चित होकर यथेच्छ गाओ ।"

शृगाल के चले जाने के बाद गर्दभ ने जोर-जोर से रेंकना प्रारम्भ कर दिया । उसकी आवाज को सुनकर क्रोधातुर क्षेत्रपाल अपने दाँतों को पीसता हुआ दौड़ा । खेत में पहुँच कर जब उसने गदहे को देखा तो डण्डे से इस प्रकार पीटना शुरू किया कि वह गर्दभ मार खाकर वहीं धराशायी हो गया । जी भर कर पीटने बाद क्षेत्रपाल ने एक सछिद्र उलूखल को ले आकर उसके गले में बाँध दिया और पुनः जाकर सो गया । क्षेत्रपाल के जाते ही वह गदहा अपने

जातिगत स्वभाव के कारण उस मार को भूल कर तत्काल उठ कर खड़ा हो गया। कहा भी गया है कि—

कुत्ते, घोड़े तथा विशेष कर गदहे की मार जनित पीड़ा केवल कुछ ही क्षणों तक रहती है।

गदहे ने उलूखल के साथ खेत के घेरे को तोड़कर वहाँ से भागना आरम्भ कर दिया। शृगाल ने दूर से ही जब उसको इस प्रकार भागते हुए देखा तो मुस्करा कर कहा—

"मैंने कितना मना किया कि गाना रहने दो किन्तु मेरे मना करने पर भी तुमने गाया ही। देखो, यह कितना सुन्दर मणि तुम्हारे गले में बाँध दिया गया है। वस्तुतः तुमको गाने का उचित पुरस्कार अब मिला है" ॥ ५६ ॥

इस कथा को सुनाने के बाद सुवर्णसिद्धि ने कहा—"आप भी मेरे मना करने पर नहीं रुके थे।"

यह सुनकर चक्रधर ने कहा—मित्र! तुम सत्य कहते हो। अथवा किसी ने ठीक ही कहा है—"जो स्वयं तो बुद्धिहीन है ही, मित्र का कहना भी नहीं मानता है वह व्यक्ति मन्थर नाम के जुलाहे की तरह मृत्यु को प्राप्त हो जाता है" ॥ ५७ ॥

सुवर्णसिद्धि ने पूछा—"कैसे?"

उसने कहा—

★

७. मन्थरकौलिक-कथा

"कस्मिंश्चिदधिष्ठाने मन्थरको नाम कौलिकः प्रतिवसति स्म। तस्य कदाचित् पटकर्माणि कुर्वतः सर्वपटकर्मकाष्ठानि भग्नानि। ततः स कुठारमादाय वने काष्ठार्थं गतः। स च समुद्रतटे यावद्भ्रमन् प्रयातः, तावत्तत्र शिंशपापादपस्तेन दृष्टः। ततश्चिन्तितवान्—"महानयं वृक्षो दृश्यते। तदनेन कर्तितेन प्रभूतानि पटकर्मोपकरणानि भविष्यन्ति।" इत्यवधार्य तस्योपरि कुठारमुत्क्षिप्तवान्।

व्याख्या—कौलिकः = तन्तुवायः (जुलाहा), पटकर्माणि = वस्त्रनिर्माणकार्याणि (कपड़ा बुनने का कार्य), पटकर्मकाष्ठानि = वस्त्रनिर्माणोपकरणानि (तुरी वेमा आदि), भग्नानि = त्रुटितानि (टूट गये)। कुठारमादाय = परशुं गृहीत्वा (कुल्हाड़ी लेकर), तत्र = समुद्रतीरे (समुद्र के किनारेपर), शिंशपावृक्षः (शीशम का वृक्ष), कर्तितेन = छिन्नेन (काटने से), पटकर्मोपकरणानि = तुरीवेमादीनि, वस्त्रनिर्माणोपकरणानि, अवधार्य = विचार्य (सोचकर), तस्योपरि = पादपोपरि (वृक्ष पर), उत्क्षिप्तवान् = प्रक्षिप्तवान् (कुल्हाड़ी चलाने लगा)।

हिन्दी—किसी नगर में मन्थरक नाम का एक जुलाहा रहता था। एक दिन वस्त्र निर्माण करते समय उसके सभी उपकरण (औजार) टूट गये।

कुल्हाड़ी लेकर वह वन में लकड़ी काटने के लिए घर से निकला। इधर-उधर घूमते हुए जब वह समुद्र के किनारे पहुँचा तो उसने एक शीशम के वृक्ष को देखा। यह सोचकर कि "यह वृक्ष खूब बड़ा है इसके काटने से पर्याप्त उपकरण तैयार हो सकते हैं," उस वृक्ष पर कुल्हाड़ी चलाने लगा।

अथ तत्र वृक्षे कश्चिद्‌व्यन्तरः समाश्रित आसीत्। अथ तेनाभिहितम्—"भोः मदाश्रयोऽयं पादपः सर्वथा रक्षणीयः। यतोऽहमत्र महासौख्येन तिष्ठामि, समुद्रकल्लोलस्पर्शनाच्छीतवायुनाप्यायितः।"

कौलिक आह—"भोः! किमहं करोमि, दारुसामग्रीं विना मे कुटुम्बं बुभुक्षया पीड्यते। तस्मादन्यत्र शीघ्रं गम्यताम्। अहमेनं कर्त्तयिष्यामि।"

व्यन्तर आह—"भोः! तुष्टस्तवाऽहम्। तत्प्रार्थ्यतामभीष्टं किञ्चित्। रक्षैनं पादपम्" इति।

कौलिक आह—"यद्येवं तदहं स्वगृहं गत्वा स्वमित्रं, स्वभार्यां च पृष्ट्वा आगमिष्यामि, ततस्त्वया देयम्।"

व्याख्या—व्यन्तरः = यक्षः (विशिष्टमन्तरं यस्य सः) (यक्ष) समाश्रितः = स्थितः (रहता था), तेन = व्यन्तरेण, मदाश्रयोऽयं = मम निवासभूतः (मेरे निवास का स्थान), सर्वथा = सर्वोपायेन (हर उपाय से, किसी भी शर्त पर), सौख्येन = सुखेन (सुख से), समुद्रकल्लोलस्पर्शनात् = समुद्रतरंगस्पर्शात् (सामुद्रिक तरंगों के स्पर्श से) शीतवायुना = शीतलवातेन, आप्यायितः = सन्तुष्टः (शीतल वायु का आनन्द लेकर)। दारुसामग्रीं विना = कोष्ठोपकरणं विना (काष्ठोपकरण के अभाव में), कुटुम्बं = कलत्रादिकम् (परिवार), बुभुक्षया = भोक्तुमिच्छा बुभुक्षा तया (भूख से), तुष्टः = प्रसन्नः, अभीष्टं = स्वाभिमतं वस्तु (वरदान), ततस्त्वया देयम् = पृष्ट्वा समागते सति प्रदातव्यमिति (घर से लौट कर आने पर देना)।

हिन्दी—उस वृक्ष पर एक यक्ष रहता था। वृक्ष को काटते हुए देखकर उसने कहा—"इस वृक्ष पर मैं निवास करता हूँ। तुम्हें इसकी रक्षा करनी चाहिये। इस वृक्ष को तुम नहीं काट सकते हो। क्योंकि—समुद्र की तरंगों के स्पर्श से शीतल वायु का आनन्द लेकर मैं यह सुखपूर्वक वास करता हूँ।"

कौलिक ने विनय पूर्वक कहा—"महाशय, मैं क्या कर सकता हूँ वस्त्र बुनने के लिये आवश्यक काष्ठोपकरणों के अभाव में मेरा सम्पूर्ण परिवार भूखों मर रहा है। आप कृपया कहीं अन्यत्र चले जाँय। मैं इसको अवश्य काटूँगा।"

कौलिक के उक्त कथन को सुनकर यक्ष ने कहा—मैं तुम पर बहुत प्रसन्न हूँ। तुम मुझसे कोई वरदान माँग लो और इस वृक्ष को न काटो।"

कौलिक ने कहा—"यदि ऐसी बात है, तो मैं घर जाकर अपने मित्र और अपनी स्त्री से पूछ लेता हूँ, फिर मेरे लौटने पर आप वर दीजियेगा।"

अथ "तथा" इति व्यन्तरेण प्रतिज्ञाते, स कौलिकः प्रहृष्टः स्वगृहं प्रति निवृत्तो यावदग्रे गच्छति, तावद् ग्रामप्रवेशे निजसुहृदं नापितमपश्यत् । ततः तस्य व्यन्तरवाक्यं निवेदयामास-यत्—"अहो मित्र ! मम कश्चिद् व्यन्तरः सिद्धः । तत्कथय किं प्रार्थये ? अहं त्वां प्रष्टुमागतः ।"

नापित आह—"भद्र ! यद्येवं तद्राज्यं प्रार्थयस्व, येन त्वं राजा भवसि, अहं त्वन्मन्त्री । द्वावपीह सुखमनुभूय, परलोकसुखमनुभवावः ।
उक्तञ्च—

राजा दानपरो नित्यमिह कीर्तिमवाप्य च ।
तत्प्रभावात्पुनः स्वर्गं स्पर्धते त्रिदशैः सह ॥ ५८ ॥

व्याख्या—अथ=कौलिकस्य प्रार्थनानन्तरम्, तथा=तथास्तु (जैसा तुम चाहो वैसे हो) प्रतिज्ञाते=कथिते, प्रतिज्ञा करने पर, निवृत्तः=परावर्तितः (लौटने लगा), ग्रामप्रवेशे= पुरप्रवेशे (ग्राम में घुसते ही), निजसुहृदं=स्वमित्रं (अपने मित्र), तस्य=नापितस्य (नाई से), सिद्धः=सन्तुष्टः (प्रसन्न हो गया है) द्वौ=आवाम् (हम दोनों ही), इह संसारे, सुखमनुभूय=आनन्दमनुभूय (आनन्द करके), परलोकसुखं=स्वर्गसुखं (स्वर्ग का सुख) अनुभवावः (भोगेंगे) ।

अन्वयः—दानपरो राजा इह नित्यं कीर्तिमवाप्य तत्प्रभावात् पुनः स्वर्गं च त्रिदशैः सह स्पर्धते ॥ ५८ ॥

व्याख्या—दानपरः=दानपरायणः, राजा=नृपतिः, इह=संसारे, कीर्तिमवाप्य=यशोलाभं कृत्वा (यश प्राप्त करके), तत्प्रभावात्=नित्यदानसामर्थ्यात् (नित्य दान देने के कारण) त्रिदशैः=देवैः सह (देवताओं के साथ), स्पर्धते=स्पर्धां करोति, मोदते (सुख की स्पर्धा करता है) ॥ ५८ ॥

हिन्दी—कौलिक की प्रार्थना को सुनकर यक्ष ने "अच्छा जाओ" कहकर अनुमति दे दिया । वह जुलाहा प्रसन्न होकर अपने घर की ओर लौट पड़ा । रास्ते में ग्राम के बाहर ही उसने अपने मित्र एक नापित को आते हुये देखा और यक्ष के सम्पूर्ण वृत्तान्त को उससे कह सुनाया । उसने कहा—"मित्र ! मुझ पर एक यक्ष सन्तुष्ट हो गया है और उसने मुझे वरदान माँगने को कहा है, तो बताओ, मैं उससे क्या माँग लूँ । यही पूछने के लिए मैं तुम्हारे पास आया हूँ ।"

नापित ने कहा—मित्र ! यदि ऐसी बात है, तो राज्य की याचना करो । इससे तुम राजा हो जाओगे और मैं तुम्हारा मन्त्री बन जाऊँगा । फिर, हम दोनों ही व्यक्ति राज्य-सुख भोग कर पुनः स्वर्गीय सुख का भी उपभोग करेंगे । कहा भी गया है कि—

दानपरायण राजा इस संसार में यावज्जीवन सुख का उपभोग करके कीर्तिलाभ करता है और उसी दान के प्रभाव से मृत्यु के अनन्तर स्वर्ग में पहुँचकर पुनः देवताओं के साथ स्वर्गीय सुख की स्पर्धा करता है ॥ ५८ ॥

कौलिक आह—"अस्त्येतत् तथापि गृहिणीं पृच्छामि।"

स आह—"भद्र ! शास्त्रविरुद्धमेतत् यत्स्त्रिया सह मन्त्रः। यतस्ताः स्वल्पमतयो भवन्ति। उक्तञ्च—

> भोजनाच्छादाने दद्यादृतुकाले च सङ्गमम्।
> भूषणाद्यं च नारीणां न ताभिर्मन्त्रयेत्सुधीः ॥ ५९ ॥
>
> यत्र स्त्री, यत्र कितवो, बालो यत्र प्रशासिता।
> तद्गृहं क्षयमायाति, भार्गवो हीदमब्रवीत् ॥ ६० ॥

व्याख्या—अस्त्येतत् = उचितमेतत् (तुम ठीक कहते हो), गृहिणी = भार्या (स्त्रीसे), शास्त्रविरुद्धं = शास्त्रप्रतिषिद्धं (शास्त्र से वर्जित है), मन्त्रः = परामर्शः, ताः = स्त्रियः (स्त्रियाँ), स्वल्पमतयः = अल्पबुद्धयः (कम बुद्धि की होती हैं)।

अन्वयः—नारीणां भोजनाच्छादने, ऋतुकाले च संगमं, भूषणाद्यं च दद्यात्, सुधीः ताभिः न मन्त्रयेत् ॥ ५९ ॥

यत्र स्त्री, यत्र कितवः, यत्र बालः प्रशासिता तद् गृहं क्षयम् आयाति हि इदं भार्गवः अब्रवीत् ॥ ६० ॥

व्याख्या—नारीणां = स्त्रीणां (स्त्रीभ्य इति), (स्त्रियों को), भोजनाच्छादने = भोजनं वस्त्रं च (भोजन और वस्त्र), ऋतुकाले = ऋतौ प्राप्ते (ऋतु काल आने पर), संगमं = समागमं च (संभोग), भूषणाद्यम् = आभूषणादिकं (गहना आदि), दद्यात् = समर्पयेत् (देना चाहिए), सुधीः = विद्वान् (चतुर व्यक्ति को), ताभिः = स्त्रीभिः (स्त्रियों के साथ), न मन्त्रयेत् = परामर्शादिकं न कुर्यादिति (परामर्श नहीं करना चाहिए) ॥ ५९ ॥

यत्र = यस्मिन् गृहे, स्त्री = योषित् परामर्शदात्री) (स्त्रीप्रधान हो), कितवः = धूर्त्तः, बालः = बालकः, प्रशासिता = नियन्त्रकः (मालिक हो), क्षयमायाति = विनश्यति (नष्ट हो जाता है), भार्गवः = शुक्राचार्यः, इदम् = इत्थम् अब्रवीत् ॥ ६० ॥

हिन्दी—कौलिक ने कहा—"मित्र, तुम यद्यपि ठीक कहते हो, तथापि अपनी स्त्री से भी परामर्श कर लेना आवश्यक समझता हूँ। अतः उससे पूछ लेता हूँ।"

यह सुनकर नापित ने कहा—मित्र ! स्त्री से परामर्श लेना शास्त्रविरुद्ध है। क्योंकि, स्त्रियाँ स्वाभाविक रूप से कम बुद्धि की होती हैं। कहा भी गया है कि स्त्रियों को—भोजन, वस्त्र आभूषण और ऋतु काल में सहवास सुख देकर सन्तुष्ट रखना चाहिए किन्तु चतुर व्यक्ति को उनसे परामर्श नहीं लेना चाहिए ॥ ५९ ॥

क्योंकि—जिस घर में स्त्री का प्राधान्य होता है और धूर्त, जुवाड़ी व्यक्ति अथवा बालक घर का स्वामी होता है, वह घर शीघ्र ही विनष्ट हो जाता है। यह शुक्राचार्य ने अपने नीति शास्त्र में कहा है ॥ ६० ॥

> तावत्स्यात्सुप्रसन्नास्यस्तावद् गुरुजने रतः।
> पुरुषो योषितां यावन्न श्रृणोति वचो रहः ॥ ६१ ॥

एताः स्वार्थपरा नार्यः, केवलं स्वसुखे रताः।
न तासां वल्लभः कोऽपि सुतोऽपि स्वसुखं विना ॥ ६२ ॥

अन्वयः—पुरुषः यावद् रहः योषितां वचः न शृणोति तावत् सुप्रसन्नास्यः (तावद्) गुरुजने रतः स्यात् ॥ ६१ ॥

एता नार्यः स्वार्थपराः केवलं स्वसुखे रताः (भवन्ति) तासां कोऽपि वल्लभः न, स्वसुखं विना सुतोऽपि (वल्लभो न भवति) ॥ ६२ ॥

व्याख्या—यावत् = यावत्कालपर्यंतं (जब तक), योषितां = स्त्रीणां (स्त्रियों की) वचः = वचनं (बात), रहः = एकान्ते (एकान्त में), तावत् = तावत्कालपर्यन्तमेव (तभी तक) सुप्रसन्नास्यः = प्रसन्नवदनः (प्रसन्नमुख), गुरुजने = श्रेष्ठजने (गुरु जनों में), रतः = अनुरक्तः (अनुरक्त रहता है) ॥ ६१ ॥

नार्यः = स्त्रियः, स्वार्थपराः = स्वसुखपराः (अपने ही सुख को चाहने वाली), तासां = स्त्रीणां (स्त्रियों का), वल्लभः = प्रियः, स्वसुखं विना = आत्मसुखं विना (अपने सुख के अभाव में), सुतोऽपि = पुत्रोऽपि (पुत्र भी प्रिय नहीं होता है) ॥ ६२ ॥

हिन्दी—पुरुष जब तक एकान्त में स्त्री की बात नहीं सुनता है तभी तक प्रसन्न और बड़ों में अनुरक्त रहता है ॥ ६१ ॥

ये स्त्रियाँ स्वभाव से ही परमस्वार्थी होती हैं। केवल अपना ही सुख देखती हैं। इनका कोई भी प्रिय नहीं होता है। अपना औरस पुत्र भी स्वात्मसुख के अभाव में प्रिय नहीं लगता है ॥ ६२ ॥

कौलिक आह—"तथाऽपि प्रष्टव्या सा मया। यतः पतिव्रता सा। अपरं, तामपृष्ट्वाऽहं न किञ्चित्करोमि।" एवं तमभिधाय सत्वरं गत्वा तामुवाच—"प्रिये! अद्याऽस्माकं कश्चिद् व्यन्तरः सिद्धः। स वाञ्छितं प्रयच्छति। तदहं त्वां प्रष्टुमागतः। तत्कथय किं प्रार्थये? एष तावन्मम मित्र नापितो वदत्येवं यत्—"राज्यं प्रार्थयस्व"। साह—"आर्यपुत्र! का मतिर्नापितानाम्? तन्न कार्यं तद्वचः। उक्तञ्च—

चारणैर्बन्दिभिर्नीचैर्नापितैर्बालकैरपि।
न मन्त्रं मतिमान्कुर्यात्सार्धं भिक्षुभिरेव च ॥ ६३ ॥

व्याख्या—सा = मम भार्या, पतिव्रता = पतिपरायणा, साध्वीति, तम् = नापितं (नाई से कहकर), सत्वरं = शीघ्रं, तां = भार्यां (अपनी स्त्री से), सः = व्यन्तरः (वह यक्ष), वाञ्छितं = मनोरथं (बरदान), का मतिः = का बुद्धिः (नाई को क्या बुद्धि होती है). तद्वचः = नापितस्य वचनम्।

व्याख्या—चारणैः = राजप्रशंसकैः (चारणों से), बन्दिभिः = स्तुतिपाठकैः (स्तुति करने वाले बन्दिजनों से), नीचैः = अधमैः (निम्नकोटि के व्यक्तियों से), भिक्षुभिः = क्षपणकैः (संन्यासियों से), मतिमान् = धीमान् (चतुर व्यक्ति) ॥ ६३ ॥

हिन्दी—कौलिक ने कहा--"फिर भी, मैं उससे अवश्य पूछूँगा क्योंकि वह पतिव्रता है। इसके अतिरिक्त एक और भी बात है कि मैं बिना उससे परामर्श लिए कोई भी कार्य नहीं करता हूँ।" इस प्रकार नापित से कहकर उसने अपनी स्त्रीके पास जाकर कहा-"प्रिये ! आज मुझ पर एक यक्ष प्रसन्न हो गया है। वह मुझे वरदान देना चाहता है, तो बताओ क्या माँग लूँ यही पूछने के लिए मैं तुम्हारे पास आया हूँ। मेरा मित्र नापित कहता है कि "राज्य माँगो"। उसकी स्त्री ने कहा—"आर्यपुत्र ! नाई को क्या बुद्धि होती है। उसका कहना किसी तरह भी न मानिएगा। कहा भी गया है—

चारणों, बन्दिजनों, निम्नकोटि के व्यक्तियों, बालकों और संन्यासियों से चतुर व्यक्ति को परामर्श नहीं करना चाहिये ॥ ६३ ॥

अपरं महती क्लेशपरम्परैषा राज्यस्थितिः, सन्धिविग्रहयानासनसंश्रयद्वैधीभावादिभिः कदाचित्पुरुषस्य सुखं न प्रयच्छतीति। यतः—

यदैव राज्ये क्रियतेऽभिषेक-
स्तदैव याति व्यसनेषु बुद्धिः।
घटा नृपाणामभिषेककाले
सहाऽम्भसैवापदमुद्गिरन्ति ॥ ६४ ॥

तथा च—

रामस्य व्रजनं वने, निवसनं पाण्डोः सुतानां वने,
वृष्णीनां निधनं, नलस्य नृपते राज्यात्परिभ्रंशनम्।
सौदासं तदवस्थमर्जुनवधं संचिन्त्य लङ्केश्वरं,
दृष्ट्वा राज्यकृते विडम्बनगतं, तस्मान्न तद्वाञ्छयेत् ॥ ६५ ॥

यदर्थं भ्रातरः पुत्रा अपि वाञ्छन्ति ये निजाः।
वधं राज्यकृतां राज्ञां, तद्राज्यं दूरतस्त्यजेत् ॥ ६६ ॥

व्याख्या--अपरं = किञ्च, क्लेशपरम्परा = कष्टपरिपाटी (कष्टप्रद), राज्यस्थितिः = राज्यव्यवस्था, सन्धिः = शत्रुभिः सन्धानम् (शत्रुओं के साथ सन्धि करना), विग्रहः = युद्धं (युद्ध करना), यानं = युद्धाक्रमणम् (युद्ध के लिए निकलना), आसनं = तत्रावस्थानम् (युद्ध की प्रतिज्ञा में या अवसर की प्रतीक्षा में बैठे रहना), संश्रयः = अन्याश्रयः (दूसरों का आश्रय लेना), द्वैधीभावः = भेदः (शत्रुओं में फूट डालना) न प्रयच्छति = न ददाति।

अन्वयः—यदैव राज्ये अभिषेकः क्रियते तदैव व्यसनेषु बुद्धिः याति, नृणाम् अभिषेककाले एव घटा अम्भसा सह आपदम् उद्गिरन्ति ॥ ६४ ॥

रामस्य वने व्रजनं, पाण्डोः सुतानां वने निवसनं, वृष्णीनां निधनं, नलस्य नृपतेः राज्यात्परिभ्रंशनं, सौदासं, तदवस्थम् अर्जुनवधं, संचिन्त्य राज्यकृते विडम्बनगतं लङ्केश्वरं दृष्ट्वा तस्मात् तत्, न वाञ्छयेत् ॥ ६५ ॥

यदर्थं, भ्रातरः, ये निजाः पुत्राः ते अपि राज्यकृतां राज्ञां वधं वाञ्छन्ति, तद् राज्यं दूरतः त्यजेत् ॥ ६६ ॥

व्याख्या—यदैव = यस्मिन्काले (जिस समय), अभिषेकः = राज्याभिषेचनं (राज्याभिषेक), तदैव = तस्मिन्काले एव (उसी समय), व्यसनेषु = आपत्सु (विपत्तियों में), याति = गच्छति। घटाः = अभिषेचनार्थं जलपूरिताः कुम्भाः (अभिषेक के घट), अम्भसा = जलेन, सह (जल के साथ ही), आपदम् = विपत्तिम्, उद्गिरन्ति = वमन्ति ॥ ६४ ॥

रामस्य = रामचन्द्रस्य, वने = कानने (जङ्गल में), व्रजनं = गमनं पाण्डोः सुतानां = पाण्डवानां (पाण्डवों का), निवसनं = राज्यार्थं वनवासः, वृष्णीनां = यदुवंशजानां (यदुवंशियों की), निधनं = मरणं (मृत्यु), परिभ्रंशनं = राज्यभ्रंशनं (नल के राज्यभ्रंश को), सौदासं तदवस्थं = सौदासनृपतेः, राक्षसयोनिगमनं (सौदास का राक्षस योनि में जाना), अर्जुनवधं = कार्तवीर्यार्जुनस्य नाशं (कार्तवीर्यार्जुन का परशुराम के द्वारा विनाश को), सञ्चिन्त्य = विचार्य, राज्यकृते = राज्यार्थं (राज्य के लिए), विडम्बनगतं = कालवशङ्गतं (मृत्यु को प्राप्त), लङ्केश्वरं = रावणं, दृष्ट्वा (रावण जैसे प्रतापी राजा को देखकर), तद् = राज्यं, न वाञ्छयेत् = नेच्छेत् (इच्छा नहीं करनी चाहिए) ॥ ६५ ॥

यदर्थं = राज्यार्थं (जिस राज्य के लिए) भ्रातरः = बान्धवाः (अपने सहोदर भाई), निजाः = स्वकीयाः पुत्रा अपि (अपने औरस पुत्र भी), राज्यकृतां = शासनाधिरूढानां (राज्याभिषिक्त), राज्ञां = नृपाणां (राजाओं का) वधं = मृत्युं (वध), वाञ्छन्ति = इच्छन्ति, त्यजेत् = परिहरेदिति (छोड़ देना चाहिए) ॥ ६६ ॥

हिन्दी—इसके अतिरिक्त, राज्य अतिरिक्त कष्टकारक ही होता है। सन्धि, विग्रह, आक्रमण, शत्रु की प्रतीक्षा में रुकना, उचित अवसर की प्रतीक्षा करना, अन्य राजाओं की सहायता लेना, भेद नीति का विस्तार करना आदि राज्य का कार्य अत्यन्त कष्टप्रद होता है। वह कभी भी राजा को सुख नहीं देता है। क्योंकि—राज्याभिषेक होते ही व्यक्ति की बुद्धि राज्य की जटिल समस्याओं (विपत्ति) की ओर चली जाती है और विभिन्न चिन्तायें आकर घेर लेती हैं। राजाओं के अभिषेक का घट जल के साथ अनेक आपत्तियों को भी उद्गिरण करता (उडेलता) है ॥ ६४ ॥

देखो, राज्य के लिए राम को वन जाना पड़ा था। पाण्डवों को वन में वास करना पड़ा था। यदुवंशियों का विनाश भी राज्य के ही लिए हुआ था। राजा नल राज्य के लिए अनेक कष्ट झेलते रहे। सौदास राजा को वसिष्ठ के शाप से राक्षस-योनि में जाना पड़ा। कार्तवीर्य को राज्य के ही लिए परशुराम ने मार डाला और महाराज रावण की राज्य के लिए कितनी कष्टप्रद मृत्यु हुई। अतः चतुर व्यक्ति को कभी भी राज्य प्राप्ति की इच्छा नहीं करनी चाहिए ॥ ६५ ॥

जिस राज्य के लिए अपने सहोदर भाई तथा और पुत्र भी राजा का वध कर डालना चाहते हैं, उस राज्य को दूर से ही (प्रणाम करके) छोड़ देना चाहिये ॥ ६६ ॥

कौलिक आह—"सत्यमुक्तं भवत्या। तत्कथय किं प्रार्थये ?"

साह—"त्वं तावदेकं पटं नित्यमेव निष्पादयसि। तेन सर्वा व्ययशुद्धिः संपद्यते। इदानीं स्वमात्मनोऽन्यद्बाहुयुगलं द्वितीयं शिरश्च याचस्व, येन पटद्वयं संपादयसि पुरतः पृष्ठतश्च। एकस्य मूल्येन गृहे यथापूर्वं व्ययं संपादयिष्यसि, द्वितीयस्य मूल्येन विशेषकृत्यानि करिष्यसि। एवं सौख्येन स्वजातिमध्ये श्लाघ्यमानस्य कालो यास्यति, लोकद्वयस्योपार्जना च भविष्यति।"

व्याख्या—नित्यमेव = प्रत्यहं (प्रतिदिन), निष्पादयसि = विरचयसि (बनाते हो), व्ययशुद्धिः = गृहव्ययनिर्वाहः (गृह खर्च), अन्यद्बाहुयुगलं = द्वितीयं बाहुद्वयं (अन्य दो भुजायें), याचयस्व = प्रार्थयस्व (माँग लो), पुरतः = अग्रतः (आगे से), यथापूर्वं = पूर्ववत् (पहले की तरह), विशेषकृत्यानि = अतिरिक्तकार्याणि (अन्य कार्यों को), सौख्येन = सुखेन, स्वजातिमध्ये = स्वजातौ (अपनी जाति में), श्लाघ्यमानस्य = प्रशस्यमानस्य (प्रतिष्ठापूर्वक), कालः = समय, यास्यति (समय कट जायगा), लोकद्वयस्य = लौकिकस्य स्वर्गस्यापि (इस लोक और स्वर्गलोक की भी) उपार्जना = प्राप्तिः।

हिन्दी—स्त्री के वचन को सुनकर लौलिक ने कहा—"तुम ठीक कहती हो, किन्तु यह तो बताओ कि उनसे माँगे क्या ?"

स्त्री ने कहा "तुम रोज एक कपड़ा तैयार करते हो। उसी से घर का सम्पूर्ण खर्च चलता है। तुम जाकर, दो और हाथ एवं एक शिर मांग लो। इससे तुम नित्य दो वस्त्र बुन सकोगे एक आगे से और दूसरा पीछे से। एक के मूल्य से घर का खर्च चलेगा और दूसरे के मूल्य से अन्य कार्य किया जायगा। इस प्रकार, अपनी जाति के लोगों में प्रतिष्ठा पूर्वक सुख से समय कट जायगा। और परलोक भी बन जायगा।

सोऽपि तदाकर्ण्य प्रहृष्टः प्राह—"साधु प्रतिव्रते! साधु। युक्तमुक्तं भवत्या। तदेवं करिष्यामि। एष मे निश्चयः।"

ततोऽसौ गत्वा व्यन्तरं प्रार्थयाञ्चक्रे—"भो, यदि ममेप्सितं प्रयच्छसि तद्देहि मे द्वितीयं बाहुयुगलं शिरश्च।"

एवमभिहिते, तत्क्षणादेव स द्विशिराश्चतुर्बाहुश्च सञ्जातः। ततो हृष्टमना यावद् गृहमागच्छति तावल्लोकैः "राक्षसोऽयमिति मन्यमानैर्लगुडपाषाणप्रहारैस्ताडितो, मृतश्च।"

अतोऽहं ब्रवीमि "यस्य नास्ति स्वयं प्रज्ञा" इति।

चक्रधर आह—"भोः, सत्यमेतत्। सर्वोऽपि जनोऽश्रद्धेयामाशापिशाचिकां प्राप्य हास्यपदवीं याति। अथवा साध्विदमुच्यते केनाऽपि—

अनागतवतीं चिन्तामसंभाव्यां करोति यः।
स एव पाण्डुरः शेते सोमशर्मपिता यथा॥ ६७॥

सुवर्णसिद्धिराह--"कथमेतत् ?" सोऽब्रवीत्-

व्याख्या—तदाकर्ण्य = भार्यायाः वचनं श्रुत्वा (स्त्री की राय को सुनकर) प्रहृष्टः = सुप्रसन्नः, असौ = कौलिकः, प्रार्थयाञ्चक्रे = प्रार्थयामास (यक्ष से प्रार्थना किया), ममेप्सितं = मे मनोरथम् (मेरी अभिलषित वस्तु को), बाहुयुगलं = बाहुद्वयम् (दो हाथ)। तत्क्षणादेव = झटिति (तत्काल) लोकैः = जनैः (ग्रामवासियों से) मन्यमानैः = स्वीकुर्वद्भिः (समझकर) ताडितः = व्यापादितः (मार डाला गया)। अश्रद्धेयाम् = अनादरणीयाम् (तिरस्कृत करने योग्य), आशापिशाचिकाम् = आशारूपां पिशाचीं (आशारूपी पिशाची को), प्राप्य = अवाप्य (पाकर, वशीभूत होकर) हास्यपदवीं = परिहास्यतां, याति (उपहास को प्राप्त होता है)।

अन्वयः—यः अनागतवतीम् असंभाव्यां चिन्तां करोति स एव सोमशर्मपिता यथा पाण्डुरः शेते ॥ ६७ ॥

व्याख्या—यः = पुरुषः (जो), अनागतवतीम् = भविष्यन्तीम् (अनागत), असंभाव्या = असंभावनीयाम् (असंभव) (व्यर्थ, असंभव वस्तु की), स एव = स एव मनुष्यः (वही व्यक्ति), पाण्डुरः = चिन्ताक्रान्तः पीतो दुर्बलश्च, (पाण्डुरोगग्रस्त व्यक्ति के समान) शेते = स्वपिति ॥ ६७ ॥

हिन्दी—स्त्री के परामर्श को स्वीकार करते हुए कौलिक ने प्रसन्न होकर कहा—"तुम ठीक कहती हो पतिव्रते ! मैं तुम्हारे परामर्शानुसार ही करूँगा। मैं तुम्हें वचन देता हूँ। यही मेरा भी निश्चय है।"

यक्ष के पास जाकर उसने विनीत भाव से कहा—"यदि आप मेरी मनोभिलषित वस्तु देना चाहते हैं, तो मुझे दो भुजायें और एक शिर प्रदान कीजिये।" यह प्रार्थना करते ही उसको चार भुजायें और दो शिर हो गये। वह प्रसन्न होकर जब घर लौटने लगा तो मार्ग में ही लोगों ने "राक्षस समझकर उसे घेर लिया और लाठी तथा पत्थर से उसपर प्रहार करना प्रारम्भ कर दिया। मार खाकर वहीं वह मर गया।"

सुवर्णसिद्धि ने कहा—अतएव मैं कहता हूँ कि जिसकी स्वयं बुद्धि नहीं होती है और मित्रों का कहना भी नहीं मानता है, उसकी कौलिक के समान ही कष्टप्रद मृत्यु होती है।"

यह सुनकर चक्रधर ने कहा—आप ठीक कहते हैं। अविश्वसनीय दुराशा पिशाची के फन्दे में पड़ने वाला प्रत्येक व्यक्ति उपहास का पात्र बनता है। अथवा, ठीक ही कहा गया है कि—

असंभाव्य एवं अनागत चिन्ता को करने वाला व्यक्ति ही सोमशर्मा के पिता की तरह पाण्डुरोग-ग्रस्त रोगी की भाँति पाण्डु वर्ण का होकर सोता है ॥ ६७ ॥

८. सोमशर्मपितृ-कथा

कस्मिंश्चिन्नगरे कश्चित्स्वभावकृपणो नाम ब्राह्मणः प्रतिवसति स्म। तेन भिक्षाऽर्जितैः सक्तुभिर्भुक्तशेषैः कलशः संपूरितः। तं च घटं नागदन्तेऽवलम्ब्य, तस्याऽधस्तात्खट्वां निधाय सततमेकदृष्ट्या तमवलोकयति।

अथ कदाचिद्रात्रौ सुप्तश्चिन्तयामास—यत् परिपूर्णोऽयं घटस्तावत्सक्तुभिर्वर्त्तते। तद्यदि दुर्भिक्षं भवति, तदनेन रूप्यकाणां शतमुत्पत्स्यते। ततस्तेन मयाऽजाद्वयं ग्रहीतव्यम्। ततः षाण्मासिकप्रसववशात्ताभ्यां यूथं भविष्यति। ततोऽजाभिः प्रभूता गा ग्रहीष्यामि। गोभिर्महिषीः। महिषीभिर्वडवाः। वडवाप्रसवतः प्रभूता अश्वा भविष्यन्ति। तेषां विक्रयात्प्रभूतं सुवर्णं भविष्यति। सुवर्णेन चतुःशालं गृहं सम्पत्स्यते।

व्याख्या—स्वभावकृपणः = अतिकदर्यः (कृपण), तेन = ब्राह्मणेन (उसने) भिक्षार्जितैः = भिक्षायां प्राप्तैः (भिक्षा में प्राप्त), सक्तुभिः = पिष्टान्नविशेषैः, भुक्तशेषैः = भोजनावशिष्टैः (भोजन से बचे हुए सत्तू से) कलशः = घटः (घड़ा), संपूरितः = आपूरितः (भर दिया था) नागदन्ते = भित्तौ निविष्टे काष्ठे, (खूँटी पर) अवलम्ब्य = समारोप्य (टाँग कर), तस्याधस्तात् = नागदन्तावलम्बितघटस्याधस्तात् (खूँटी पर टँगे हुए घड़े के नीचे), खट्वां = मञ्चकं (चारपाई), एकदृष्ट्या = सुप्तः एकाग्रचक्षुषा (एक टक), तं = घटम् (उस घड़े को), अवलोकयति = पश्यति (देखा करता था)। परिपूर्णोऽयं घटः = सक्तुभिरापूरितोऽयं घटः (यह घड़ा सत्तू से भरा है), दुर्भिक्षम् = अनावृष्टिः (अकाल) अनेन = घटस्य सक्तुना, (सत्तू से) उत्पत्स्यते = प्राप्स्यते (मिल जायगा) अजाद्वयं = छागमिथुनम् (दो बकरियाँ), ग्रहीतव्यम् — क्रेतव्यम् (खरीदूँगा) षाण्मासिकप्रसववशात् = षण्मासाभ्यन्तरगर्भधारणस्वभावात् (छह मास के भीतर प्रसव होने के स्वभाव के कारण), ताभ्यां = छागमिथुनाभ्यां (दोनों बकरियों से), यूथं = छागवृन्दम् (बकरियों का झुण्ड), अजाभिः = छागैः (बकरियों से), प्रभूताः = विपुलाः, वडवाः = अश्वाः (घोड़ी), प्रसवतः = प्रसवक्रमेण (पैदा करने से), प्रभूतं = प्रचुरं (पर्याप्त), चतुःशालं = चतुःप्राकारम्।

हिन्दी—किसी नगर में अतिकृपण स्वभाव का एक ब्राह्मण रहता था। उसने भिक्षा में मिले हुए भोजन से अवशिष्ट सत्तू को सञ्चित करके एक घड़ा भर लिया था। उस घड़े को खूँटी में टांग दिया था और उसी के नीचे अपनी चारपाई बिछाकर सोया करता था। चारपाई पर सोये सोये वह निरन्तर ध्यान पूर्वक उस घट को देखा करता था। एक दिन सोये सोये उसने सोचा कि यह घड़ा सत्तू से भर चुका है। यदि अकाल पड़ जाता तो इसे बेचने पर सौ रुपया मिल जाता। उन रुपयों से मैं दो बकरियाँ खरीद लेता। पुनः उनसे हर छै मास पर बच्चे पैदा होते और क्रमशः मेरे पास बकरियों का एक झुण्ड इकट्ठा हो जाता।

उन बकरियों को बेच कर मैं गाये खरीद लेता और गायों को बेचकर भैंस खरीदता, पुनः भैंसों को बेचकर घोड़ियाँ खरीदता। धीरे धीरे घोड़ियाँ बच्चा पैदा करतीं तो अनेक घोड़े तैयार हो जाते। उन घोड़ों को बेचने से पर्याप्त सोना मिलता। पुनः मैं उस स्वर्णराशि से एक सुन्दर चौसाल गृह बनवाता।

ततः कश्चिद् ब्राह्मणो मम गृहमागत्य प्राप्तवयस्कां रूपाढ्यां कन्यां मह्यं दास्यति। तत्सकाशात्पुत्रो मे भविष्यति। तस्याऽहं "सोमशर्मा" इति नाम करिष्यामि। ततस्तस्मिञ्जानुचलनयोग्ये सञ्जातेऽहं पुस्तकं गृहीत्वाऽश्वशालायाः पृष्ठदेशे उपविष्टस्तदवधारयिष्यामि। अत्राऽन्तरे सोमशर्मा मां दृष्ट्वा, जनन्युत्संगाज्जानुचलनपरोऽश्वखुरासन्नवर्ती मत्समीपमागमिष्यति। ततोऽहं ब्राह्मणीं कोपाविष्टोऽभिधास्यामि—"गृहाण तावद् बालकम्।" साऽपि गृहकर्मव्यग्रतयाऽस्मद्वचनं न श्रोष्यति। ततोऽहं समुत्थाय, तां पादप्रहारेण ताडयिष्यामि।

एवं तेन ध्यानस्थितेन तथैव पादप्रहारो दत्तो, यथा स घटो भग्नः, स्वयञ्च सक्तुभिः पाण्डुरतां गतः।

अतोऽहं ब्रवीमि—"अनागतवर्ती चिन्ताम्" इति।

व्याख्या—ब्राह्मणः = विप्रः, प्राप्तवयस्कां = युवतिम् (युवती), रूपाढ्यां = रूपवतीं (सुन्दरी), दास्यति = विवाहे प्रदास्यति (शादी कर देगा)। तत्सकाशात् = भार्यायाः सकाशात् (स्त्री से), तस्य = पुत्रस्य, तस्मिन् = बालके, जानुचलनयोग्ये = जानुचलनसमर्थे (घुटने से चलने योग्य) पृष्ठदेशे = पृष्ठभागे (पीछे), तदवधारयिष्यामि = तस्य प्रतीक्षां करिष्यामि (उसकी प्रतीक्षा करूँगा), जनन्युत्संगात् = मातुः क्रोडात् (माता की गोद से), जानुचलनपरः = जानुभ्यां चलन् (घुटने के बल चलकर), अश्वखुरासन्नवर्ती = अश्वपादनिकटचरः (घोड़े के पैर के सन्निकट से चलता हुआ), कोपाविष्टः = क्रुद्धः सन् (क्रोधपूर्वक), अभिधास्यामि = कथयिष्यामि (कहूँगा), गृहकर्मव्यग्रतया = गृहकार्यव्यस्ततया (गृहकार्य में व्यस्त रहने के कारण), अस्मद्वचनं = ममाज्ञां (मेरी आज्ञा को), समुत्थाय = उत्थाय (उठकर), पादप्रहारेण = चरणप्रहारेण (पैर से), ध्यानस्थितेन = विचारमग्नेन (चिन्ता में लीन), भग्नः = त्रुटितः (फूट गया), पाण्डुरतां = सक्तुभिरासिक्तशरीरः (मलिनपीतवर्णः) (पाण्डु रंग का), गतः = प्राप्तः, बभूव।

हिन्दी—मेरे गृह निर्माण के बाद, कोई ब्राह्मण आकर अपनी युवती तथा रूपवती कन्या के साथ मेरा विवाह कर देता है। उसके गर्भ से एक पुत्र उत्पन्न होता है जिसका नाम मैं "सोमशर्मा" रखुंगा।

जब वह घुटने के बल चलने योग्य हो जाता तो मैं पुस्तक लेकर उसकी प्रतीक्षा में घोड़शाल के पीछे जाकर बैठूंगा। सोमशर्मा वहाँ मुझे बैठा हुआ देखकर अपनी माता की गोद से उतर कर मेरे पास आने के लिये घुटने के बल चलता हुआ घोड़ों के पास होकर गुजरता, मेरे पास आयेगा, तब मैं क्रुद्ध होकर अपनी स्त्री को आज्ञा देता "लड़के को पकड़ ले जाओ।"

घर के कार्य में व्यस्त होने के कारण जब वह मेरी आज्ञा को नहीं सुनती तो मैं उस पर चरणप्रहार करूँगा।

इस प्रकार सोचते हुए उस ब्राह्मण ने तन्मय होकर ब्राह्मणी को मारने के लिए पाद प्रहार किया। उसके पाद-प्रहार से वह घड़ा फूट गया और वह ब्राह्मण सत्तू से पीला (सराबोर) हो उठा।

अतएव मैं कहता हूँ कि अनावश्यक चिन्ता को करने वाला व्यक्ति सोमशर्मा के पिता की तरह दुर्गति को प्राप्त होता है।

सुवर्णसिद्धिराह—"एवमेतत्। कस्ते दोषः। यतः सर्वोऽपि लोभेन विडम्बितो बाध्यते। उक्तञ्च—

"यो लौल्यात्कुरुते कर्म, नैवोदर्कमवेक्षते।
विडम्बनामवाप्नोति स, यथा चन्द्रभूपतिः॥ ६८॥

चक्रधर आह—'कथमेतत्?' स आह—

व्याख्या—कस्ते दोषः=न कोपि दोषो भवतः (आप का क्या दोष है), विडम्बितः=प्रतारितः (ठगकर), बाध्यते=पीड्यते (कष्ट उठाता है)।

अन्वयः—यः लौल्यात्कर्म कुरुते उदर्कं न अवेक्षते स विडम्बनाम् अवाप्नोति यथा चन्द्रभूपतिः (अवाप्तवान्)॥ ६८॥

व्याख्या—यः=पुरुषः, लौल्यात्=चापल्यात् (चपलता के कारण), उदर्कम्=कार्यफलम् (कार्य का परिणाम) न अवेक्षते=न चिन्तयति (नहीं सोचता है), विडम्बनां=प्रवञ्चनां, प्राप्नोति।

हिन्दी—सुवर्णसिद्धि ने कहा—"तुम्हारा इसमें दोष ही क्या है, सभी लोग लोभ के वशीभूत होने पर प्रतारित होते हैं। कहा भी गया है—

"जो व्यक्ति चपलता के कारण कार्य के परिणाम को सोचे बिना किसी कार्य को करता है, वह अन्त में धोखा खा ही जाता है। चन्द्रभूपति भी इसी प्रकार चपलता के कारण धोखा खा गया था"॥ ६८॥

चक्रधर ने पूछा—यह कैसे? सुवर्ण सिद्धि ने कहा—

★

९. चन्द्रभूपति-कथा

कस्मिंश्चिन्नगरे चन्द्रो नाम भूपतिः प्रतिवसति स्म। तस्य पुत्रा वानरक्रीडारता वानरयूथं नित्यमेवाऽनेकभोजनभक्ष्यादिभिः पुष्टिं नयन्ति स्म। अथ वानरयूथाऽधिपो यः स औशनस-बार्हस्पत्य-चाणक्य-मतवित्, तदनुष्ठाता च तत्सर्वानप्याध्यापयति स्म।

अथ तस्मिन् राजगृहे लघुकुमारवाहनयोग्यं मेषयूथमस्ति। तन्मध्यादेको जिह्वालौल्यादहर्निशं निःशङ्कं महानसे प्रविश्य यत्पश्यति, तत्सर्वं भक्षयति। ते च सूपकारा यत्किञ्चित्काष्ठं, मृन्मयं भाजनं, कांस्यपात्रं, ताम्रपात्रं वा पश्यन्ति, तेनाशु ताडयन्ति।

व्याख्या—वानरक्रीडारताः=मर्कटैः सह क्रीडानुरक्ताः (बन्दरों के साथ खेला करते थे), वानरयूथं=मर्कटवृन्दं (बन्दरों के समूह को), अनेकभोजनभक्ष्यादिभिः=नानाभोजनपदार्थैः (अनेक प्रकार की खाद्य सामग्रियों से), पुष्टिं=पालनं (पोषण), वानरयूथाधिपः=मर्कटवृन्दाधिपः (बन्दरों का नायक), औशनसम्=भार्गवमुनिप्रोक्तं, बार्हस्पत्यं=बृहस्पतिनिर्मितं नीतिशास्त्रं, चाणक्यमतवित्=चाणक्यप्रोक्तं राजनीतिशास्त्रं च तेषां ज्ञाता, सकलनीतिशास्त्रकुशलः (शुक्राचार्य, बृहस्पति तथा चाणक्य प्रभृति नीतिविदों के मत का ज्ञाता), तदनुष्ठाता=नीतिसंमताचरणशीलः (नीति शास्त्रों पर स्वयं चलने वाला), सर्वान्=वानरान् (सभी बन्दरों को) अध्यापयति स्म=पाठयति स्म (पढ़ाया करता था)। लघुकुमारस्य=अत्यल्पवयस्कराजकुमारस्य (छोटे छोटे राजकुमारों के), वाहनयोग्यं=वाहनक्षमं (ले जाने में समर्थ), मेषयूथं=मेषवृन्दं (भेड़ों का समूह), तन्मध्यात्=यूथमध्यात् (यूथ में से), जिह्वालौल्यात्=रसनाचापल्यात् (जीभ की चपलता के कारण), अहर्निशम्=अहोरात्रं (रात-दिन), निःशङ्कं=निर्भयम् (निडर होकर), महानसे=भोजनालये (भोजनालय में), भक्षयति=खादयति (खा जाया करता था), सूपकाराः=पाचकाः (भण्डारी), यत्किञ्चित् काष्ठं=लभ्येन्धनं, मृन्मयं=मृत्तिकया निर्मितं, भाजनं=पात्रं, कांस्यपात्रं=कांस्यधातुपात्रं (जो कुछ भी, लकड़ी, मिट्टी का वर्तन, कांसे का बर्तन आदि). आशु=शीघ्रमेव (तुरत), ताडयन्ति=घ्नन्तिस्म (मार दिया करते थे)।

हिन्दी—किसी नगर में चन्द्र नाम का एक राजा रहता था। उसके पुत्र बन्दरों के साथ खेलने में विशेष अभिरुचि रखते थे। अतएव बन्दरों के झुण्ड को विभिन्न प्रकार की खाद्य-सामग्रियों को देकर वे उनका पोषण किया करते थे। वानरों के झुण्ड का नायक उशनस् बृहस्पति तथा चाणक्य प्रभृति नीतिविदों द्वारा विरचित नीतिशास्त्रों का ज्ञाता था। वह स्वयं भी नीतिसंमत आचरण करता था और अन्य बन्दरों को भी नीतिशास्त्र पढ़ाया करता था।

राजा ने छोटे राजकुमारों को चढ़ने के लिये मेड़ों का एक झुण्ड पाल रखा था। उसमें से एक (भेंड़) अपनी जिह्वा की चपलता के कारण रात-दिन, जब भी अवसर पाता था निडर होकर भोजनालय में घुस जाया करता था, और जो कुछ पाता था, खा जाया करता था। भण्डारी भी उसे देखते ही लकड़ी, मिट्टी का बर्तन, काँसे का बर्तन, या ताँबे का बर्तन जो कुछ पा जाते थे चलाकर तुरन्त मार दिया करते थे।

सोऽपि वानरयूथपस्तद् दृष्ट्वा व्यचिन्तयत्—"अहो, मेषसूपकारकलहोऽयं वानराणां क्षयाय भविष्यति। यतोऽन्नरसास्वादलम्पटोऽयं मेषो, महाकोपाश्च सूपकारा यथासन्नवस्तुना प्रहरन्ति। तद्यदि वस्तुनोऽभावात्कदाचिदुल्मुकेन ताडयिष्यन्ति, तदोर्णाप्रचुरोऽयं मेषः स्वल्पेनाऽपि वह्निना प्रज्वलयिष्यति। तद्दह्यमानः पुनरश्वकुट्यां समीपवर्तिन्यां प्रवेक्ष्यति। साऽपि तृणप्राचुर्याज्ज्वलिष्यति। ततोऽश्वा वह्निदाहमवाप्स्यन्ति।

शालिहोत्रेण पुनरेतदुक्तं यत्—"वानरवसयाऽश्वानां वह्निदाहदोषः प्रशाम्यति", तन्नूनमेतेन भाव्यम्। एषोऽत्र निश्चयः। एवं निश्चित्य सर्वान् वानरानाहूय रहसि प्रोवाच-यत्—

मेषेण सूपकाराणां कलहो योऽत्र जायते।
स भविष्यत्यसंदिग्धं वानराणां क्षयावहः॥ ६९॥

व्याख्या—तद्दृष्ट्वा = मेषसूपकारयोर्विवादं दृष्ट्वा (मेष और भण्डारियों की दशा को देखकर), व्यचिन्तयत् = चिन्तयामास (सोचा), कलहः = विवादः (झगड़ा), क्षयाय = विनाशाय (नाश का हेतु), यतः = यस्माद्धि (क्योंकि), अन्नरसास्वादलम्पटः = सिद्धान्नभक्षणलोलुपः (भोजन का लालची), महाकोपाः = अतीवक्रुद्धाः (बड़े क्रोधी), यथासन्नवस्तुना = निकटस्थपदार्थेन (समीप में मिलने वाली वस्तु से), उल्मुकेन = अलातेन ज्वलत्काष्ठेनेत्यर्थः (जलती हुई लकड़ी से), ऊर्णाप्रचुरः = लोमबहुलः (ऊन बहुत), स्वल्पेन = अत्यल्पेन (चिनगारी से भी), दह्यमानः = प्रज्वल्यमानः (जलता हुआ), अश्वकुट्यां = अश्वशालायां (अश्वशाला में), सा = अश्वशाला, तृणप्राचुर्यात् = तृणबाहुल्यात् (घासों के इधर उधर पड़े रहने के कारण), वह्निदाहं = अग्निदाहं (जलने लगेंगे), शालिहोत्रेण = अश्वचिकित्सकेन महर्षिणा (शालिहोत्र ने), वानरवसया = मर्कटवपया ('मेदस्तु वपा वसे'त्यमरः) (वानर की चर्बी से), वह्निदाहदोषः = अग्निदाहजन्यदोषः (अग्नि से जलने का घाव), एतेन भाव्यम् = अवश्यमेवेयं घटना भविष्यति (यह बात अवश्य ही घटेगी), रहसि = एकान्ते (एकान्त में), प्रोवाच = उवाच (कहा)।

सूपकाराणां = पाचकानाम् (भण्डारियों का), असंदिग्धं = निःसंशयं (निश्चय ही), क्षयावहः = विनाशकारकः (विनाश करने वाला), भविष्यति॥ ६९॥

हिन्दी—बानरों के यूथप ने जब इस घटना को देखा तो, उसे बड़ी चिन्ता हुई। उसने अपने मनमें सोचा—"इस भेंड़ और भण्डारियों के मध्य होने वाला यह कलह किसी दिन

वानरों के विनाश का कारण होगा। क्योंकि, यह भेंड़ अन्न खाने का लोभी है और भण्डारी भी क्रोधित होकर पास में पड़ी हुई किसी भी वस्तु को चलाकर मारा करते हैं। कभी संयोग से किसी अन्य वस्तु के न मिलने पर अवश्य ही ये जलते हुए अंगारे से मारेंगे। इस भेंड़ का शरीर ऊर्णा युक्त है, चिनगारी लगने से भी जल उठेगा। मार खाने पर यह भेंड़ पार्श्ववर्ती अश्वशाला की ओर दौड़ेगा। घासों के इधर-उधर पड़े रहने के कारण वह तत्काल जलने लगेगी। फलतः घोड़े जल जायेंगे। शालिहोत्र में यह लिखा गया है कि घोड़ों के जलने का घाव बन्दरों की चर्बी से अच्छा हो जाता है। एक न एक दिन यह घटना अवश्य घटेगी और वानरों को चर्बी तलाश की जायेगी। यह निर्विवाद है।" यह सोचकर उसने समस्त वानरों को एकान्त में ले जाकर—

भेंड़ के साथ भण्डारियों का जो विवाद यहाँ हो रहा है, वह निश्चितरूप से वानरों के विनाश का कारण होगा॥ ६९॥

तस्मात् स्यात् कलहो यत्र गृहे नित्यमकारणः।
तद्गृहं जीवितं वाञ्छन् दूरतः परिवर्जयेत्॥ ७०॥

तथा च—

कलहान्तान्नि हर्म्याणि कुवाक्यान्तं च सौहृदम्।
कुराजान्तानि राष्ट्राणि कुकर्मान्तं यशो नृणाम्॥ ७१॥

अन्वयः—तस्मात् यत्र गृहे नित्यं अकारणः कलहः स्याद् तत् गृहं जीवितं वाञ्छन् दूरतः परिवर्जयेत्॥ ७०॥

हर्म्याणि कलहान्तानि, सौहृदं च कुवाक्यान्तं, राष्ट्राणि कुराजान्तानि, नृणां यशः कुकर्मान्तं भवति॥ ७१॥

व्याख्या—यत्र गृहे = यस्मिन् गेहे (जिस घर में), नित्यम् = अहर्निशं (रात दिन), अकारणः = कारणशून्यः (बिना कारण के), कलहः = विवादः (झगड़ा), जीवितं वाञ्छन् = स्वजीवनमिच्छन् नरः (अपना जीवन चाहनेवाला व्यक्ति), परिवर्जयेत् = त्यजेत् (छोड़ दे)॥ ७०॥

हर्म्याणि = गृहाणि, कलहान्तानि = विवादान्तानि (कलहेन = विवादेन अन्तो = नाशो येषां तानि) (अच्छे-अच्छे गृह कलह से नष्ट हो जाते हैं), सौहृदं = सख्यम्, मैत्री, कुवाक्यान्तानि = कटुवाक्यान्तानि (कुत्सितं वाक्यं कुवाक्यं, कुवाक्येनान्तो यस्य तत्) (कटुवाक्य से मैत्री का विनाश हो जाता है), राष्ट्राणि = राज्यानि (राज्य), कुराजान्तानि = दुष्टभूपान्तानि (कुराजेनान्तो येषां तानि) (दुष्ट राजा से राष्ट्र नष्ट हो जाता है), नृणाम् — मनुष्याणां, यशः कुकर्मान्तं = कुकर्मणान्तो यस्य तत् (कुकर्म से मनुष्य का यश नष्ट हो जाता है)॥ ७१॥

हिन्दी— जिस गृह में नित्य अकारण कलह होता हो उसे जीवित रहने की इच्छा रखने वाले व्यक्ति को तत्काल छोड़ देना चाहिए॥ ७०॥

नित्य के कलह से अच्छे-अच्छे घर नष्ट हो जाते हैं, कटु वाक्यों के प्रयोग से सुदृढ़ मैत्री भी टूट जाती है, कुराजा के कारण राष्ट्र का विनाश हो जाता है और व्यक्ति का यश दुष्कर्म करने से समाप्त हो जाता है ॥ ७१ ॥

तन्न यावत्सर्वेषां संक्षयो भवति, तावदेवैतद्राजगृहं संत्यज्य वनं गच्छामः।

अथ तत्तस्य वचनमश्रद्धेयं श्रुत्वा मदोद्धता वानराः प्रहस्य प्रोचुः—"भो! भवतो वृद्धभावाद् बुद्धिवैकल्यं सञ्जातं, येनैतद् ब्रवीषि। उक्तञ्च—

वदनं दशनैर्हीनं, लाला स्रवति नित्यशः।
न मतिः स्फुरति क्वापि बाले वृद्धे विशेषतः ॥ ७२ ॥

न वयं स्वर्गसमानोपभोगान्नानाविधान्भक्ष्यविशेषान् राजपुत्रैः स्वहस्तदत्तानमृतकल्पान् परित्यज्य तत्राऽटव्यां कषायकटुतिक्तक्षाररूक्षफलानि भक्षयिष्यामः।"

तच्छ्रुत्वाऽश्रुकलुषां दृष्टिं कृत्वा स प्रोवाच –

"रे रे मूर्खाः! यूयमेतस्य सुखस्य परिणामं न जानीथ। किम्पाकरसास्वादनप्रायमेतत्सुखं परिणामे विषवद् भविष्यति। तदहं कुलक्षयं स्वयं नावलोकयिष्यामि। साम्प्रतं वनं यास्यामि। उक्तञ्च—

मित्रं व्यसनसम्प्राप्तं स्वस्थानं परपीडितम्।
धन्यास्ते ये न पश्यन्ति देशभङ्गं कुलक्षयम् ॥ ७३ ॥"

व्याख्या—सन्त्यज्य = त्यक्त्वा (छोड़कर), तत् = वृन्दम् (वानरों का झुण्ड), तस्य = यूथपस्य (यूथप के], अश्रद्धेयम् = अविश्वसनीयं (अविश्वस्त), मदोद्धताः = प्रमत्ताः (प्रमत्त), वृद्धभावात् = वार्द्धक्यात् (वृद्धावस्था के कारण), बुद्धिवैकल्यं = मतिविभ्रमः (बुद्धिविभ्रम), ब्रवीषि = कथयसि।

अन्वयः—दशनैः हीनं वदनं, नित्यशः लाला स्रवति, बाले विशेषतः वृद्धे क्वापि मतिः न स्फुरति ॥ ७२ ॥

व्याख्या—दशनैः = दन्तैः, हीनं = रहितं, वदनं = मुखम् (दाँत विहीन मुख), नित्यशः = सततं (हमेशा). लाला = सृणिका ('सृणिका स्यन्दिनी लाला' इत्यमरः) (लाल, लार), स्रवति = निःसरति (टपकती है), बाले = शिशौ (शैशवावस्था में), वृद्धे = जरति (वृद्धावस्था में), न स्फुरति = प्रसरति (स्फुरित नहीं होती है) ॥ ७२ ॥

स्वर्गसमानोपभोगान् = दिव्योपभोगान् (दिव्य उपभोगों को), नानाविधान् = अनेकविधान् (अनेक प्रकार के), स्वहस्तदत्तान् = निजकरप्रदत्तान् (प्रेम्णार्पितान्) (प्रेमपूर्वक अपने हाथ से दिए गये) अमृतकल्पान् = अमृतोपमान् (अमृत के समान), अटव्यां = वने (जङ्गल में), कषायकटुतिक्तक्षाररूक्षफलानि = विविधस्वादरहितानि (कषाय, कड़ुआ, तिक्त, नमकीन तथा नीरस फलों को), अश्रुकलुषां = वाष्पयुक्तां (अश्रुपूरित), दृष्टि = नेत्रं (आँखों से) एतस्य = अस्य (इस), परिणामं = विपाकं (फल), किम्पाकरसास्वादप्रायं = विषवृक्षफलास्वादतुल्यं

(विषवृक्ष के फल की तरह), साम्प्रतम् = इदानीम (इस समय), यास्यामि = गमिष्यामि (चला जाता हूँ)।

अन्वयः—व्यसनसंप्राप्तं मित्रं, परपीडितं स्वस्थानं, देशभङ्गं कुलक्षयं च ये न पश्यन्ति ते धन्याः (भवन्ति) ॥ ७३ ॥

व्याख्या—व्यसनं = दुःखं (कष्ट के समय), परपीडितं = शत्रुसमाक्रान्तं (शत्रुओं से अभिभूत), स्वस्थानं = स्वनिवासस्थानं (अपने निवास स्थान को), देशभंगं = देशखण्डं (देश की छिन्नावस्था), कुलक्षयं = कुलविनाशं (कुल का विनाश), ते धन्याः = श्रेष्ठाः (धन्य हैं) ॥ ७३ ॥

हिन्दी—चलो, जब तक सम्पूर्ण वानरों का बिनाश आने से पूर्व ही इस राजगृह को छोड़कर किसी वन में भाग चला जाय।

यूथप के उस अविश्वसनीय वाक्य को सुनकर मदविह्वल वानरों ने कहा—वृद्धावस्था के कारण आपकी बुद्धि भ्रम में पड़ गयी है। इसीलिए आप ऐसा परामर्श दे रहे हैं। कहा भी गया है—

मुख में दाँतों के नहीं रहने से निरन्तर लार गिरती है। अतएव बाल्यावस्था में तथा विशेषकर वृद्धावस्था में मनुष्य की बुद्धि किसी काम में विशेष रूप से प्रस्फुरित नहीं होती है ॥ ७२ ॥

हमलोग, दिव्य उपभोगों को और विविध प्रकार के भक्ष्यों तथा राजकुमारों के हाथ से स्नेहपूर्वक दिए गये अमृत तुल्य पदार्थों को छोड़कर वन में कसैले, कड़वे, तिक्त, खट्टे तथा नीरस फलों को खाने के लिए कदापि नहीं जायेंगे। यूथप ने जब वानरों के इस निष्कर्ष को सुना तो अश्रुपूरित दृष्टि से उनकी ओर देखकर कहा अरे मूर्खो! खाने में सुस्वादु विष-फल के समान यह सुख परिणाम में कितना विषमय होगा, सुख की उस अन्तिम परिणति को तुम लोग नहीं जानते हो। मैं अपनी इन आँखों से अपने ही कुल का विनाश नहीं देख सकता हूँ। अतएव मैं इसी समय वन को चला जाता हूँ। क्योंकि—दुःख में पड़े हुए मित्रों को और शत्रुओं द्वारा आक्रान्त अपने देश को यदि उनका प्रतिकार न किया जा सके तो, नहीं देखना चाहिए। वे व्यक्ति धन्य हैं जो अपने नेत्रों से स्वदेश और कुल का विनाश नहीं देखते हैं ॥ ७३ ॥

एवमभिधाय सर्वांस्तान् परित्यज्य स यूथाधिपोऽटव्यां गतः। अथ तस्मिन्गतेऽन्यस्मिन्नहनि स मेषो महानसे प्रविष्टो, यावत्सूपकारेण नान्यत्किञ्चित्समासादितं तावदर्धज्वलितकाष्ठेन ताड्यमानो जाज्वल्यमानशरीरः शब्दायमानोऽश्वकुट्यां प्रत्यासन्नवर्तिन्यां प्रविष्टः।

तत्र तृणप्राचुर्ययुक्तायां क्षितौ तस्य प्रलुठतः सर्वत्राऽपि वह्निज्वालास्तथा समुत्थिता यथा केचिदश्वाः स्फुटितलोचनाः पञ्चत्वं गताः। केचिद् बन्धनानि त्रोटयित्वा, अर्धदग्धशरीरा इतश्चेतश्च ह्रेषायमाणा धावमानाः, सर्वमपि जनसमूहमाकुलीचक्रुः।

व्याख्या—एवमभिधाय = पूर्वोक्तं वाक्यमुक्त्वा (पूर्वोक्त वाक्य को कहकर), तान् = वानरान् (सम्पूर्ण वानरों को), गतः = अगच्छत् । गते = वनं गते सति (वन में चले जाने के बाद), अन्यस्मिन्नहनि = कस्मिंश्चित् दिने (किसी दूसरे दिन), महानसे = पाकशालायां, समासादितम् = अवाप्तम् (दूसरी कोई चीज नहीं मिली तब), अर्धज्वलितकाष्ठेन = अर्धदग्ध-काष्ठेन (अधजली लकड़ी से), ताड्यमानः = हन्यमानः, जाज्वल्यमानशरीरः = प्रज्वलिताङ्गः (जलते हुए शरीर को लेकर), शब्दायमानः = शब्दं कुर्वन् (चिल्लाता हुआ), प्रत्यासन्न-वर्तिन्यां = पार्श्वस्थितायां (निकटवर्ती), तत्र = (अश्वशाला में), तृणप्राचुर्ययुक्तायां = तृण-बहुलायां (तृणयुक्त), क्षितौ = पृथिव्यां (भूमि पर), प्रलुठतः = लुठतः (लोटने से), वह्नि-ज्वाला = अग्निज्वाला, समुत्थिता = उत्थिता (ऐसी उठी कि), स्फुटितलोचनाः = नष्टदृष्टयः (आँख फूट जाने से), पञ्चत्वं = निधनम् (मृत्यु को प्राप्त हो गये); बन्धनानि = बन्धन-सूत्राणि (बँधी हुई डोरी), त्रोटयित्वा = खण्डयित्वा (तोड़कर), अर्धदग्धशरीराः = ज्वलि-तार्धकायाः (अर्धं दग्धं शरीरं येषां ते) (अर्धदग्ध), हेषायमाणाः = शब्दायमानाः (हिन-हिनाते हुए), जनसमूहं = मनुष्यसमुदायं (सभी व्यक्तियों को), आकुलीचक्रुः = व्याकुलया-मासुः (व्याकुल कर दिया) ।

हिन्दी—वानरों को समझाने के बाद (जब वे सहमत नहीं हुये तो), वह यूथप वन में चला गया। उसके चले जाने के बाद एक दिन भेंड़ ने पाकशाला में ज्योंही प्रवेश किया, भण्डारियों ने अन्य वस्तु के अभाव में आधी जली हुई लकड़ी को चलाकर मारा। अर्धदग्ध ईंधन के लगते ही उस भेंड़ के शरीर में आग लग गयी। जलता हुआ वह मेष चिल्लाकर समीपवर्ती अश्वशाला में घुस गया। और अपनी आग को बुझाने के लिए जमीन पर लोटने लगा। शुष्क घासों के इधर-उधर पड़ने के कारण अश्वशाला में भी आग लग गयी। थोड़ी देर में वहाँ ऐसी अग्निज्वाला उठीं कि कुछ घोड़ों की आँखें फूट गयीं और वे तत्काल मर गये। कुछ घोड़ों ने बन्धन को तोड़ दिया और अर्धज्वलित शरीर लेकर इधर-उधर हिनहिनाते हुए दौड़ने लगे। उनकी इस भाग-दौड़ के कारण सम्पूर्ण जनसमुदाय व्याकुल हो उठा।

अत्राऽन्तरे राजा सविषादः शालिहोत्रज्ञान् वैद्यानाहूय, प्रोवाच—"भोः ! प्रोच्यतामेषामश्वानां कश्चिद्दाहोपशमनोपायः।" तेऽपि शास्त्राणि विलोक्य प्रोचुः—"देव ! प्रोक्तमत्र विषये भवता शालिहोत्रेण, यत्—

"कपीनां मेदसा दोषो वह्निदाहसमुद्भवः।
अश्वानां नाशमभ्येति, तमः सूर्योदये यथा" ॥ ७४ ॥

तत्क्रियतामेतच्चिकित्सितं द्राक्, यावदेतेन दाहदोषेण विनश्यन्ति।

सोऽपि तदाकर्ण्य समस्तवानरवधमादिष्टवान्। किं बहुना—सर्वेऽपि ते वानरा विविधायुधलगुडपाषाणादिभिर्व्यापादिताः—इति।

अथ सोऽपि वानरयूथपस्तं पुत्रपौत्रभ्रातृसुतभागिनेयादिसंक्षयं ज्ञात्वा

विषादमुपगतः, सन्त्यक्ताहारक्रियो वनाद्वनं पर्यटति। अचिन्तयच्च—"कथमहं तस्य नृपापसदस्यानृणतां कृत्येनाऽपकृत्यं करिष्यामि।

उक्तञ्च—

मर्षयेद्धर्षणां योऽत्र वंशजां परनिर्मिताम्।
भयाद्वा यदि वा कामात् स ज्ञेयः पुरुषाऽधमः" ॥ ७५ ॥

व्याख्या—अत्रान्तरे = अवसरेऽस्मिन् (इस घटना को देखकर), सविषादः = दुःखितः (दुःखित होकर), शालिहोत्रज्ञान् = अश्वचिकित्सकान् (घोड़ों की चिकित्सा करने वाले), प्रोच्यतां = कथ्यताम्, दाहोपशमनोपायः = अग्निदाहनाशकोपायः (अग्निदोष को नष्ट करने के उपायों को), तेऽपि = चिकित्सकाः (वैद्यों ने), शास्त्राणि = अश्वचिकित्साशास्त्राणि, प्रोचुः = कथितवन्तः (कहा), प्रोक्तं = कथितम् (कहा है), अत्रविषये = अश्वानामग्निदाहावसरे (घोड़ों के जल जाने पर), शालिहोत्रेण = तन्नाम्ना महर्षिणा।

अन्वयः—अश्वानां वह्निदाहसमुद्भवः दोषः कपीनां मेदसा नाशम् अभ्येति, यथा सूर्योदये तमः (नाशमभ्येति) ॥ ७४ ॥

व्याख्या—वह्निदाहसमुद्भवः = अग्निदाहोत्थितः (अग्निदाह के कारण उत्पन्न होने वाला), कपीनां = मर्कटानां (वानरों के), मेदसा = वपया (मेद से), नाशं = विनाशम्, अभ्येति = प्राप्नोति (नष्ट हो जाता है)।

एतत् = वानरवपारूपं (वानरों की चर्बी की), चिकित्सितम् = उपचारः (दवा), द्राक् = त्वरितम् (तुरत), सोऽपि = राजाऽपि, तदाकर्ण्य = तषां वचनं श्रुत्वा (वैद्यों की बात को सुनकर), वानरवधं = वानराणां विनाशाय (वानरों को मारने का), आदिष्टवान् = आज्ञापयामास (आदेश दे दिया), व्यापादिताः = हताः (मार डाले गये), पुत्रपौत्रभ्रातृसुतभागिनेयादिसंक्षयं = स्वकुलविनाशं (अपने कुटुम्ब का विनाश), ज्ञात्वा = अवगम्य (जानकर), परम् = अत्यन्तम् (अत्यधिक), विषादमुपगतः = शोकग्रस्तः (शोकाकुल होकर), संत्यक्ताहारक्रियः = भोजनं विहाय (कृतानशनव्रत इति) (खाना पीना छोड़कर), पर्यटति = अटति, भ्रमति (घूमा करता था)। नृपापसदस्य = दुष्टस्य (दुष्ट), अनृणताम् = वैरसाधनेनानृण्यं (बैर का ऋण), कृत्येन = स्वकृत्येन (अपने द्वारा), अपकृत्य = अपकारं कृत्वा (अपकार करके), करिष्यामि = विधास्यामि।

अन्वयः—यः अत्र भयात् यदि वा कामात् यदि वा कामात् परनिर्मितां वंशजां धर्षणां मर्षयेत् स पुरुषाधमः ज्ञेयः ॥ ७५ ॥

व्याख्या—यः = पुमान् (जो व्यक्ति), भयात् = भयकारणात् (भय से) कामात् = लोभात् (लोभ से), परनिर्मितां = शत्रुकृतां (शत्रुओं द्वारा पैदा की हुई), वंशजां = कौटुम्बिकीं (स्वजन सम्बन्धी), धर्षणां = पराभवं (पराजय को), मर्षयेत् = क्षमां करोति (क्षमा करता है), सः, (उसे) पुरुषाधमः = नराधमः (पुरुषेषु अधमः) (नराधम), ज्ञेयः = ज्ञातव्यः (समझना चाहिये) ॥ ७५ ॥

हिन्दी—घोड़ों के जलने का समाचार पाकर राजा अत्यन्त दुःखी हुआ और अश्व-चिकित्सा में निपुण वैद्यों को बुलवाकर कहा—घोड़ों के जलने पर कोई उपचार हो सकता है तो आप लोग कृपया बतावें।

वैद्यों ने चिकित्साशास्त्र को देखकर कहा—"महाराज। इस विषय में भगवान् शालिहोत्र ने लिखा है कि—घोड़ों के जलने का दाह वानरों की चर्बी से उसी प्रकार समाप्त हो जाता है जिस प्रकार सूर्योदय होने से अन्धकार समाप्त हो जाता है" ॥ ७४ ॥

अग्निदाह के कारण उत्पन्न दोष से इन घोड़ों के मरने से पूर्व इस उपचार को करने का तत्काल आदेश दिया जाय।

राजा ने वैद्यों की राय से सम्पूर्ण वानरों को मार डालने का आदेश दे दिया। अधिक क्या कहूँ कि बिचारे बन्दर विभिन्न प्रकार के आयुधों लाठियों तथा पत्थरों द्वारा मार डाले गये।

उस यूथप ने जब इस समाचार को सुना तो अपने पुत्रों, पौत्रों, भतीजों, तथा भागिनेय आदि सगे सम्बन्धियों की मृत्यु से बहुत दुःखी हुआ। खाना-पीना छोड़कर वह इधर-उधर जंगलों में घूमने लगा और निरन्तर इस बात को सोचता रहा कि—"मैं किस प्रकार इस कृतघ्न राजा का अपकार करके अपने सम्बन्धियों की मृत्यु का बदला चुका लूँ। कहा भी गया है—

भय के कारण या लोभ के वशीभूत होकर जो व्यक्ति शत्रुओं द्वारा उत्पन्न की हुई अपने वंश की अवमानना (पराजय) को मौन होकर सह लेता है, उसे नराधम समझना चाहिये" ॥ ७४ ॥

अथ तेन वृद्धवानरेण कुत्रचित्पिपासाकुलेन भ्रमता पद्मिनीखण्डमण्डितं सरः समासादितम्। तद्यावत्सूक्ष्मेक्षिकयाऽवलोकयति तावद् वनचरमनुष्याणां पदपङ्क्तिप्रवेशोऽस्ति न निष्क्रमणम्। ततश्चिन्तितम् "नूनमत्र जलान्ते दुष्ट-ग्राहेण भाव्यम्। तत्पद्मिनीनालमादाय दूरस्थोऽपि जलं पिबामि।"

तथाऽनुष्ठिते तन्मध्याद्राक्षसो निष्क्रम्य, रत्नमालाविभूषितकण्ठस्तमुवाच—"भोः! अत्र यः सलिले प्रवेशं करोति स मे भक्ष्यः इति। तन्नाऽस्ति धूर्ततर-स्त्वत्समोऽन्यो यः पानीयमनेन विधिना पिबति। ततस्तुष्टोऽहं, प्रार्थयस्व हृदयवाञ्छितम्।"

कपिराह—"भोः! कियती ते भक्षणशक्तिः?"

स आह—"शतसहस्रायुतलक्षाण्यपि जलप्रविष्टानि भक्षयामि। बाह्यतः शृगालोऽपि मां धर्षयति।"

वानर आह—"अस्ति मे केनचिद् भूपतिना सहाऽत्यन्तं वैरम्। यद्येनां रत्नमालां मे प्रयच्छसि, तत्सपरिवारमपि तं भूपतिं वाक्यप्रपञ्चेन लोभयित्वाऽत्र सरसि प्रवेशयामि।"

सोऽपि श्रद्धेयं वचस्तस्य श्रुत्वा रत्नमालां दत्वा प्राह—"भो मित्र ! यत्समुचितं भवति तत्कर्त्तव्यम्" इति ।

व्याख्या—पिपासाकुलेन = पिपासितेन (प्यास से व्याकुल होकर), पद्मिनीखण्डमण्डितं = कमलिनीकदम्बशोभितं (कमलिनी से सुशोभित), सरः = तडाग (तालाब को), समासादितम् = अवाप्तम् (देखा), सूक्ष्मेक्षिकया = सूक्ष्मदृष्ट्या (सूक्ष्म दृष्टि से), वनचर-मनुष्याणां = वनचरजीवानां (वने चरन्तीति वनचराः) (जङ्गली जीवों की), पदपङ्क्तिः = चरणचिह्नावलिः (चरणचिह्नावली), न निष्क्रमणं = न च निर्गमः (निकलती हुई नहीं थी)। जलान्ते = जलमध्ये (जल में), दुष्टग्राहेण = दुष्टमकरेण (दुष्ट मगर), भाव्यम् = भवितव्यम् (रहता होगा), पद्मिनीनालं = कमलिनीदण्डम् (कमलिनी के नाल को) दूरस्थोऽपि = बहिः स्थितः सन् (बाहर से ही), निष्क्रम्य = बहिरागत्य (बाहर निकल कर), धूर्ततरः = प्रवञ्चकः (चतुरतर इति भावः), पानीयं = जलम् (जल), तुष्टः = प्रसन्नः, हृदयवाञ्छितं = मनोऽभिलषितम् (मनोवाञ्छित वस्तु) । भक्षणशक्तिः = भोजनसामर्थ्यम् (भोजन की शक्ति), अयुतं = दशसहस्रं (१० हजार), जलप्रविष्टानि = जलान्तर्गतानि (जल के भीतर आये हुए जीवों को), बाह्यतः = बहिः स्थितः सन् (बाहर निकलने पर), धर्षयति = तिरस्करोति = (प्रवञ्चयतीति) (पराभूत कर सकता है)। भूपतिना = राज्ञा (राजा से) वैरं = द्वेषः (शत्रुता), वाक्प्रपञ्चेन = वाग्जालेन (वाग्जाल से), लोभयित्वा = प्रवंच्य (धोखा देकर), प्रवेशयामि = निवेशयामि (प्रविष्ट करा दूँगा), श्रद्धेयं = विश्वासयोग्यं (विश्वास के योग्य) यत्समुचितं = यद्युक्तं (जो उचित हो), तत्कर्त्तव्यम् = विधेयम् (करना)।

हिन्दी—कभी उस वृद्ध वानर ने प्यास से व्याकुल होकर इधर-उधर जल की खोज में घूमते हुए कमलिनी से सुशोभित एक तालाब को देखा। उसने जब ध्यान से देखा तो वहाँ तालाब में प्रवेश करने वाले जीवों का पद-चिह्न दिखाई पड़ा किन्तु उनके निकलने का कोई चिह्न नहीं था। इसे देखकर उसने सोचा कि इस तालाब में कोई न कोई दुष्ट मगर अवश्य रहता है। अतः भीतर प्रवेश करना ठीक नहीं होगा। बाहर से ही कमल-नाल के सहारे जल पी लेता हूँ।

वह कमल-नाल के द्वारा जल पी रहा था कि तालाब के भीतर से एक राक्षस निकला। वह रत्न की अत्यन्त सुन्दर माला धारण किये हुए था। वानर को देखकर उसने कहा— "अरे, वानर ! इस जल के भीतर जो प्रवेश करता है वह मेरा भक्ष्य होता है। तुम्हारे समान धूर्त मैंने नहीं देखा। क्योंकि तुम जल में प्रवेश किये बिना ही कमल-नाल से जल पी रहे हो। मैं तुम्हारी चतुरता से तुझ पर प्रसन्न हूँ। तुम्हारी जो मनोकामना हो वह माँग लो।"

वानर ने पूछा—"तुम कितने जीवों को खा सकते हो ?"

राक्षस ने कहा—"जल में प्रविष्ट एक सौ, हजार, दसहजार, लाख व्यक्तियों को भी खा सकता हूँ, किन्तु जल से बाहर निकलने पर एक शृगाल भी मुझे विजित कर सकता है।"

यह सुनकर उस वानर ने कहा—"एक राजा के साथ मेरा आत्यन्तिक वैर है।

यदि इस रत्नमाला को तुम मुझे दे दो तो मैं अपनी वाक् चातुरी से प्रलोभित करके सकुटुम्ब उस राजा को तालाब के भीतर प्रविष्ट करा सकता हूँ।"

राक्षस ने उस वानर के विश्वास योग्य वाक्य को सुनकर रत्नमाला को देते हुए कहा—"मित्र ! जो तुम्हें उचित प्रतीत हो वह करना।"

वानरोऽपि रत्नमालाविभूषितकण्ठो वृक्षप्रासादेषु परिभ्रमञ्जनैर्दृष्टः, पृष्टश्च—"भो यूथप ! भवानियन्तं कालं कुत्र स्थितः ?

भवता ईदृग्रत्नमाला कुत्र लब्धा, दीप्त्या सूर्यमपि तिरस्करोति।" वानरः प्राह—"अस्ति कुत्रचिदरण्ये गुप्ततरं महत्सरो धनदनिर्मितम्। तत्र सूर्येऽर्धोदिते रविवारे यः कश्चिन्निमज्जति, स धनदप्रसादादीदृग्रत्नमालाविभूषितकण्ठो निःसरति।"

अथ भूभुजा तदाकर्ण्य, स वानरः समाहूतः, पृष्टश्च—"भो यूथाऽधिप ! किं सत्यमेतत्, रत्नमालासनाथं सरोऽस्ति क्वाऽपि ?"

कपिराह—"स्वामिन् ! एष प्रत्यक्षतया मत्कण्ठस्थितया रत्नमालया प्रत्ययस्ते। तद्यदि रत्नमालया प्रयोजनं तन्मया सह कमपि प्रेषय, येन दर्शयामि।"

तच्छ्रुत्वा नृपतिराह—"यद्येवं, तदहं सपरिजनः स्वयमेष्यामि, येन प्रभूता रत्नमालाः उत्पद्यन्ते।"

वानर आह—"एवं क्रियताम्।"

व्याख्या—रत्नमालाविभूषितकण्ठः = रत्नमालाऽलङ्कृतकण्ठः (रत्नमालया विभूषितः कण्ठो यस्य सः) (रत्नमाला से सुशोभित कण्ठ होकर), वृक्षप्रासादेषु = वृक्षेषु प्रासादेषु च (क्रमशः) (वृक्षों और प्रासादों पर)। इयन्तं कालम् = एतत्कालपर्यन्तं (इतने दिनों तक), लब्धा = प्राप्ता (मिली), दीप्त्या = कान्त्या (अपनी कान्ति से), तिरस्करोति = परिभवति (पराभूत कर रही है), गुप्ततरं = सुगोप्यं (अत्यन्तगुप्त), धनदनिर्मितं = (कुबेर द्वारा निर्मित), सूर्येऽर्धोदिते = अर्धोदिते भास्करे (अर्ध सूर्योदय के समय), निमज्जति = स्नाति (स्नान करता है), धनदप्रसादात् = कुबेरप्रसादात् (कुबेर के प्रसाद से), ईदृक् = एतादृक् (इसी प्रकार दीप्तियुक्त), निःसरति = सरोवरान्निःसरतीति भावः (तालाब से निकलता है), भूभुजा = राज्ञा (राजा ने), समाहूतः = आहूतः (बुलवाया), रत्नमालासनाथं = रत्नमालायुक्तम् (रत्न मालाओं से युक्त), क्वापि = कुत्रापि (कहीं पर है ?) प्रत्यक्षतया = प्रत्यक्षरूपतया (प्रत्यक्ष रूप से) प्रत्ययः = विश्वासः (विश्वास कर सकते हैं), सपरिजनः = सपरिवारः, सानुचरश्च (सम्पूर्ण अनुचरों के साथ), एष्यामि = गमिष्यामि (चलूँगा)। प्रभूताः = विपुलाः (बहुत सी), लभ्यन्ते = मिलन्ति (मिल जायेंगी)।

हिन्दी—राक्षस की दी हुई माला को कण्ठ में धारण करके वह वानर वृक्षों और भवनों पर क्रमशः घूमता हुआ पुरवासियों की दृष्टि में पड़ गया। नगरवासियों ने प्रेमपूर्वक उससे

पूछा—"अरे, यूथप ! आप इतने दिनों तक कहाँ रहे ? इतनी सुन्दर रत्नमाला आपको कहाँ से मिल गई ? यह तो अपनी कान्ति से सूर्य को भी तिरस्कृत कर दे रही है।"

वानर ने उत्तर दिया—"वन में कुबेर द्वारा निर्मित एक अत्यन्त गुप्त तालाब है। उस तालाब में, अर्ध सूर्योदय-काल में जो स्नान करता है वह कुबेर के प्रसाद से (कुबेर की कृपा से), ऐसी ही रत्नमाला से सुशोभितकण्ठ होकर तालाब से बाहर निकलता है।"

राजा ने जब इस समाचार को सुना तो उस यूथप को बुलवा कर पूछा—"यूथाधिप ! क्या यह बात सत्य है ? कहीं पर रत्नमालाओं से युक्त तालाब है ?"

कपिपति ने कहा—"स्वामिन् ! इतना तो मेरे कण्ठ में प्रत्यय रूप से स्थित इस रत्नमाला को देखकर ही विश्वास किया जा सकता है। यदि श्रीमान् को रत्नमालाओं की आवश्यकता है, तो मेरे साथ किसी को भेज दीजिये। मैं उसे भी वह सरोवर दिखा दूँगा।"

यह सुनकर राजा ने कहा—"यदि यह बात सत्य है, तो मैं स्वयं अपने सम्पूर्ण परिवार के साथ वहाँ चलूँगा। चलने से मेरे पास बहुत सी रत्नमालाएँ हो जायेंगी।"

वानर ने कहा—ठीक है, आप स्वयं चल सकते हैं।

तथाऽनुष्ठिते, भूपतिना सह रत्नमालालोभेन सर्वे कलत्रभृत्याः प्रस्थिताः। वानरोऽपि राज्ञा दोलाऽधिरूढेन स्वोत्सङ्गे आरोपितः सुखेन प्रीतिपूर्वमानीयते। अथवा साध्विदमुच्यते—

> **"तृष्णे ! देवि ! नमस्तुभ्यं, यया वित्ताऽन्विता अपि।**
> **अकृत्येषु नियोज्यन्ते, भ्राम्यन्ते दुर्गमेष्वपि॥ ७६॥**

तथा च—

> **इच्छति शती सहस्रं, सहस्री लक्षमीहते।**
> **लक्षाऽधिपस्तथा राज्यं, राज्यस्थः स्वर्गमीहते॥ ७७॥**

> **जीर्यन्ते जीर्यतः केशाः, दन्ता जीर्यन्ति जीर्यतः।**
> **जीर्यतश्चक्षुषी श्रोत्रे, तृष्णैका तरुणायते॥" ७८॥**

व्याख्या—कलत्र-भृत्याः=कलत्राणि=भार्याः, भृत्याः=सेवकाः (राजा की स्त्रियाँ तथा सेवक), दोलाधिरूढेन=प्रेङ्खाश्रितेन ('दोला प्रेङ्खादिका स्त्रियाम्' इत्यमरः) (डोली में बैठे हुये), स्वोत्सङ्गे=स्वक्रोडे (अपनी गोद में), आरोपितः=स्थापितः (उपवेशितः) (बैठाकर), आनीयते=नीयते (ले जाने लगा)।

अन्वयः—देवि, तृष्णे ! तुभ्यं नमः (यतो हि) यया वित्तान्विता अपि अकृत्येषु नियोज्यन्ते दुर्गमेषु अपि भ्राम्यन्ते॥ ७६॥

शती सहस्रम् इच्छति, सहस्री लक्षम् ईहते, लक्षाधिपः राज्यं तथा राज्यस्थः स्वर्गम् ईहते॥ ७७॥

जीर्यतः केशाः जीर्यन्ते, जीर्यतः दन्ता जीर्यन्ति, जीर्यतः चक्षुषी श्रोत्रे च (जीर्येते), (किन्तु) एका तृष्णा **तरुणायते**॥ ७८॥

व्याख्या—तुभ्यं = तृष्णायै (तृष्णा को = तुमको), यया = तृष्णया (जिस तृष्णा के वशीभूत होकर), वित्तान्विताः = अर्थवन्तः (संपन्न जन), अकृत्येषु = अनुचिताचरणेषु, अकरणीयकार्येषु (अनुचित कार्य में), नियोज्यन्ते = योज्यन्ते (लगा दिये जाते हैं), दुर्गमेषु = अगम्येषु स्थानेषु (अगम्य स्थानों में), भ्राम्यन्ते = परिभ्राम्यन्ते, प्राप्यन्ते, (पहुँचा दिये जाते हैं) ॥ ७६ ॥

शती = शताधिपः (शतमस्यास्तीति शती) (शताधिप), सहस्रं = सहस्रसंख्यापरिमितं (हजार), सहस्री = सहस्राधिपः (सहस्राधिप), लक्षं = लक्षसंख्यापरिमितम् (लाख), ईहते = कामयते (चाहता है), राज्यस्थः = राजा, स्वर्गं = देवलोकम् ईहते ॥ ७७ ॥

जीर्यतः = जीर्यमाणस्य (वृद्ध व्यक्ति के), केशाः = लोमानि (बाल), दन्ताः = रदाः (दाँत), चक्षुषी = नेत्रे (आँख), श्रोत्रे = श्रोत्रेन्द्रिये (कान), तृष्णा = स्पृहा, इच्छा (तृष्णा), तरुणायते = नवीनतामाप्नोति (तरुणीवाचरतीति तरुणायते = नवयौवनं प्राप्नोति) (तरुणावस्था को प्राप्त होती रहती है) ॥ ७८ ॥

हिन्दी—राजा के प्रस्थानकाल में रत्नमाला प्राप्त करने की इच्छा से राजा की स्त्रियाँ तथा भृत्य भी चलने को प्रस्तुत हो गये। पालकी में बैठे हुए राजा ने प्रीतिपूर्वक उस वृद्ध वानर को अपनी गोद में बैठा लिया और वह सुखपूर्वक राजा के साथ चलने लगा।

अथवा, ठीक ही कहा गया है—

"हे देवि, तृष्णे ! तुमको प्रणाम है। (क्योंकि) तृष्णा के वशीभूत होकर श्रेष्ठ जन भी अनुचित कार्य में प्रवृत्त हो जाते हैं और दुर्गम स्थानों में भटकते फिरते हैं ॥ ७६ ॥

शताधिप सहस्राधिप बनने की इच्छा करता है, सहस्राधिप लक्षाधिप बनने का प्रयास करता है, लक्षाधिप राज्य की कामना करता है और राजा स्वर्ग को हस्तागत करने की चेष्टा करता है। तृष्णा के वशीभूत होकर हर व्यक्ति आगे बढ़ना चाहता है (किन्तु मनुष्य की कामनाएँ अपरिमित होती हैं, उनका कभी भी अन्त नहीं होता है) ॥ ७७ ॥

वृद्धावस्था में बाल, दाँत, आँख और कान आदि सभी इन्द्रियाँ शिथिल हो जाती हैं, मनुष्य अशक्त हो जाता है किन्तु उसकी तृष्णा नित्य प्रति युवावस्था को प्राप्त होती रहती है। मनुष्य की कामनायें कभी भी पूर्ण नहीं होती हैं, वह नित्य नवयौवना युवती की भाँति नवीन होती चली जाती हैं" ॥ ७८ ॥

अथ तत्सरः समासाद्य वानरः प्रत्यूषसमये राजानमुवाच—"देव ! अत्राऽर्धोदिते सूर्येऽन्तःप्रविष्टानां सिद्धिर्भवति तत्सर्वोऽपि जन एकदैव प्रविशतु। त्वया पुनर्मया सह प्रवेष्टव्यं, येन पूर्वदृष्टस्थानमासाद्य, प्रभूतास्ते रत्नमाला दर्शयामि।"

अथ प्रविष्टास्ते लोकाः सर्वे भक्षिता राक्षसेन। अथ तेषु चिरमाणेषु राजा वानरमाह—"भो यूथाधिप ! किमिति चिरायते मे परिजनः ?"

तच्छ्रुत्वा वानरः सत्वरं वृक्षमारुह्य, राजनमुवाच—"भो दुष्टनरपते! राक्षसेनान्तःसलिलस्थितेन भक्षितस्ते परिजनः। साधितं मया कुलक्षयजं बैरम्, तद् गम्यताम्। त्वं स्वामीति मत्वा नाऽत्र प्रवेशितः। उक्तं च—

कृते प्रतिकृतं कुर्याद्धिंसिते प्रतिहिंसितम्।
न तत्र दोषं पश्यामि, यो दुष्टे दुष्टमाचरेत्॥ ७९॥

तत्वया मम कुलक्षयः कृतः, मया पुनस्तव" इति।

अथैतदाकर्ण्य, राजा कोपाविष्टः पदातिरेकाकी यथायातमार्गेण निष्क्रान्तः। अथ तस्मिन् भूपतौ गते राक्षसस्तृप्तो जलान्निष्क्रम्य सानन्दमिदमाह—

"हतः शत्रुः, कृतं मित्रं, रत्नमाला न हारिता।
नालेन पिबता तोयं भवता साधु वानर!॥ ८०॥"

अतोऽहं ब्रवीमि—"यो लौल्यात्कुरुते कर्म" इति।

व्याख्या—प्रत्यूषसमये = प्रभातसमये (उषःकाल में), अत्र = सरसि (इस तालाब में), अर्धोदिते = अर्धोदयकालिके (सूर्य के अर्धोदय काल में), अन्तःप्रविष्टानां = मध्ये प्रविष्टानां (तालाब के भीतर प्रवेश करने वाले को), सिद्धिः = मनोरथपूर्तिः (रत्नमालाप्राप्तिः) (रत्न-माला की प्राप्ति), एकदैव = एकस्मिन्काले (एक ही समय में), लोकाः = जनसमुदायः (सभी लोग), अथ = कियत्कालानन्तरं (कुछ काल के बाद), तेषु = राजपरिवारेषु (राजकुटुम्ब के सदस्यों के), चिरमाणेषु = विलम्बायमानेषु (अधिक देर करने पर), चिरायते = अतिकालायते (देर कर रहे हैं)। सत्वरं = अतिशीघ्रं (तत्काल), अन्तःसलिलस्थितेन = जलमध्यगतेन (जल में रहनेवाले), साधितं = सम्पादितं (चुका लिया), कुलक्षयजं = कुटुम्बक्षयेनोत्पन्नं (कुल क्षय से उत्पन्न), स्वामीति मत्वा = कुलप्रभुः मम पालकश्चेति विचार्य (आप मेरे पालक तथा इस कुटुम्ब के स्वामी हैं, यह सोचकर), अत्र = सरसि (तालाब में), न प्रवेशितः (नहीं प्रवेश करने दिया)।

कृते = अपकृते (अपकार के समय, अपकार करनेवाले व्यक्ति का), प्रतिकृतं = प्रति-कारं (प्रतीकार) हिंसिते = मारणे, हते सति (मारने के समय), प्रतिहिंसितम् = प्रतिवधः (मारना), दुष्टे = दुष्टजने (दुष्ट व्यक्ति के प्रति), दुष्टम् = दण्डादिकं (दुष्टता या दण्ड आदि), तत्र = तस्मिन् कार्ये (उस कार्य में प्रतिकार करने में), दोषं न पश्यामि॥ ७९॥

त्वया = भूपतिना (तुमने), कुलक्षयः = कुलविनाशः (कुल का विनाश), मया = वानरेण (मैंने), कोपाविष्टः = क्रोधाभिभूतः (क्रोधाभिभूत होकर), पदातिः = पादचारी (पैदल), यथायातमार्गेण = येनायातस्तेनैव पथा (जिस मार्ग से आये थे उसी से), निष्क्रान्तः = गतः (चले गये)। गते = प्रयाते (चले जाने पर) तृप्तः = सुतृप्तः (तृप्त होकर), आह।

हतः = निहतः (मार डाला), कृतं मित्रं = मया सह मैत्री कृता (मेरे साथ मित्रता भी

कर ली), हारिता = त्यक्त (खोये) हे वानर ! साधु = कुशलोऽसि इति (तुम पूर्ण चतुर हो) ॥ ८० ॥

हिन्दी—उषाकाल में उस तालाब के किनारे पहुँचकर वानर ने राजा से कहा—"देव ! सूर्य के अर्धोदय काल में ही इस तालाब में प्रवेश करने से अभीष्ट (रत्नमाला) की सिद्धि (प्राप्ति) होती है। अतः सभी लोग एक ही समय में प्रवेश करें तो अच्छा होगा। और आप (अभी रुक जाइये), मेरे साथ प्रवेश कीजियेगा, जिससे मैं पूर्व परिचित स्थान में आपको ले चलकर असंख्य रत्नमालाओं को दिखाऊँगा।"

उस तालाब में प्रवेश करते ही राजा के सम्पूर्ण परिवार को वह राक्षस खा गया। अपने परिजनों को देर करते देखकर राजा ने वानर से पूछा—"यूथाधिप ! मेरे अनुयायी लोग अभी तक बाहर नहीं निकले, उसके निकलने में देर क्यों हो रही है ?"

राजा के प्रश्न को सुनकर वह वानर तत्काल एक वृक्ष पर चढ़ गया और ऊपर से ही उत्तर दिया—"अरे नीच भूपति ! जलाशय में निवास करने वाले राक्षस ने तुम्हारे परिजनों को खा लिया है। मैंने अपने कुल के विनाश का बदला चुका लिया। तुम यहाँ से जा सकते हो। तुमको अपना पालक समझकर मैंने जलाशय में प्रवेश नहीं करने दिया। कहा भी गया है कि—अपकार के समय अपकार करने वाले व्यक्ति का अपकार करना, मारते समय मारनेवाले व्यक्ति को मारना और दुष्ट व्यक्ति के प्रति दुष्टता का आचरण करना उचित है। ऐसा करने पर दोष नहीं होता है अतः तुम्हारे प्रति किये गये आचरण को मैं दोष-युक्त नहीं समझता हूँ ॥ ७९ ॥

तुमने मेरे कुल का विनाश किया है, अतः मैंने तुम्हारे कुल का नाश कर दिया है।

वानर के उक्त वाक्य को सुनकर राजा क्रोधाभिभूत होकर, पैदल ही जिस मार्ग से आया था वापस चला गया। राजा के चले जाने पर राक्षस ने जलाशय से बाहर निकलकर अत्यन्त प्रसन्नता के साथ कहा—कमल के नाल से जल पीने की निपुणता दिखाकर तुमने अपने शत्रु का विनाश कर दिया, मेरे साथ मित्रता भी कर ली, और रत्नमाला को कहीं खोया भी नहीं, वानरराज ! तुम्हारी बुद्धि धन्य है। वस्तुतः तुम एक चतुर वानर हो ॥ ८० ॥

एवमुक्त्वा, भूयोऽपि स चक्रधरमाह—"भो मित्र ! प्रेषय मां, येन स्वगृहं गच्छामि।"

चक्रधर आह—"भद्र ! आपदर्थे धनमित्रसङ्ग्रहः क्रियते। तन्मामेवंविधं त्यक्त्वा क्व यास्यसि ? उक्तं च—

यस्त्यक्त्वा सापदं मित्रं याति निष्ठुरतां वहन्।
कृतघ्नस्तेन पापेन नरके यात्यसंशयम्" ॥ ८१ ॥

सुवर्णसिद्धिराह—भोः, सत्यमेतद्यदि गम्यस्थाने शक्तिर्भवति। एतत्पुनर्मनुष्याणामगम्यस्थानम्। नाऽस्ति कस्याऽपि त्वामुन्मोचयितुं शक्तिः। अपरं यथा

यथा चक्रभ्रमवेदनया तव मुखविकारं पश्यामि तथा-तथाऽहमेतज्जानामि यत्-द्राग् गच्छामि, मा कश्चिन्ममाऽप्यनर्थो भवेदिति । यतः—

> यादृशी वदनच्छाया दृश्यते तव वानर ।
> विकालेन गृहीतोऽसि, यः परैति स जीवति' ॥ ८२ ॥

चक्रधर आह—कथमेतत् ? सोऽब्रवीत्—

व्याख्या—प्रेषय मां = गमनायानुमतिं प्रयच्छ (चलने की आज्ञा दो)। आपदर्थे = आपदर्थम् (आपत्तितः परित्राणार्थमिति भावः) (आपत्ति के समय सहयोग के लिए), धनमित्र-सङ्ग्रहः = धनानां मित्राणां च सञ्चयः (धन एवं मित्र का सञ्चय) एवंविधं = चक्राकुलं (चक्र से पीड़ित), क्व यास्यसि = कुत्र गच्छसि (कहाँ जा रहे हो) ।

अन्वयः—यः सापदं मित्रं त्यक्त्वा निष्ठुरतां वहन् याति, (सः) कृतघ्नः तेन पापेन असंशयं नरके याति ॥ ८१ ॥

व्याख्या—सापदं = विपद्ग्रस्तं (विपत्ति में पड़े हुए), त्यक्त्वा = परिहाय (छोड़ कर), निष्ठुरतां = नैष्ठुर्यं (निष्ठुरता), वहन् = धारयन् (धारण करके), कृतघ्नः = अकृतज्ञः (कृत हन्तीति कृतघ्नः) (कृतघ्नता को प्राप्त होकर), तेन पापेन = मित्रत्यागरूपेण पापेन, कृतघ्नतया वा (मित्र के प्रति कृतघ्नता का व्यवहार करने से), नरके, याति = गच्छति ॥८१॥

गम्यस्थाने = गमनयोग्ये स्थाने (जाने योग्य स्थान में), मोचयितुम् = उन्मोचयितुं (छुड़ाने की), शक्तिः = सामर्थ्य), मुखविकारं = वदनविकृतिं (मुख की आकृति को) द्राग् = त्वरितम् (अति शीघ्र), अनर्थः = आपत्तिः (विपत्ति), भवेदिति ।

अन्वयः—हे वानर ! यादृशी तव वदनच्छाया दृश्यते (तेन ज्ञायते) विकालेन गृहीतोऽसि, यः परैति स जीवति ॥ ८२ ॥

व्याख्या—यादृशी = यथा (जैसी), वदनच्छाया = मुखदीप्तिः (मुख की कान्ति), दृश्यते, तेन सुस्पष्टमेवेति ज्ञायते यत्—विकालेन = विकालाख्यराक्षसेन, विशेषविपत्त्या वा (किसी आपत्ति या राक्षस से), गृहीतोऽसि = निगृहीतोऽसि (अभिभूत हो), अतः—यः = पुरुषः (जो व्यक्ति), परैति = पलायते (तुमसे दूर भाग जायेगा) जीवति = जीवनं धारयिष्यति (जीवित बच सकेगा) ॥ ८२ ॥

हिन्दी—अतएव मैं कहता हूँ कि जो लोभ के कारण कार्य करता है···आदि । उक्त कथा को सुनाने के बाद सुवर्णसिद्धि ने पुनः चक्रधर से कहा—"मित्र ! अब मुझे जाने की अनुमति दो जिससे मैं घर जा सकूँ ।"

चक्रधर ने कहा—"भद्र ! विपत्ति काल में सहयोग करने के लिए ही धन एवं मित्र का सञ्चय किया जाता है । तुम मुझे इस स्थिति में छोड़कर कहाँ जाओगे ? क्योंकि—जो व्यक्ति आपत्ति में पड़े हुए मित्र को छोड़कर निष्ठुरतापूर्वक चला जाता है, वह कृतघ्न, उसी पाप के कारण निःसन्देह नरक का भागी बनता है" ॥ ८१ ॥

सुवर्णसिद्धि ने कहा—"तुम ठीक कहते हो। यदि इस स्थान में रहने की शक्ति होती तो मैं अवश्य रह जाता। यह स्थान मनुष्य के ठहरने योग्य नहीं है। और तुम्हें इस चक्र से छुड़ाने का सामर्थ्य किसी में नहीं है। दूसरी बात यह है कि-जैसे-जैसे इस चक्र के घूमने से पीड़ा के कारण तुम्हारी बदलती हुई मुखाकृति को देखता हूँ तो, उससे मैं इस निष्कर्ष पर पहुँचता हूँ कि—मुझे यहाँ से अतिशीघ्र चला जाना चाहिये। कहीं ऐसा न हो कि मैं भी किसी आपत्ति में पड़ जाऊँ। क्योंकि—"कहा गया है—हे वानर! जैसी तुम्हारे मुख की कान्ति दिखाई पड़ती है, उससे यह स्पष्ट हो जाता है कि तुम विकाल नाम के राक्षस से अभिभूत हो चुके हो (किसी विशेष विपत्ति में पड़े हुए हो) अतः जो यहाँ से दूर भाग जायेगा वही जीवित बच सकेगा" ॥ ८२ ॥

चक्रधर ने पूछा—कैसे ? सुवर्णसिद्धि ने कहा—

१० विकाल-वानर-कथा

"कस्मिंश्चिन्नगरे भद्रसेनो नाम राजा प्रतिवसति स्म। तस्य सर्वलक्षणसंपन्ना रत्नवती नाम कन्याऽस्ति। तां कश्चिद्राक्षसो जिहीर्षति। रात्रावागत्योपभुङ्क्ते, परं कृतरक्षोपधानां तां हर्तुं न शक्नोति। साऽपि तत्समये रक्षःसांनिध्यजामवस्थामनुभवति कम्पादिभिः।

एवमतिक्रामति काले कदाचित्स राक्षसो मध्यनिशायां गृहकोणे स्थितः। साऽपि राजकन्या स्वसखीमुवाच—"सखि! पश्यैष विकालः समये नित्यमेव मां कदर्थयति। अस्ति तस्य दुरात्मनः प्रतिषेधोपायः कश्चित् ?"

तच्छ्रुत्वा राक्षसोऽपि व्यचिन्तयत्—"नूनं यथाऽहं, तथाऽन्योऽपि कश्चिद्विकालनामाऽस्या हरणाय नित्यमेवागच्छति, परं सोऽप्येनां हर्तुं न शक्नोति। तत्तावदश्वरूपं कृत्वाश्वमध्यगतो निरीक्षयामि— किंरूपः सः किंप्रभावश्चेति ?" एवं राक्षसोऽश्वरूपं कृत्वाऽश्वानां मध्ये तिष्ठति।

व्याख्या—सर्वलक्षणसपन्ना=सर्वलक्षणयुक्ता (सभी लक्षणों से युक्त), कन्या=पुत्री, जिहीर्षति=हर्तुमिच्छति (हरना चाहता था), उपभुङ्क्ते=तया सह कामक्रीडां करोति (दुराचार करता था), कृतरक्षोपधानां=कृतरक्षाविधानां (मन्त्रादिभिः परिरक्षितामित्यर्थः, कृतं रक्षाया उपधानं यस्याः सा ताम्) (मन्त्रादि द्वारा अभिरक्षित उस कन्या को) हर्तुं=नेतुं (हरण नहीं कर पाता था), तत्समये=राक्षसस्यागमनकाले, रतिसमये वा (रति काल में), रक्षःसांनिध्यजां=राक्षसागमनकालिकीं (राक्षस के आगमन की), कम्पादिभिः=शरीरकम्पनादिभिः (शरीर के कांपने से), अतिक्रामति=गच्छति (गुजरते हुए), मध्यनिशायाम्=

अर्धरात्रे (अर्धरात्रि के समय), विकालः = विकालनामा, विकरालाकृतिर्वा (विकराल आकृति वाला), समये = निशीथे (रात्रि में) कदर्थयति = पीडयति (कष्ट देता है), प्रतिषेधोपायः = निरोधोपायः (रोकने का उपाय), अन्योऽपि (दूसरा भी कोई), अस्याः = कन्यायाः (कन्या का), एनां = कन्यां (कन्या को), अश्वरूपं कृत्वा = घोटकरूपं विधाय (घोड़े का रूप धारण कर), अश्वमध्यगतः = अश्वानां मध्ये स्थितः सन् (घोड़ों के बीच में रहकर), निरीक्षयामि = पश्यामि (देखता हूँ), किंप्रभावः = किंविक्रमः (कितनी शक्ति वाला है)।

हिन्दी—किसी नगर में भद्रसेन नामक का राजा रहता था। उसकी सभी लक्षणों से युक्त रत्नवती नाम की एक कन्या थी। उस कन्या को एक राक्षस हरना चाहता था। रात्रि में आकर वह उसके साथ कामक्रीडा किया करता था किन्तु मन्त्र-यन्त्रादि द्वारा अभिरक्षित होने के कारण उसका अपहरण नहीं कर पाता था। रात्रि के समय वह कन्या अपने शरीर के प्रकम्पन आदि से राक्षस के आगमन का आभास पा जाती थी।

इसी तरह कुछ दिन व्यतीत हो गये। एक दिन वह राक्षस आकर घर के एक कोने में बैठ गया। इसी बीच उस राजकन्या ने अपनी सखी से कहा—"हे सखि ! देखो, यह विकाल नामका राक्षस (अत्यन्त भीषण आकृतिवाला), नित्य रात्रि में मुझे कष्ट पहुँचाता है। क्या इस दुष्ट के प्रतिरोध का कोई उपाय हो सकता है ?"

राजकन्या के उक्त वाक्य को सुनकर राक्षस ने सोचा—"जिस प्रकार मैं इसका अपहरण करना चाहता हूँ उसी तरह जान पड़ता है कोई दूसरा भी विकाल नाम का राक्षस इसको हरने के लिये प्रतिदिन आया करता है, किन्तु वह भी इसका अपहरण नहीं कर पाता है।

मैं अश्व का रूप धारणकर घोड़ों के बीच में बैठ जाता हूँ और देखता हूँ, वह कितना सुन्दर तथा कितना प्रभावशाली है ?"

वह राक्षस अश्व का रूप धारणकर घोड़ों के बीच में खड़ा हो गया।

तथाऽनुष्ठिते निशीथसमये राजगृहे कश्चिदश्वचौरः प्रविष्टः। स च सर्वानश्वानवलोक्य, तं राक्षसमश्वतमं विज्ञायाऽधिरूढः।

अत्राऽन्तरे राक्षसश्चिन्तयामास —"नूनमेष विकालनामा मां चौरं मत्वा कोपान्निहन्तुमागतः। तत्किं करोमि ?" एवं चिन्तयन् सोऽपि तेन खलीनं मुखे निधाय, कशाघातेन ताडितः। अथाऽसौ भयत्रस्तमनाः प्रधावितुमारब्धः।

चौरोऽपि दूरं गत्वा, खलीनाकर्षणेन तं स्थिरं कर्तुमारब्धवान्। स तु वेगाद्वेगतरं गच्छति। अथ तं तथा गणितखलीनाकर्षणं मत्वा चौरश्चिन्तयामास—"अहो, नैवंविधा वाजिनो भवन्त्यगणितखलीनाः। तन्नूनमनेनाऽश्वरूपेण राक्षसेन भवितव्यम्। यद्यदि कञ्चित्पांसुलं भूमिदेशमवलोकयामि तदात्मानं तत्र पातयामि। नाऽन्यथा मे जीवितव्यमस्ति।

व्याख्या—तथाऽनुष्ठिते = तथाकृते सति, निशीथसमये = अर्धरात्रे (आधीरात में), अश्वतमं = श्रेष्ठमश्वं (उत्तम), मत्वा = विज्ञाय (समझकर), निहन्तुं = मारयितुं (मारने के लिये),

सोऽपि = राक्षसः (उस राक्षस को) तेन = चौरेण (चोर ने), खलीनं = कविकां ('कविका तु खलीनोऽस्त्री' इत्यमरः—खे = मुखे लीनं खलीनम्) (लगाम), निधाय = आरोप्य (लगाकर), कशाघातेन = कशाप्रहारेण ('अश्वादेस्ताडनी कशा') (चाबुक से), भयत्रस्तमनाः = भययुक्तः (भयभीत मन होकर), प्रधावितुं = धावितुमारब्धः (दौड़ने लगा) । खलीनाकर्षणेन = कविका-कर्षणेन (लगाम को खींचकर), तं = राक्षसरूपाश्वं (राक्षसरूपी अश्वको) सः = अश्वः (घोड़ा), वेगाद्वेगतरं = तीव्रात्तीव्रतरं (और अधिक वेग से) गच्छति = प्रधावति (दौड़ने लगा), अगणितखलीनाकषणं = विगणितकविकाकर्षणं (लगाम के अवरोध को न मानने वाला) वाजिनः = अश्वाः, पांसुलं = सिकताबहुलं (धूसर), जोवितव्यं = जीवनम् (जीवन) ।

हिन्दी—राक्षस के घोड़ों के मध्य में खड़ा होने के बाद, रात्रि में कोई अश्व-चोर राजा की अश्वशाला में घुसा । सम्पूर्ण घोड़ों को देखने के बाद वह राक्षस रूपी अश्व को श्रेष्ठतम समझकर उसी पर चढ़ गया । इसके बाद राक्षस सोचने लगा—निश्चय रूप से यही विकाल नाम का वह राक्षस है, जो मुझे चोर समझकर मारने के लिये आया है । तो क्या करूँ इस समय ?

अभी वह सोच ही रहा था कि उस चोर ने उसके मुख में लगाम लगाकर कोड़े से मारा । कोड़े की मार खाकर वह भयभीत हो उठा और दौड़ना प्रारम्भ कर दिया ।

कुछ दूर जाने के बाद चोर लगाम को खींचकर उसे रोकने लगा । लगाम को खींचने पर वह राक्षस और भी वेग से भागने लगा । लगाम के अवरोध को न मानते हुये उसे देखकर चोर चिन्ता में पड़ गया । वह सोचने लगा—"इस प्रकार के अश्व नहीं हो सकते हैं जो लगाम के अवरोध को न मानें । जान पड़ता है यह अश्व का रूप धारण किया हुआ कोई राक्षस है । यदि कहीं पर बालूवाली जमीन मिल जाय तो मैं कूद पड़ूँ, अन्यथा मेरा प्राण बचना कठिन है ।"

एवं चिन्तयत इष्टदेवतां स्मरतस्तस्य सोऽश्वो वटवृक्षस्य तले निष्क्रान्तः । चौरोऽपि वटप्ररोहमासाद्य तत्रैव विलग्नः । ततो द्वावपि तौ पृथग्भूतौ परमानन्दभाजौ, जीवितविषये लब्धप्रत्याशौ सम्पन्नौ ।

अथ तत्र वटे कश्चिद्राक्षससुहृद्वानरः स्थित आसीत् । तेन राक्षसं त्रस्तमालोक्य, व्याहृतं—"भो मित्र ! किमेवं पलाय्यतेऽलीकभयेन ? त्वद्भक्ष्योऽयं मानुषः, भक्ष्यताम् ।"

सोऽपि वानरवचो निशम्य, स्वरूपमाधाय शङ्कितमनाः स्खलितगतिर्निवृत्तः । चौरोऽपि तं वानराहूतं ज्ञात्वा, कोपात्तस्य लाङ्गूलं लम्बमानं मुखे निधाय, चर्वितवान् ।

वानरोऽपि तं राक्षसाऽभ्यधिकं मन्यमानो भयान्न किञ्चिदुक्तवान् । केवलं व्यथार्तो निमीलितनयनस्तिष्ठति । राक्षसोऽपि तं तथाभूतमवलोक्य श्लोकमेनमपठत्—

यादृशी वदनच्छाया दृश्यते तव वानर ! ।
विकालेन गृहीतोऽसि, यः परैति स जीवति ॥

इत्युक्त्वा प्रनष्टश्च ।"

व्याख्या—चिन्तयतः = चिन्तामधिरूढस्य (चिन्ताग्रस्त), इष्टदेवतां स्मरतः = स्वेष्टदेवतां प्रार्थयतः (अपने इष्टदेव का स्मरण करते हुये), तस्य = चौरस्य निष्क्रान्तः = निर्गतः (गुजरा)। वटप्ररोहं = वटवृक्षस्य जटां (वट वृक्ष की जटा = वरोह को), आसाद्य = धृत्वा (पकड़ कर) तत्रैव = वटवृक्षे, विलग्नः = प्रलग्नोऽभूत् (लिपट गया) । द्वौ = चोरराक्षसौ (चोर तथा राक्षस दोनों ही), पृथग्भूतौ = पृथग्जातौ (विलग होकर), जीवितविषये = स्वस्वजीवनविषये (अपने अपने जीवने के विषय में), लब्धप्रत्याशौ = प्राप्ताशौ (आशान्वित हो गये) ।

त्रस्तमालोक्य = भयग्रस्तं विलोक्य (भयभीत देखकर), व्याहृतं = कथितं (कहा), पलाय्यते = पलायनं क्रियते (भागते हो), अलीकभयेन = मिथ्याभयेन (झूठे भय से), भक्ष्यः = खाद्यभूतः (खाद्य), निशम्य = श्रुत्वा (सुनकर), स्वरूपमाधाय = स्वकीयं रूपं गृहीत्वा (अपना रूप धारण करके), स्खलितगतिः = स्खलितवेगः (मन्द गति से), वानराहूतं = वानरेणावाहितं (वानर द्वारा आवाहित), कोपात् = क्रोधात् (क्रोध के कारण), लांगूलं = पुच्छम् (पूँछ को) चर्वितवान् = खादितवान् (चबा गया), राक्षसाभ्यधिकं = राक्षसादपि बलवत्तरं (राक्षस से भी शक्तिशाली) व्यथार्तः = व्यथया दुःखितः सन् (व्यथा से दुःखित होकर), निमीलितनयनः = निमीलितलोचनः (आँख बन्द करके), तथाभूतं = दुःखितं मौनं च (दुःखित तथा मौन), प्रनष्टः = पलायितः (भाग गया) ।

हिन्दी—चोर मन में अपने इष्ट देवता का स्मरण करता हुआ अभी अपने बचने का उपाय सोच ही रहा था कि वह अश्व एक वट-वृक्ष के नीचे से होकर गुजरा। चोर उसके वरोह को पकड़कर उसी से लिपट गया। इस प्रकार दोनों ही एक दूसरे से अलग होकर अत्यन्त प्रसन्न हुये और दोनों ही को अपने-अपने जीवन के विषय में कुछ-कुछ आशा का सञ्चार होने लगा।

उस वट-वृक्ष पर उस राक्षस का मित्र एक वानर रहता था। राक्षस को भयभीत होकर भागते हुए जब उसने देखा तो उसे रोकते हुये कहा—"झूठमूठ के भय से तुम क्यों भाग रहे हो। यह तो तुम्हारा भक्ष्य मनुष्य है। इसे पकड़कर खा जाओ।" वानर के वचन को सुनकर वह राक्षस अपना स्वरूप प्रकट करके भयग्रस्त सा धीरे-धीरे अपनी गति को रोकते हुये खड़ा हो गया। चोर भी उस राक्षस को वानर द्वारा आवाहित समझकर क्रोध के कारण उसकी लटकती हुई पूँछ को चबाने लगा। उस चोर को राक्षस से भी अधिक बलवान् समझ कर डर के मारे वानर ने कुछ कहा नहीं, केवल अपनी दोनों आँखों को बन्द करके मौन पड़ा रहा। राक्षस ने जब उसको इस प्रकार मौन देखा तो इस श्लोक को पढ़ा—"यादृशी वदनच्छाया" आदि। इस श्लोक को पढ़ने के बाद वह तत्काल वहाँ से भाग खड़ा हुआ।

"तत्प्रेषय मां, येन गृहं गच्छामि। त्वं पुनरनुभुङ्क्ष्वाऽत्र स्थित एव लोभवृक्ष-फलम्।"

चक्रधर आह— "भोः अकारणमेतत् दैववशात्सम्पद्यते नृणां शुभाऽशुभम्। उक्तं च—

दुर्गस्त्रिकूटः, परिखा समुद्रो, रक्षांसि योधा धनदाच्च वित्तम्।
शास्त्रं च यस्योशनसा प्रणीतं, स रावणो दैववशाद्विपन्नः ॥ ८३ ॥

तथा च—

अन्धकः, कुब्जकश्चैव, त्रिस्तनी राजकन्यका।
त्रयोऽप्यन्यायतः सिद्धाः संमुखे कर्मणि स्थिते" ॥ ८४ ॥

सुवर्णसिद्धिः प्राह—"कथमेतत् ?" सोऽब्रवीत्—

व्याख्या—भुङ्क्ष्व = अनुभव (अनुभव करो), दैववशात् (भाग्य से), लोभरूपवृक्षफलं = लोभरूपवृक्षफलमित्यर्थः।

अन्वयः—यस्य त्रिकूटः दुर्गः समुद्रः परिखा, योधा रक्षांसि, धनदाच्च वित्तं उशनसा प्रणीतं शास्त्रं स रावणः दैववशात् विपन्नः ॥ ८३ ॥

व्याख्या—त्रिकूटदुर्गः = त्रिकूट पर्वतः दुर्गः (त्रिकूटपर्वत ही दुर्ग था), धनदात् = कुबेरात् (कुबेर से) दैवशात् = भाग्यवशात् (भाग्य के कारण ही), विपन्नः = नष्टः (मारा गया) ॥ ८३ ॥

संमुखे = अनुकूले (अनुकूल), कर्मणि = भाग्ये (भाग्य के), स्थिते = संस्थिते (रहने के कारण), अन्यायतः = असत्कार्यं कुर्वन्तः, अन्यायं कुर्वन्तो वा (असत्कर्म करते हुए भी), सिद्धाः = स्वार्थं प्राप्ताः (अपनी अपनी कामना को प्राप्त कर लिये) ॥ ८४ ॥

हिन्दी—सुवर्णसिद्धि ने कहा—अब आज्ञा दो कि मैं घर चला जाऊँ। तुम यहाँ रहकर लोभ रूपी वृक्ष का फल चखो।

चक्रधर ने कहा—मैं तुम्हारी इस बात से सहमत नहीं हूँ। भाग्य के कारण मनुष्य शुभाशुभ फल का उपभोग करता है। कहा भी गया है—

त्रिकूट पर्वत ही जिसका दुर्ग था, समुद्र खाई का काम करता था, वीर तथा प्रशिक्षित राक्षस जिसके सहायक थे, कुबेर का सम्पूर्ण धन जिसका अपना था और उशनस-प्रणीत नीति शास्त्र का जो उद्भट विद्वान् था, वह रावण भी भाग्य की प्रतिकूलता के ही कारण मारा गया ॥ ८३ ॥

और भी अन्ध, कुब्ज तथा त्रिस्तनी राजकन्या, इन तीनों ही ने असत्कार्य किया था किन्तु भाग्य की अनुकूलता से तीनों ही के मनोरथ पूर्ण हुए ॥ ८४ ॥

सुवर्णसिद्धि ने पूछा—कैसे ? चक्रधर ने कहा—

११ अन्धक-कुब्जक-त्रिस्तनी-कथा

"अस्त्युत्तरापथे मधुपुरं नाम नगरम्। तत्र मधुसेनो नाम राजा बभूव। तस्य कदाचिद्विषयसुखमनुभवतस्त्रिस्तनी कन्या बभूव। अथ तां त्रिस्तनीं जातां श्रुत्वा, स राजा कञ्चुकिनः प्रोवाच—यत्—"भोः! त्यज्यतामियं त्रिस्तनी, गत्वा दूरेऽरण्ये यथा कश्चिन्न जानाति।"

तत् श्रुत्वा कञ्चुकिनः प्रोचुः—"महाराज! ज्ञायते यदनिष्टकारिणी त्रिस्तनी कन्या भवति। तथाऽपि ब्राह्मणा आहूय प्रष्टव्याः, येन लोकद्वयं न विरुध्यते। यतः—

> यः सततं परिपृच्छति, शृणोति, सन्धारयत्यनिशम्।
> तस्य दिवाकरकिरणैर्नलिनीव विवर्द्धते बुद्धिः॥ ८५॥

तथा च—

> पृच्छकेन सदा भाव्यं पुरुषेण विजानता।
> राक्षसेन्द्रगृहीतोऽपि प्रश्नान्मुक्तो द्विजः पुरा" ॥ ८६॥

राजा आह—कथमेतत्? ते प्रोचुः—

व्याख्या—उत्तरापथे = उत्तरस्यां दिशि (उत्तर दिशा में), विषयसुखम् = स्त्रीसुखम (रतिसुखमित्यर्थः) (स्त्री सुख को), त्रिस्तनी = स्तनत्रययुक्ता (तीन स्तनों वाला). जाताम् = उत्पन्नां (उत्पन्न), कञ्चुकिनः = स्थापत्यान् अन्तःपुररक्षकान् वा ("सौविदल्लाः कञ्चुकिनः स्थापत्याः सौविदाश्च ते" इत्यमरः) कञ्चुकियों से, त्यज्यताम् = दूर परित्यज्यताम् (दूर छोड़ दो), अरण्ये = वने (कानन में), अनिष्टकारिणी = कष्टकारिणी (पिता-माता को अनिष्ट करने वाली), लोकद्वयं = लोकपरलोकौ (इहलोक तथा परलोक), न विरुध्यते।

अन्वयः—यः सततं परिपृच्छति, शृणोति, अनिशं धारयति च, तस्य बुद्धिः दिवाकर-किरणैः नलिनी इव विवर्द्धते॥ ८५॥

विजानता पुरुषेण सदा पृच्छकेन भाव्यं, पुरा राक्षसेन्द्र गृहीतोऽपि द्विजः प्रश्नान्मुक्तः॥८६॥

व्याख्या—यः = यः पुरुषः (जो व्यक्ति), परिपृच्छति = पृच्छति, पृष्ट्वा कार्यं करोति (दूसरों से पूछ कर कार्य करता है), शृणोति = आकर्णयति, अन्यस्य वचनं शृणोति (दूसरों की बात को सुनता है), सन्धारयति = धारयति (दूसरों की बात को सुनकर उसपर मनन करता है और उसको कार्य में परिणत करता है), दिवाकरकिरणैः = सूर्यरश्मिभिः (सूर्य की किरणों से), नलिनी = कमलिनी इव वर्द्धते = विकसिता भवति॥ ८५॥

विजानता = अवगच्छता (जानते हुए भी), सदा = सर्वदा, पृच्छकेन = परिपृच्छकेन (प्रश्नकर्त्रा), द्विजः = ब्राह्मणः, मुक्तः = उन्मुक्तो बभूव॥ ८६॥

हिन्दी—उत्तर दिशा में मधुपुर नाम का नगर था। उसमें मधुसेन नाम का एक राजा राज्य करता था। एक बार उसको त्रिस्तनी नाम की एक कन्या उत्पन्न हुई। उस त्रिस्तनी कन्या के जन्म को सुनकर राजा बहुत चिन्तित हुआ। उसने कञ्चुकियों को बुलाकर कहा—"इस कन्या को ले जाकर कहीं दूर वन में छोड़ दो। और यह स्मरण रखना कि इस बात को कोई जानने न पाये।"

राजा के उस आदेश को सुनकर कञ्चुकियों ने कहा—"हम सभी लोग इस बातको जानते हैं कि त्रिस्तनी कन्या अनिष्टकारिणी होती हैं। फिर भी ब्राह्मणों को बुलाकर पूछ लेना चाहिए, जिससे इस लोक में निन्दा और परलोक में असद्गति न हो। क्योंकि—

जो व्यक्ति अन्य व्यक्तियों से परामर्श करता है, दूसरों की बात को ध्यान से सुनता है, और उसके अनुसार आचरण करता है, उसकी बुद्धि सूर्य की किरणों से खिलने वाली कमलिनी की भाँति सदा विकसित होती रहती है ॥ ८५ ॥

सब कुछ जानते हुए भी मनुष्य को पृच्छक अवश्य होना चाहिये। क्योंकि; राक्षस के द्वारा गृहीत ब्राह्मण उससे पूछने के कारण ही मुक्त हुआ था ॥ ८६ ॥

राजा ने पूछा--कैसे ? उन कञ्चुकियों ने कहा--

१२ रासभ-गृहीत-ब्राह्मणकथा

"देव ! कस्मिंश्चिद्वनोद्देशे चण्डकर्मा नाम राक्षसः प्रतिवसति स्म। एकदा तेन भ्रमताऽटव्यां कश्चिद् ब्राह्मणः समासादितः। ततोऽस्य स्कन्धमारुह्य प्रोवाच—"भो ! अग्रेसरो गम्यताम्।"

ब्राह्मणोऽपि भयत्रस्तमनास्तमादाय प्रस्थितः। अथ तस्य कमलोदरकोमलौ पादौ दृष्ट्वा ब्राह्मणो राक्षसमपृच्छत्—"भोः ! किमेवंविधौ ते पादावतिकोमलौ ?" राक्षस आह—"भोः ! व्रतमस्ति, नाहमार्द्रपादो भूमिं स्पृशामि।"

ततस्तच्छ्रुत्वात्मनो मोक्षोपायं चिन्तयन् स सरः प्राप्तः। ततो राक्षसेनाऽभिहितं—"भो ! यावदहं स्नानं कृत्वा, देवतार्चनाविधिं विधायागच्छामि, तावत्त्वयाऽतः स्थानादन्यत्र न गन्तव्यम्।"

व्याख्या—अटव्यां = वने (जंगल में), समासादितः = संलब्धः (पा गया), अग्रेसरः = अग्रे गन्ता (अथवा अग्रे तडागं यावदित्यर्थः) (आगे जाने वाले पथिकः, अथवा आगे के तालाब तक) तमादाय = राक्षसमादाय (राक्षस को कन्धे पर लेकर), कमलोदरकोमलौ = पङ्कजवत्कोमलौ कमलस्योदरम् = आभ्यन्तरो भागः तद्वत्कोमलौ (कमल के भीतरी भाग के सदृश कोमल), पादौ = चरणौ (पैरों को), व्रतमस्ति = प्रतिज्ञाऽस्ति (मेरी यह प्रतिज्ञा है कि),

आर्द्रपादः = जलाभिषिक्तचरणः (भीगे हुए पैर से), मोक्षोपायं = मोक्षस्योपायं (मुक्ति का उपाय) सरः = तडागः (तालाब), देवतार्चनं = देवतापूजां (देवराधान), न गन्तव्यम् = नाग्रे गन्तव्यमिति भावः (आगे मत बढ़ना)।

हिन्दी—देव ! किसी वन में चण्डकर्मा नामका एक राक्षस रहता था। एक दिन वन में घूमते हुये उसने एक ब्राह्मण को देखा। वह तुरत उसके कन्धे पर चढ़कर बोला—"चलो, आगे बढ़ो (आगे के तालाब तक चलो)।"

वह ब्राह्मण भयभीत होकर चला। कुछ दूर जाने के बाद राक्षस के कमलवत् कोमल चरणों को देखकर ब्राह्मण ने पूछा—"आपका चरण इतना कोमल क्यों है ?"

राक्षस ने उत्तर दिया—"मेरी यह प्रतिज्ञा है कि मैं भींगे हुये चरण से पृथ्वी का स्पर्श नहीं करूँगा।"

राक्षस के उक्त वाक्य को सुनकर वह ब्राह्मण अपनी मुक्ति का उपाय सोचता हुआ उस तालाब तक जा पहुँचा। राक्षस ने तालाब को देखकर कहा—"मैं स्नान करके देवताओं की पूजा कर लेता हूँ। जब तक मैं वापस न लौटूँ तब तक तुम आगे मत बढ़ना।"

तथाऽनुष्ठिते द्विजश्चिन्तयामास—"नूनं देवताऽर्चनविधेरूर्ध्वं मामेष भक्षयिष्यति। तद् द्रुततरं गच्छामि, येनैष आर्द्रपादो न मम पृष्ठमेष्यति।"

तथाऽनुष्ठिते, राक्षसो व्रतभङ्गभयात्तस्य पृष्ठं न गतः।" अतोऽहं ब्रवीमि—"पृच्छकेन सदा भाव्यम्" इति।

अथ तेभ्यस्तच्छ्रुत्वा, राजा द्विजानाहूय प्रोवाच—"भो ब्राह्मणाः ! त्रिस्तनी मे कन्या समुत्पन्ना, तत्किं तस्याः प्रतिविधानमस्ति, न वा ?"

ते प्रोचुः—"देव ! श्रूयताम्—

हीनाङ्गी वाऽधिकाङ्गी वा या भवेत्कन्यका नृणाम्।
भर्तुः स्यात्सा विनाशाय, स्वशीलनिधनाय च ॥ ८७ ॥

या पुनस्त्रिस्तनी कन्या याति लोचनगोचरम्।
पितरं नाशयत्येव सा द्रुतं, नाऽत्र संशयः ॥ ८८ ॥

व्याख्या—द्रुततरं = शीघ्रम् (जल्दी से), पृष्ठमेष्यति = अनुगमिष्यति (पीछा करेगा), व्रतभङ्गभयात् = प्रतिज्ञाभङ्गभयात् (प्रतिज्ञा टूटने के भय से), तेभ्यः = स्थापत्येभ्यः (कन्चुकियों से), तस्याः = समुत्पन्नायाः (उसके जन्म लेने का), प्रतिविधानम् = दोषपरिहारोपायः (निराकरण का उपाय)।

हीनाङ्गी = न्यूनावयवा (हीन अङ्ग की), अधिकांगी = अधिकावयवा (अधिक अंगों वाली), भर्तुः = स्वपतेः (अपने पति का) विनाशाय = नाशाय (नाश करने वाली) स्वशीलनिधनाय = स्वचारित्र्यभंगाय (अपने चरित्र को गिराने वाली) ॥ ८७ ॥

लोचनगोचरं = दृष्टिपथम् (दृष्टि के समक्ष), (होती है या आती है) द्रुतं = शीघ्रं (शीघ्र ही), ॥ ८८ ॥

हिन्दी--जब वह राक्षस स्नान के लिये चला तब ब्राह्मण ने सोचा "यह राक्षस पूजा से लौटने के पश्चात् निश्चय ही मुझे खा जायेगा। अतः शीघ्र यहाँ से भाग जाना चाहिये। क्योंकि भींगे हुये पैरों से यह मेरा पीछा नहीं करेगा।"

ब्राह्मण के भागने पर भी अपनी प्रतिज्ञा के टूटने के भय से राक्षस ने उसका पीछा नहीं किया। अतएव मैं कहता हूँ कि मनुष्य को प्रश्नकर्ता होना चाहिये।"

मन्त्रियों के उक्त वचन को सुनकर राजा ने ब्राह्मणों को बुलाकर कहा—"मेरे यहाँ त्रिस्तनी कन्या उत्पन्न हुई है। उसके जन्म की शान्ति का उपाय है या नहीं?" राजा के वचन को सुनकर ब्राह्मणों ने कहा--"देव!" सुनिये—

हीन अङ्ग की या अधिक अङ्गों वाली कन्या अपने पति का विनाश करती है और अपने चरित्र को भी कलङ्कित करती है॥ ८७॥

यदि त्रिस्तनी कन्या पिता के समक्ष उपस्थित होती है तो अपने पिता का शीघ्र ही विनाश करती है, इसमें सन्देह नहीं है॥ ८८॥

तस्मादस्या दर्शनं परिहरतु देवः। तथा यदि कश्चिदुद्वाहयति, तदेनां तस्मै दत्वा, देशत्यागेन स नियोजयितव्यः इति। एवं कृते लोकद्वयाऽविरुद्धता भवति।"

अथ तेषां तद्वचनमाकर्ण्य, स राजा पटहशब्देन सर्वत्र घोषणामाज्ञापयामास—"अहो! त्रिस्तनीं राजकन्यां यः कश्चिदुद्वाहयति, स सुवर्णलक्षमाप्नोति देशत्यागञ्च।"

एवं तस्यामाघोषणायां क्रियमाणायां महान्कालो व्यतीतः। न कश्चित्तां प्रतिगृह्णाति। साऽपि यौवनोन्मुखी संजाता सुगुप्तस्थानस्थिता, यत्नेन रक्ष्यमाणा तिष्ठति।

व्याख्या—अस्याः = कन्यायाः (कन्या का), परिहरतु = वर्जयतु (बचावें), उद्वाहयति = विवाहयति (विवाह कर लेता है), देशत्यागेन (राज्य-त्याग से), नियोजयितव्यः = समायोजयितव्यः (संयोजित किया जाय, राज्य से निकाल दिया जाय), पटहशब्देन = आनकोद्घोषेण ('आनकः पटहोऽस्त्री' इत्यमरः), (नगाड़ा पीटकर), आप्नोति = प्राप्नोति (पायेगा), महान्कालः = दीर्घकालः (बहुत दिन), यत्नेन = प्रयत्नेन (प्रयत्नपूर्वक), तिष्ठति = निवसति (रहती थी)।

हिन्दी—अतएव आप इसका दर्शन न करें। यदि कोई व्यक्ति इसके साथ विवाह करना चाहे तो उसके साथ इसका विवाह करके उसको राज्य से निकाल दिया जाय। ऐसा करने से आपका दोनों लोक बना रहेगा।"

ब्राह्मणों के उक्त वचन को सुनकर राजा ने नगाड़ा पीटकर यह घोषणा करने की आज्ञा दे दी कि—"मेरी त्रिस्तनी कन्या के साथ जो व्यक्ति विवाह करेगा उसको एक लाख सुवर्ण

मुद्राएँ दो जायेंगी और साथ ही, उसको राज्य से निकाल भी दिया जायगा।" राजा की इस घोषणा के हुए बहुत दिन व्यतीत हो गये, किन्तु कोई व्यक्ति उस कन्या से विवाह करने के लिए प्रस्तुत नहीं हुआ। वह कन्या भी धीरे-धीरे युवती हो गयी। उसको गुप्त स्थान में अत्यन्त प्रयत्न के साथ सुरक्षित रखा गया था।

अथ तत्रैव नगरे कश्चिदन्धस्तिष्ठति। तस्य च मन्थरकनामा कुब्जोऽग्रेसरो यष्टिग्राही। ताभ्यां तं पटहशब्दमाकर्ण्य, मिथो मन्त्रितं—स्पृश्यतेऽयं पटहः। यदि कथमपि दैवात्कन्या लभ्यते, सुवर्णप्राप्तिश्च भवति, तदा सुखेन सुवर्णप्राप्त्या कालो व्रजति। अथ यदि तस्य दोषतो मृत्युर्भवति, तदा दारिद्र्योपात्तस्याऽस्य क्लेशस्य पर्यन्तो भवति। उक्तं च—

लज्जा स्नेहः स्वरमधुरता बुद्धयो यौवनश्रीः,
कान्तासङ्गः स्वजनममता दुःखहानिर्विलासः।
धर्मः शास्त्रं सुरगुरुमतिः शौचमाचारचिन्ता,
पूर्णे सर्वे जठरपिठरे प्राणिनां सम्भवन्ति॥ ८९॥

एवमुक्त्वाऽन्धेन गत्वा, स पटहः स्पृष्टः। उक्तं च—"भोः, अहं तां कन्यामुद्वाहयामि, यदि राजा मे प्रयच्छति।"

ततस्तै राजपुरुषैर्गत्वा, राज्ञे निवेदितं—"देव! अन्धेन केनचित्पटहः स्पृष्टः। तदत्र विषये देवः प्रमाणम्।"

राजा प्राह—

"अन्धो वा बधिरो वाऽपि कुष्ठी वाप्यन्त्यजोऽपि वा।
प्रतिगृह्णातु तां कन्यां सलक्षां स्याद्विदेशगः"॥ ९०॥

व्याख्या—अग्रेसरः = अग्रगः (आगे चलने वाला), यष्टिग्राही = यष्टिग्रहीता (लाठी को पकड़ने वाला), मिथः = परस्परम् (आपस में), मन्त्रितं = विचारितं (विचार किया), कालो व्रजति = कालो यास्यति (दिन कट जायगा), तस्याः = कन्यायाः (कन्या के), मृत्युः = मरणं (मृत्यु), दारिद्र्योपात्तस्य = दारिद्र्यजनितस्य (दरिद्रता के), क्लेशस्य = दुःखस्य (दुख की), पर्यन्तः = अवसानम् (समाप्ति)।

लज्जा = ह्रीः, स्नेहः = अनुरागः (स्नेह), स्वरमधुरता = प्रियभाषित्वं (प्रियभाषण), यौवनश्रीः = युवावस्था (जवानी), कान्तासङ्गः = स्त्रीप्रसङ्ग (स्त्री का साथ), सुरगुरुमतिः = देवगुरुषु पूज्यत्वबुद्धिः (देवताओं और गुरुओं के प्रति पूजा की भावना), शौचं = पवित्रत्वं (पवित्रता), आचारचिन्ता = आचरणविचारः (आचार की भावना), जठरपिठरे = उदरभाण्डे ('पिठरः स्थाल्युखा कुण्डमि'त्यमरः) (पेट रूपी बर्तन के), पूर्णे = पूरिते (पूर्ण होने पर), संभवन्ति = संपद्यन्ते (होती हैं)॥ ८९॥

प्रयच्छति = ददाति (प्रदान कर दें), राजपुरुषैः = राजभृत्यैः (सिपाहियों ने) सलक्षा =

लक्षमुद्रासहितां (एक लाख अशर्फियों से युक्त), विदेशगः = परदेशगः (विदेश चला जाय) ॥ ८६ ॥

हिन्दी—उसी नगर में एक अन्धा भी रहता था। मन्थरक नाम का एक कुब्ज व्यक्ति उसका मित्र था जो उसकी लाठी को पकड़कर आगे-आगे चलता था। उन दोनों ने राजा की घोषणा को सुना तो, आपस में विचार किया—"चलो पटह को छू लिया जाय। संयोग से राजकन्या मिल गयी तो एक लाख सुवर्णमुद्राएँ भी मिल जायेंगी। उनसे हम लोगों का समय आनन्द से व्यतीत होगा। यदि भाग्यवश ऐसा नहीं हो सका और कन्या के दोष से हमलोगों की मृत्यु ही हो गयी. तब भी हमलोगों के इस दुःखमय जीवन का अन्त हो जायगा। क्योंकि-

लज्जा, प्रेम, प्रियभाषिता, बुद्धि, युवावस्था, कामिनी जन समागम, प्रिय व्यक्तियों का मोह, दुःखहानि, विलास, धर्म, विद्या गुरुजनों के प्रति श्रद्धा, आचार, पवित्रता आदि का प्रादुर्भाव मनुष्य के मन में तभी होता है, जब उसका उदर-भाण्ड भरा रहता है। पेट के खाली रहने पर कोई भी बात अच्छी नहीं लगती है ॥ ८९ ॥

इस प्रकार आपस में विचार-विमर्श करने के पश्चात् अन्धे ने जाकर पटह को पकड़ लिया और कहा—"यदि महाराज प्रस्तुत हों. तो मैं उस कन्या के साथ विवाह करना चाहता हूँ।"

राजपुरुषों ने राजा के पास जाकर इस समाचार को सुनाते हुए निवेदन किया—"देव! एक अन्धे ने पटह को पकड़ लिया है। इस विषय में आपका जो आदेश हो उसका हमलोग पालन करें।"

सिपाहियों के वचन को सुनकर राजा ने कहा—"चाहे वह अन्धा हो, बहिरा हो, कोढ़ी हो या अन्त्यज हो, मैं उसके साथ इस कन्या का विवाह करने को प्रस्तुत हूँ। वह एक लाख स्वर्णमुद्राओं के साथ इस कन्या को ग्रहण कर सकता है, केवल शर्त यह है कि उसे तत्काल यह राज्य छोड़ देना होगा॥" ९० ॥

अथ राजादेशात्तै राजपुरुषैस्तं नदीतीरे नीत्वा सुवर्णलक्षेण समं विवाहविधिना त्रिस्तनीं तस्मै दत्वा, जलयाने निधाय कैवर्ताः प्रोक्ताः—"भो ! देशान्तरं नीत्वा कस्मिंश्चिदधिष्ठानेऽन्धः सपत्नीकः, कुब्जकेन सह मोचनीयः"।

तथाऽनुष्ठिते विदेशमासाद्य, कस्मिंश्चिदधिष्ठाने कैवर्तदर्शिते; त्रयोऽपि मूल्येन गृहं प्राप्ताः सुखेन कालं नयन्तिस्म। केवलमन्धः पर्यङ्के सुप्तः तिष्ठति, गृहव्यापारं मन्थरकः करोति। एवं गच्छता कालेन त्रिस्तन्याः कुब्जकेन सह विकृतिः समपद्यत। अथवा साध्विदमुच्यते--

"यदि स्याच्छीतलो वह्निश्चन्द्रमा दहनात्मकः।
सुस्वादुः सागरः स्त्रीणां तत्सतीत्वं प्रजायते" ॥ ९१ ॥

व्याख्या—तम् = अन्धम् (अन्धे को), तस्मै = अन्धाय। जलयाने = नौकायाम् (नाव में), कैवर्ताः = धीवराः (के = जले वर्तन्ते इति कैवर्ताः) (केवटों से), मोचनीयः = परि-

त्याज्यः (छोड़ दिया जाय), पर्यङ्के = मञ्चके (चारपाई पर), गृहव्यापारं = गृहप्रबन्धं (घर का प्रबन्ध), विकृतिः = मनोविकारः, पापसम्बन्धः (व्यभिचार का सम्बन्ध), समपद्यत।

अन्वयः—यदि वह्निः शीतलः, चन्द्रमा दहनात्मकः, सागरः सुस्वादुः स्यात् तत् स्त्रीणां सतीत्वं प्रजायते ॥ ९१ ॥

व्याख्या—वह्निः = अग्निः, दहनात्मकः = उष्ण, शीतलः = ठंढा (ठंढा हो जाय), सुस्वादुः = सुपेयः, क्षारत्वरहितः (मधुर), तत् = तर्हि, सतीत्वं = पातिव्रत्यं (सतीत्व), प्रजायते ॥ ९१ ॥

हिन्दी—राजा की आज्ञा से सिपाहियों ने नदी के किनारे ले जाकर यथाविधि अन्धे के साथ उस त्रिस्तनी का विवाह कर दिया और एक लाख स्वर्ण मुद्राएँ उसको दे दीं। पुनः उनको नाव में बैठाकर केवटों को आदेश दिया—"अन्य देश में ले जाकर इनको किसी नगर में छोड़ जाओ।"

राजपुरुषों की आज्ञा से वे तीनों, केवटों द्वारा प्रदर्शित किसी दूसरे नगर में जाकर मकान खरीद लिये और सुख पूर्वक रहने लगे। अन्धा रात-दिन चारपाई पर पड़ा रहता था और और घर का सम्पूर्ण प्रबन्ध कुब्ज मन्थरक करता था। इस प्रकार कुछ दिन व्यतीत हो जाने के बाद त्रिस्तनी का कुब्ज मन्थरक के साथ अवैध सम्बन्ध हो गया। अथवा, ठीक ही कहा गया है कि—

अग्नि यदि अपनी स्वाभाविक उष्णता को छोड़कर शीतल हो जाय, चन्द्रमा शीतलता को छोड़कर उष्ण हो जाय और समुद्र सुपेय (मधुर) हो जाय तो कदाचित् स्त्री अपने सतीत्व का पालन कर सकती है ॥ ९१ ॥

अथाऽन्येद्युस्त्रिस्तन्या मन्थरकोऽभिहितः—"भो सुभग ! यद्येषोऽन्धः कथञ्चिद् व्यापाद्यते, तदावयोः सुखेन कालो याति। तदन्विष्यतां कुत्रचिद्विषम्, येनाऽस्मै तत्प्रदाय सुखिनी भवामि।"

अन्यदा कुब्जकेन परिभ्रमता, मृतः कृष्णसर्पः प्राप्तः ! तं गृहीत्वा, प्रहृष्टमना गृहमभ्येत्य, तामाह—"सुभगे ! लब्धोऽयं कृष्णसर्पः। तदेनं खण्डशः कृत्वा, प्रभूतशुण्ठ्यादिभिः, संस्कार्यास्मै विकलनेत्राय मत्स्यामिषं भणित्वा प्रयच्छ, येन द्राग्विनश्यति। यतोऽस्य मत्स्यामिषं सदा प्रियम्।" एवमुक्त्वा मन्थरको बहिर्गतः।

व्याख्या—अन्येद्युः = एकस्मिन्नन्यस्मिन् दिने (किसी दिन), व्यापाद्यते = हन्यते (मार-डाला जाता) प्रदाय = दत्वा (देकर), सुखिनी = चिन्तारहित, विगतभया (निश्चिन्त), अन्यदा = द्वितीयदिने (दूसरे दिन), अभ्येत्य = आगत्य (आकर), शुण्ठ्यादिभिः = शुण्ठी मरीच्यादिभिः (सोंठ, मरीच आदि से), संस्कार्य = संसाध्य (छौंक लगाकर), विकलनेत्राय = दृष्टिशून्याय (अन्धे को), आमिषं = मांसम् (मांस), भणित्वा = कथयित्वा (कह कर), द्राक् = झटिति (तत्काल). बहिर्गतः = बहिर्निर्गतः (बाहर चला गया)।

हिन्दी—एक दिन त्रिस्तनी ने मन्थरक से कहा—"प्रिय ! यदि यह अन्धा किसी प्रकार मर जाता तो हम दोनों आनन्द से जीवन का सुख लेते । तुम कहीं से विष खोजकर ले आओ जिससे इसको विष खिलाकर निश्चिन्त हो जाऊँ ।"

दूसरे दिन विष की खोज में घूमते हुये मन्थरक को एक मृत काला सर्प मिल गया। उसको लेकर वह प्रसन्नतापूवक घर लौटा और त्रिस्तनी से बोला—"प्रिये ! यह काला सर्प ले आया हूँ । इसको काटकर सोंठ, मरिच नमक आदि से खूब बढ़िया बनाओ और मछली का मांस बताकर इसे अन्धे को खिला दो इससे यह तत्काल मर जायगा । क्योंकि यह मछली का मांस खाने में विशेष रुचि रखता है !"

यह कहकर मन्थरक कहीं बाहर चला गया।

साऽपि प्रदीप्ते वह्नौ कृष्णसर्पं खण्डशः कृत्वा तक्रस्थाल्यामाधाय गृहव्यापाराकुला तं विकलाऽक्षं सप्रश्रयमुवाच "आर्यपुत्र ! तवाऽभीष्टं मत्स्यमांसं समानीतम् । यतस्त्वं सदैव तत्पृच्छसि । ते च मत्स्या वह्नौ पाचनाय तिष्ठन्ति । तद्यावदहं गृहकृत्यं करोमि, तावत्त्वं दर्वीमादाय क्षणमेकं तान्प्रचालय ।"

सोऽपि तदाकर्ण्य हृष्टमनाः सृक्कणी परिलिहन् द्रुतमुत्थाय, दर्वीमादाय प्रमथितुमारब्धः । अथ तस्य मत्स्यान्मथ्नतो विषगर्भबाष्पेण संस्पृष्टं नीलपटलं चक्षुर्भ्यामगलत् । असावप्यन्धस्तं बहुगुण मन्यमानो, विशेषान्नेत्राभ्यां बाष्पग्रहणमकरोत् ।

व्याख्या—प्रदीप्ते वह्नौ = प्रज्वलिताग्नौ (जलते हुए अग्नि पर), तक्रस्थाल्यां = तक्रभाण्डे (मट्ठे के बर्तन में), विकलाक्षं = दृष्टिशून्यम् (अन्धे से), सप्रश्रयं = सस्नेहम् (स्नेह पूर्वक), तवाभीष्टं = तव वाञ्छित तव प्रियं वस्तु (तुम्हारी प्रिय वस्तु), पाचनाय = पाकाय (पकने के लिए), दर्वीं = खजाकाम् (कड़छी चम्मच को) प्रचालय = मन्थय (चलाओ); सृक्कणी = ओष्ठप्रान्तौ (ओठों को), परिलिहन् = जिह्वया परिलिहन् (जीभ से चाटते हुए), प्रमथितुम् = परिचालयितुम् (चलाने लगा), मथ्नतः = परिचालयतः (चलाते हुए), विषगर्भवाष्पेण = गरलमिलितवाष्पेण (विषमिश्रितवाष्प से), नीलपटलं = नीलमावरणम् (भोतियाबिन्द) (झिल्ली). अगलत् = अस्रवत् (गलकर गिरने लगा), बहुगुणं = लाभप्रदं (लाभदायक) ।

हिन्दी-त्रिस्तनी ने उस सर्प को टुकड़े-टुकड़े काटकर छाँछ की हँड़िया पर रख दिया, और उसे अग्नि पर चढ़ाकर गृहकार्य की व्यस्तता के कारण स्नेहपूर्वक उस अन्धे से कहा—"आर्यपुत्र ! आपकी अभिलषित वस्तु मछली मँगायी गयी है, क्योंकि आप उसके विषय में बराबर पूछा करते हैं। उन मछलियों को पकने के लिये मैंने आग पर चढ़ा दिया है । आप चम्मच लेकर इसको चलाइये तब तक मैं घर का अन्य कार्य कर लेती हूँ ।"

उसकी बात को सुनकर अन्धे ने प्रसन्नतापूर्वक अपने दोनों ओठों को जीभ से चाटते हुए चम्मच को लेकर उसको चलाना प्रारम्भ कर दिया । मछली को चलाते समय उसके नेत्रों में

विष-मिश्रित वाष्प के लगने से आँख का मोतियाबिन्द गलकर गिरने लगा। वाष्प के प्रिय लगने के कारण अन्धे ने भी अपनी आँखों को खूब सेका।

ततो लब्धदृष्टिर्जातो यावत्पश्यति, तावत्तक्रमध्ये कृष्णसर्पखण्डानि केवलान्येवाऽवलोकयति। ततो व्यचिन्तयत्—"अहो, किमेतत्? मम मत्स्यामिषं कथितमासीदनया। एतानि तु कृष्णसर्पखण्डानि। तत्तावद्विजानामि सम्यक् त्रिस्तन्याश्चेष्टितं, किं मम वधोपायक्रमः कुब्जस्य वा। उताहो अन्यस्य वा कस्यचित्।" एवं विचिन्त्य स्वाकारं गूहन्नन्धवत्कर्म करोति, यथा पुरा।

अत्रान्तरे कुब्जः समागत्य, निःशङ्कतयालिङ्गनचुम्बनादिभिस्त्रिस्तनीं सेवितुमुपचक्रमे। सोऽप्यन्धस्तमवलोकयन्नपि यावन्न किञ्चिच्छस्त्रं पश्यति, तावत्कोपव्याकुलमनाः पूर्ववच्छयनं गत्वा, कुब्जं चरणाभ्यां सङ्गृह्य, सामर्थ्यात्स्वमस्तकोपरि भ्रामयित्वा त्रिस्तनीं हृदये व्यताडयत्।

अथ कुब्जप्रहारेण तस्यास्तृतीयः स्तन उरसि प्रविष्टः। तथा बलान्मस्तकोपरि भ्रामणेन कुब्जः प्राञ्जलतां गतः।

अतोऽहं ब्रवीमि अन्धकः कुब्जकश्चैव इति।

सुवर्णसिद्धिराह—"भोः! सत्यमेतत्। दैवाऽनुकूलतया सर्वं कल्याणं सम्पद्यते। तथाऽपि पुरुषेण सतां वचनं कार्यम्। न पुनरेवमेव वर्तितव्यम्। अथ एवमेव यो वर्त्तते, स त्वमिव विनश्यति। तथा च—

एकोदराः पृथग्ग्रीवा अन्योन्यफलभक्षिणः।
असंहता विनश्यन्ति, मारुण्डा इव पक्षिणः॥" ९२॥

चक्रधर आह—"कथमेतत्?" सोऽब्रवीत्—

व्याख्या—अनया = त्रिस्तन्या (त्रिस्तनी ने), विजानामि = विस्तरेणावगच्छामि (पूर्ण रूप से समझ लूँ), चेष्टितं = कृत्यम् (कार्य), स्वाकारं = (अपने वास्तविक रूप को), गूहयन् = अप्रकटयन् (छिपाते हुए), सेवितुं = रमितुं (रमण करना), व्याकुलमनाः = आकुलचित्तः (अभिभूत होकर), सङ्गृह्य = धृत्वा (पकड़ कर), सामर्थ्यात् = पूर्णशक्तितः (पूर्ण शक्ति से), हृदये = उरसि (छाती पर) प्राञ्जलतां = सरलतां सामान्यस्वरूपतां इति यावद् (सीधा), सतां = सज्जनानां (सज्जन व्यक्तियों का), कार्यम् = विधेयम् (कहा हुआ करना चाहिये)।

अन्वयः—असंहताः एकोदराः, पृथग्ग्रीवा अन्योन्यफलभक्षिणः मारुण्डाः पक्षिण इव विनश्यन्ति॥ ९२॥

व्याख्या—असंहताः = असंमिलिताः (एक मत नहीं रहने वाले जन), एकोदराः = अभिन्नकुक्षयः (एकमुदरं येषां, ते) (एक पेट वाले), पृथग्ग्रीवाः = भिन्नकण्ठाः (भिन्न कण्ठ वाले), अन्योन्यफलभक्षिणः = परस्परविषमफलाशिनः (परस्पर विरुद्ध फल खाने वाले), पक्षिणः = खगा इव (पक्षियों की तरह), विनश्यन्ति॥ ९२॥

हिन्दी—भाप के सेवन करने से अन्धे की आँखें खुल गयीं। दृष्टि सम्पन्न होने के पश्चात् उसने देखा कि मट्ठे में काले सर्प के टुकड़े पड़े हुए हैं। यह देखकर वह सोचने लगा—"अरे यह क्या है? उसने तो मुझसे कहा था कि मछली का मांस है। यह तो काले सर्प के टुकड़े हैं। अच्छा, जरा समझ तो लूँ त्रिस्तनी की चाल को। यह मुझे मारने का उपाय किया है या कुब्जे को अथवा किसी अन्य को" यह सोचकर वह अपने स्वरूप को छिपाते हुए अन्धे की तरह पूर्ववत् कार्य करने लगा।

इसी समय वह कुबड़ा घर में आकर त्रिस्तनी का चुम्बन और आलिङ्गन आदि करने के बाद उसके साथ रमण करने लगा। अन्धे ने उन्हें इस अवस्था में देखकर मारने के लिए जब दूसरी कोई वस्तु नहीं पायी तो क्रोध से व्याकुल होकर पूर्ववत् टटोलता हुआ चारपाई के पास जाकर कुबड़े की दोनों टाँगों को पकड़ लिया और पूर्ण शक्ति से उसे अपने मस्तक के ऊपर घुमाने के बाद त्रिस्तनी के वक्षःस्थल पर दे मारा। अन्धे के इस प्रहार से त्रिस्तनी का तृतीय स्तन उसकी छाती में प्रविष्ट हो गया और बलपूर्वक घुमाने के कारण कुबड़ा भी सीधा हो गया; अतएव मैं कहता हूँ कि भाग्य के अनुकूल रहने से अन्धा, कुब्जक तथा त्रिस्तनी तीनों का दोष बुरा कर्म करते हुए भी मिट गया।

यह सुनकर सुवर्णसिद्धि ने कहा—भाई तुम ठीक कहते हो। भाग्य के अनुकूल रहने पर सर्वत्र कल्याण लाभ होता है, फिर भी मनुष्य को सज्जन व्यक्तियों का आदेश मानना चाहिये। अपने मन का नहीं करना चाहिये। दूसरों की बात को न मानकर अपने मन से कार्य करने वाला व्यक्ति तुम्हारी ही तरह से कष्ट उठाता है। क्योंकि कहा गया है—

एक मत होकर कार्य न करनेवाले व्यक्ति, एक उदर किन्तु दो मुखवाले और परस्पर में दोनों पृथक् पृथक् फलों को खाने वाले भारुण्ड पक्षियों की तरह विनष्ट हो जाते हैं ॥ ९२ ॥

चक्रधर ने पूछा—कैसे? सुवर्णसिद्धि ने कहा—

१२ भारुण्डपक्षि-कथा

कस्मिंश्चित्सरोवरे भारुण्डनामा पक्षी एकोदरः, पृथग्ग्रीवः प्रतिवसति स्म। तेन च समुद्रतीरे परिभ्रमता किंचित्फलममृतकल्पं तरङ्गक्षिप्तं सम्प्राप्तम्। सोऽपि भक्षयन्निदमाह—"अहो, बहूनि मयाऽमृतप्रायाणि समुद्रकल्लोलाहृतानि फलानि भक्षितानि। परमपूर्वोऽस्यास्वादः। तत्किं पारिजातहरिचन्दनतरुसंभवम्? किं वा किंचिदमृतमयफलमयमव्यक्तेनाऽपि विधिनाऽपातितम्!"

एवं तस्य ब्रुवतो, द्वितीयमुखेनाऽभिहितम्—"भो, यद्येवं तन्ममाऽपि स्तोकं प्रयच्छ, येनाऽहमपि जिह्वासौख्यमनुभवामि।"

ततो विहस्य प्रथमवक्त्रेणाऽभिहितम्—"आवयोस्तावदेकमुदरम्, एका तृप्तिश्च भवति। ततः किं पृथग्भक्षितेन ? वरमनेन शेषेण प्रिया तोष्यते।"

व्याख्या—अमृतकल्पम् = अमृततुल्यम्, मधुरमित्यर्थः (अमृत के समान), तरङ्गाक्षिप्तं = जलवीचिभिः प्रक्षिप्तं (तरङ्गों द्वारा फेंका हुआ), समुद्रकल्लोलाहृतानि = समुद्रतरङ्गानीतानि (समुद्र की लहरों द्वारा ले आये हुए), अपूर्वः = अभिनवः (अद्भुत), अव्यक्तेन = अलक्षितेन (अदृष्ट), विधिना = दैवेन (भाग्य के) द्वारा, स्तोकं = किञ्चिदल्पम् (थोड़ा सा) जिह्वासौख्यम् = आस्वादसुखम् (चखने का स्वाद), तृप्तिः = सन्तोषः (तृप्ति), वरम् = एतदुचितम् (अच्छा तो यह हो कि), शेषेण = अवशिष्टभागेन (अवशिष्ट भाग से), प्रिया = भार्या (स्त्री)।

हिन्दी--किसी तालाब में एक भारुण्ड नाम का पक्षी निवास करता था। उदर एक होने पर भी उसके दो मुख थे। एक दिन समुद्र के किनारे घूमते हुए उसको एक अमृततुल्य फल मिल गया जो समुद्र की लहरों से तीर पर आ लगा था। उस फल को खाते हुए उसने कहा—"ओह ! मैंने समुद्र की लहरों द्वारा ले आये हुए बहुत से अमृत तुल्य फल खाये किन्तु इसका स्वाद तो विलक्षण ही है। तो क्या यह किसी देववृक्ष का फल है ? अथवा अलक्षित भाग्य ने कहीं से इस अमृतमय फल को ले आकर यहां छोड़ दिया है।" प्रथम मुख की इस बात को सुनकर द्वितीय मुख ने कहा—"अरे भाई ! यदि इतना मधुर फल है तो थोड़ा मुझे भी दे दो जिससे मैं भी इसके स्वाद का आनन्द ले लूँ।"

यह सुनकर प्रथम ने हँसकर कहा—हमारा एक ही तो पेट है और एक से ही तृप्ति भी होती है। फिर, अलग-अलग खाने से क्या लाभ है ? अच्छा तो यह हो कि अवशिष्ट भाग प्रियतमा को दे दिया जाय जिससे वह भी सन्तुष्ट हो जायगी।

एवमभिधाय तेन शेषं भारुण्ड्याः प्रदत्तम्। साऽपि तदास्वाद्य प्रहृष्टतमालिङ्गनचुम्बनसंभावनाद्यनेकचाटुपरा च बभूव। द्वितीयं मुखं तद्दिनादेव प्रभृति सोद्वेगं सविषादं च तिष्ठति।

अथाऽन्येद्युर्द्वितीयमुखेन विषफलं प्राप्तम्। तद् दृष्ट्वाऽपरमाह—"भो निस्त्रिंश ! पुरुषाधम ! निरपेक्ष ! मया विषफलमासादितम्। तत्तवाऽपमानाद्भक्षयामि।"

अपरेणाऽभिहितम्—"मूर्ख ! मा मैवं कुरु। एवं कृते द्वयोरपि विनाशो भविष्यति"। अथैवं वदता तेनाऽपमानेन तत्फलं भक्षितम्। किं बहुना, द्वावपि विनष्टौ।" अतोऽहं ब्रवीमि—

"एकोदराः पृथग्ग्रीवा" इति।

चक्रधर आह—"सत्यमेतत्। तद्गच्छ गृहम। परमेकाकिना न गन्तव्यम्।

उक्तं च—

एकः स्वादु न भुञ्जीत, नैकः सुप्तेषु जागृयात्।
एको न गच्छेदध्वानं, नैकश्चार्थान्प्रचिन्तयेत् ॥ ९३ ॥

अपि च--

अपि कापुरुषो मार्गे द्वितीयः क्षेमकारकः।
कर्कटेन द्वितीयेन जीवितं परिरक्षितम् ॥ ९४ ॥

सुवर्णसिद्धिराह-"कथमेतत् ?" सोऽब्रवीत्—

व्याख्या—भारुण्डयाः = स्वभार्यायै (अपनी स्त्री को), संभावनं = कटाक्षविक्षेपः (कटाक्ष करना), चाटुपरा = प्रसादपरा (प्रसन्न करने में लीन), निस्त्रिंश = निष्करुण; अपमानात् = त्वया कृतापमानात् तिरस्कारादित्यर्थः (तुम्हारे द्वारा अपमानित होने से), द्वयोः = आवयोः (हम दोनों का), विनष्टौ = प्रनष्टौ (नष्ट हो गये)।

व्याख्या—एकः = एकाकी (अकेले), स्वादु = मधुरं वस्तु (मीठी वस्तु), सुप्तेषु = निद्रितेषु (सोये हुए व्यक्तियों के मध्य में), अध्वानं = मार्गम् (रास्ता), अर्थान् = विषयान् ॥ ९३ ॥

कापुरुषः = भयशीलः (भीरु), क्षेमकारकः = हितकरः कल्याणकारकः (हितकारक), जीवितं = जीवनम् (प्राण) ॥ ९४ ॥

हिन्दी—यह कह कर अवशिष्ट फल को उसने अपनी स्त्री को दे दिया। उस फल को खाने के बाद वह प्रसन्न होकर पति को आलिङ्गन, चुम्बन तथा कटाक्ष-विक्षेपादि द्वारा प्रसन्न करने लगी। द्वितीय मुख उस दिन से उदास एवं खिन्न रहने लगा।

किसी दूसरे दिन द्वितीय मुख को एक विषफल मिला। उसको देखकर उसने कहा "अरे निष्करुण ! नराधम ! निरपेक्ष ! आज मैंने विषफल प्राप्त किया है। तुमसे अपमानित होने के कारण मैं इसे खाऊँगा।" यह सुनकर प्रथम ने कहा—"मूर्ख ! ऐसा करने से तो हम दोनों का ही विनाश हो जायगा।"

प्रथम मुख के मना करने पर भी द्वितीय ने उस फल को खा लिया। अधिक क्या कहा जाय ? दोनों ही उस विषफल के खाने से मर गये। अतएव मैं कहता हूँ कि—एकमत होकर कार्य न करने से भारुण्ड पक्षी की भाँति व्यक्ति का भी विनाश हो जाता है।

चक्रधर ने कहा—तुम ठीक कहते हो। अच्छा तो तुम जाओ। किन्तु एकाकी मत जाना। क्योंकि कहा गया है—

स्वादिष्ठ अथवा मीठी वस्तु को एकाकी नहीं खाना चाहिये। यदि साथ के सभी व्यक्ति सो गये हों तो उनमें से एक व्यक्ति को नहीं जागना चाहिये। मार्ग में एकाकी यात्रा नहीं करनी चाहिये और किसी गूढ़ विषय पर अकेले विचार भी नहीं करना चाहिये ॥ ९३ ॥

और भी—मार्ग में यदि अत्यन्त भीरु व्यक्ति भी हो तब भी उसे साथ में ले लेना चाहिये, क्योंकि साथ में रहने के कारण ही कर्कट ने ब्राह्मण की जीवन रक्षा की थी ॥ ९४ ॥

सुवर्णसिद्धि ने पूछा—कैसे ? चक्रधर ने कहना आरम्भ किया–

१३ ब्राह्मणकर्कटक-कथा

कस्मिंश्चिदधिष्ठाने ब्रह्मदत्तनामा ब्राह्मणः प्रतिवसति स्म । स च प्रयोजनवशाद् ग्राम प्रस्थितः स्वमात्राऽभिहितो, यद्–"वत्स ! कथमेकाकी व्रजसि ? तदन्विष्यतां कश्चिद् द्वितीयः सहायः ।"

स आह–"अम्ब ! मा भैषीः । निरुपद्रवोऽयं मार्गः । कार्यवशादेकाकी गमिष्यामि ।"

अथ तस्य तं निश्चयं ज्ञात्वा, समीपस्थवाप्याः सकाशात्कर्कटमादाय मात्राऽभिहितं—"वत्स ! अवश्यं यदि गन्तव्यं, तदेष कर्कटोऽपि सहायो भवतु । तदेनं गृहीत्वा गच्छ ।"

सोऽपि मातुर्वचनादुभाभ्यां तं पाणिभ्यां संगृह्य कर्पूरपुटिकामध्ये निधाय पात्रमध्ये संस्थाप्य शीघ्रं प्रस्थितः ।

व्याख्या—प्रयोजनवशात् = अत्यावश्यककार्यात् (अत्यावश्यक कार्य से), प्रस्थितः = चलितः (चलने लगा), द्वितीयः = अपरः (कोई दूसरा), मा भैषीः = भयं मा कुरु (तुम डरो मत), निरुपद्रवः = निर्विघ्नः (निर्विघ्न), समीपस्थवाप्याः = निकटस्थवाप्याः (निकटस्थ बावली से), कर्कटम् = कुलीरम् (केकड़ा), सहायः = सहचरः (सहायक), कर्पूरपुटिकामध्ये = कर्पूरसम्पुटे (कपूर की डिबिया में) संस्थाप्य = स्थापयित्वा (रखकर) प्रस्थितः ।

हिन्दी—किसी नगर में ब्रह्मदत्त नाम का एक ब्राह्मण रहता था । आवश्यक कार्य से जब वह एक दिन किसी दूसरे ग्राम को जाने लगा तो उसकी माता ने कहा–"बेटा ! अकेले क्यों जा रहे हो ! किसी साथी को खोज लो ।"

उसने उत्तर दिया—"माता जी ! आप भयभीत न हों, यह मार्ग निर्विघ्न है । कुछ कार्यवश एकाकी जा रहा हूँ ।"

माता ने उसके दृढ़ निश्चय को समझकर समीप की बावली से एक केकड़े को ले आकर देते हुये कहा—"बेटा ! यदि तुम्हारा वहां जाना आवश्यक है तो इस केकड़े को ही साथ में ले लो । यही तुम्हारा सहायक होगा ।"

माता की आज्ञा से उसने उस केकड़े को दोनों हाथों से पकड़ कर कपूर की डिबिया में रख लिया और उसे झोले में रखकर चल दिया ।

अथ गच्छन्ग्रीष्मोष्मणा सन्तप्तः कञ्चिन्मार्गस्थं वृक्षमासाद्य, तत्रैव प्रसुप्तः । अत्राऽन्तरे वृक्षकोटरान्निर्गत्य सर्पस्तत्समीपमागतः ।

स चाभ्यन्तरगतां कर्पूरपुटिकामतिलौल्यादभक्षयत्। सोऽपि कर्कटस्तत्रैव स्थितः सन् सर्पप्राणानपाऽहरत्। ब्राह्मणोऽपि यावत्प्रबुद्धः पश्यति, तावत्समीपे मृतः कृष्णसर्पो निजपार्श्वे कर्पूरपुटिकोपरि स्थितस्तिष्ठति। तं दृष्ट्वा व्यचिन्तयत्—"कर्कटेनाऽयं हतः" इति। प्रसन्नो भूत्वाऽब्रवीच्च—"भोः! सत्यमभिहितं मम मात्रा यत्—'पुरुषेण कोऽपि सहायः कार्यः। नैकाकिना गन्तव्यम्।' यतो मया श्रद्धापूरितचेतसा तद्वचनमनुष्ठितं तेनाऽहं कर्कटेन सर्पव्यापादनाद्रक्षितः।" अथवा साध्विदमुच्यते—

"क्षीणः श्रयति शशी रविमृद्धो वर्द्धयति पाथसां नाथम्।
अन्ये विपदि सहाया धनिनां, श्रियमनुभवन्त्यन्ये ॥ ९५ ॥
मन्त्रे तीर्थे द्विजे देवे दैवज्ञे भेषजे गुरौ।
यादृशी भावना यस्य, सिद्धिर्भवति तादृशी ॥ ९६ ॥

एवमुक्त्वाऽसौ ब्राह्मणो यथाऽभिप्रेतं गतः।"

अतोऽहं ब्रवीमि—"अपि कापुरुषो मार्गे" इति।

एवं श्रुत्वा सुवर्णसिद्धिस्तमनुज्ञाप्य स्वगृहं प्रति निवृत्तः।

॥ इति श्रीविष्णुशर्मविरचिते पञ्चतन्त्रेऽपरीक्षितकारकं नाम पञ्चमं तन्त्रं समाप्तम् ॥

॥ इति पञ्चतन्त्रकं नाम राजनीतिशास्त्रं समाप्तम् ॥

व्याख्या—ग्रीष्मोष्मणा = ग्रीष्मर्तुनिदाघेन (ग्रीष्म की गर्मी से), आसाद्य = प्राप्य, वृक्षकोटरात् = वृक्षविवरात् (वृक्ष के कोटर से), तत्समीपम् = ब्राह्मणस्य समीपमित्यर्थः, अभ्यन्तरगतां = पुटिकान्तरगतां (पोटली के भीतर स्थित), अतिलौल्यात् = जिह्वौत्कण्ठ्यात् (अत्यन्त लोभ के कारण), तत्रैव = पुटकायाम् (पोटली में), अपाहरत् = अहरत् व्यनाशयत् (ले लिया), प्रबुद्धः = सुप्तोत्थितः (सोकर उठने के बाद), व्यचिन्तयत् = चिन्तयामास (सोचने लगा), अयं = सर्पः (यह सर्प), श्रद्धापूरितचेतसा = श्रद्धया (श्रद्धा से), तद्वचनं = मातुः वचनम् (माता की आज्ञा), अनुष्ठितं = कृतं (पालन किया), सर्पव्यापादनात् = सर्पमारणात् (सर्प के मारने से), रक्षितः = मोचितः (बचा लिया गया)।

अन्वयः—क्षीणः शशी रविं श्रयति ऋद्धः पाथसां नाथं वर्द्धयति। विपदि धनिनां सहाया अन्ये (भवन्ति) श्रियम् अन्ये अनुभवन्ति ॥ ९५ ॥

व्याख्या—क्षीणः = अविकलः (अमावस्या को कला रहित क्षीण), शशी = चन्द्रः, रवि = सूर्य (सूर्य का), श्रयति = आश्रयते (आश्रय लेता है), ऋद्धः = समृद्धः पूर्णकलः

(पूर्णिमा को होने पर), पाथसां = जलानां, नाथं = पति, समुद्रमिति भावः (समुद्र को), वर्द्धयति = प्रवर्द्धयति आनन्दयतीत्यर्थः (बढ़ाता है,) (अतएव स्पष्टमेवैतत् यत्,) विपदि = आपत्तौ (आपत्ति काल में,) धनिनां = समृद्धानां (श्रीमानों के,) सहायाः = सहायकाः (सहयोगी,) अन्ये भवन्ति, तेषां श्रियं = लक्ष्मीं धनमित्यर्थः (सम्पत्ति को) अन्ये = इतरे जनाः (दूसरे लोग), अनुभवन्ति = भुञ्जन्ति (भोगते हैं) ॥ ९५ ॥

मन्त्रे = मन्त्रसिद्धौ (मन्त्र की सिद्धि काल में), तीर्थे = तीर्थयात्रायां स्नाने च (तीर्थ क्रिया में), द्विजे = ब्राह्मणे, दैवज्ञे = ज्यौतिषी के (भविष्य वक्ता के यहाँ), भेषजे = औषधे (औषधि में), यस्य यादृशी भावना = विश्वासः श्रद्धा वा भवति, तथैव सिद्धिर्भवति = साफल्यमपि जायते (वैसी ही सफलता भी मिलती है) ॥ ९६ ॥

यथाभिप्रेतं = यथेप्सितं स्थानम् (लक्ष्य स्थान को), अनुज्ञाप्य = प्रार्थ्य तेनानुमतश्च निवृत्तः = परावृत्तः (वापस चला गया) ॥

हिन्दी—कुछ दूर जाने के बाद ग्रीष्म कालिक भीषण गर्मी से व्याकुल होकर मध्य रास्ते में ही एक वृक्ष के नीचे वह सो गया। इसी बीच में वृक्ष के कोटर से निकल कर एक सर्प उस ब्राह्मण के पास आया।

कर्पूर की सुगन्धि में स्वाभाविक रुचि के कारण सर्प ने उस ब्राह्मण को छोड़ दिया और पोटली को फाड़कर उसके भीतर रखी हुई कर्पूर की डिबियाँ को वह लोभवश निगलने लगा। कर्पूर की डिबिया में रखे हुए उस केकड़े ने बाहर निकल कर सर्प को मार डाला।

नींद खुलने पर ब्राह्मण ने जब इधर-उधर देखा तो उसकी दृष्टि पास में पडी हुई उस कर्पूर की डिबिया पर पड़ी जिस पर वह मरा हुआ सर्प पड़ा था। उस सर्प को देखकर वह सोचने लगा कि "केकड़े ने ही इसको मारा है।" पुनः उसने अपने मन में कहा—मेरी माता ने ठीक ही कहा था कि यात्रा काल में मनुष्य को कोई न कोई सहायक अवश्य खोज लेना चाहिये। कभी भी एकाकी गमन नहीं करना चाहिये। अच्छा ही हुआ कि मैंने श्रद्धापूर्वक उसकी आज्ञा को मान लिया था। उसी का यह परिणाम है कि आज इस केकड़े ने मुझे सर्प के काटने से बचा लिया है। अथवा ठीक ही कहा गया है कि—

अमावस्या का कलाहीन चन्द्रमा सूर्य का आश्रय ग्रहण करता है, पूर्णिमा के दिन कलाओं से युक्त होने पर वह सूर्य को भूल जाता है और समुद्र को आह्लादित करता है। इससे यह स्पष्ट है कि सम्पन्न व्यक्तियों को आपत्तिकाल में सहयोग देनेवाले दूसरे व्यक्ति होते हैं और उनके धन का उपभोग दूसरे ही व्यक्ति करते हैं ॥ ९५ ॥

ठीक भी है—मन्त्र की साधना में, तीर्थ कृत्य में, ब्राह्मणों की सेवा आदि में, देवताओं की पूजा में, भविष्यवक्ता ज्योतिषियों में, औषधि में और गुरु में जिस व्यक्ति की जैसी श्रद्धा होती है उसके अनुसार ही उसको फल भी मिलता है ॥ ९६ ॥

"यह कहकर वह ब्राह्मण अपने लक्ष्य स्थान को चला गया।"

इस कथा को सुनाने के बाद चक्रधर ने सुवर्णसिद्धि से कहा—"इसीलिये मैं कहता हूँ कि यात्रा के समय साथ में रहने वाला अत्यन्त निर्बल व्यक्ति भी उपकारक ही होता है।"

चक्रधर की उपर्युक्त बात को सुनने के बाद सुवर्णसिद्धि ने उसकी आज्ञा लेकर अपने घर के लिए प्रस्थान किया ॥ इति शुभम् ॥

ध्यात्वा गुरुपदाम्भोजं पञ्चतन्त्रेऽपरीक्षितम् ।
कारकं पञ्चमं नाम व्याख्याभ्यां समलङ्कृतम् ॥

श्री पं० वासुदेवात्मजेन श्रीश्यामाचरणपाण्डेयेन
विरचितया हिन्दी-संस्कृतव्याख्यया विभूषितं
पञ्चतन्त्रस्यापरीक्षितकारकं नाम
पञ्चमं तन्त्रं
समाप्तम्

—०—